译文纪实

MY BRAIN IS OPEN
The Mathematical Journeys of Paul Erdös

Bruce Schechter

[美]布鲁斯·谢克特 著　　王元 李文林 译

我的大脑敞开了

爱多士的数学之旅

上海译文出版社

目　录

致谢 / 001

第一章　游历 / 001
第二章　证明 / 008
第三章　接触 / 038
第四章　幸福结局问题 / 060
第五章　爱多士与西方文明的命运 / 087
第六章　失乐园 / 099
第七章　集合的愉悦 / 119
第八章　保罗·爱多士博士的素数 / 136
第九章　山姆、乔和保罗叔叔 / 156
第十章　六度合作 / 182

关于资料来源的说明 / 215
译者的话 / 217

# 致　谢

我是从爱多士非常好的朋友罗纳德·格雷厄姆那里知道他的。1982年，我为《发现》杂志替格雷厄姆撰写人物简介。从那以后，我总希望会见爱多士但苦无机会。当我得知爱多士逝世时，我想起格雷厄姆讲的故事，并决心寻访这位伟大数学家的事迹。我要特别感谢格雷厄姆，他是爱多士所有事情的知情者，而且给我介绍了很多数学家。

爱多士一生结识了许多人，我依仗他们所说与所写的回忆，组成了本书的内容，这些人包括阿拉维、阿拉底、鲍鲍伊、博洛巴什、卡尔金、希塞里、加德纳、盖勒特、戈德菲尔德、格雷厄姆、格兰维尔、格罗斯曼、赫利肖尔、亨里克森、角古静夫、内桑森、保奇、波默朗斯、罗思柴尔德、谢尔普、施文克、塞尔弗里奇、西蒙诺维茨、索依弗尔、绍什、斯潘塞、塞凯赖什夫妇、瓦佐尼夫妇。我尤其感谢斯潘塞与卡尔金，他们仔细阅读了手稿并提出了有价值的建议。

我也要感谢耶茨与雷蒂所做的出色研究及萨罗塞所做的翻译工作。罗伯特、谢克特、格林伯格、斯塔尔、凯勒给了我有价值的建议、支持与帮助。我特别感谢西蒙与舒斯特出版社的编辑本德，他热情地支持这一著作计划并自始至终经常提出好建议；特别感谢使本书得以成功出版的杰出代理商达尔。

最后，我要对我的妻子卡梅拉·费德里科的才华、见解、编辑技能和始终不渝的帮助致以最深的感谢与爱。

第一章　游　历

电话铃会突然在午夜或天亮前一小时骤然响起——奇怪的是数学家们通常不懂有关时区的算术。从电话另一头传来的是口音很重、急促无礼的声音："我是从柏林打的电话，我要跟爱多士说话。"

"他还没到这里。"

"他在哪里？"

"我不知道。"

"你怎么会不知道？"咔嚓，电话挂了。

数学家们也往往不太懂得遵守社交礼仪。

60多年来，世界各地有许多数学家都曾被这种电话从抽象的睡梦中叫醒。这许多次打扰中的第一次都是由保罗·爱多士的访问引起的。在以后的几天中电话就更频繁了。最后他们被召集到飞机场，爱多士出现在那里，他是一个衣冠不整、矮小瘦弱的人，手提两只箱子，这是他在世间的所有财物。下飞机后，他会对所有欢迎他的数学家宣布："我的大脑敞开了！"

保罗·爱多士敞开的大脑，真是世界上的一个奇迹，像阿里巴巴的洞穴一样，闪耀着数学的宝藏，有最复杂的花纹与异常美丽的珍宝，但与隐藏在偏僻荒漠中的巨石后面的阿里巴巴洞穴不同的是，爱多士和他的大脑永无休止地运动着。他在数学会议、大学与智囊团体之间走动，做成千上万里的旅行。他喜欢说："又一个屋顶，又一个证明。"数学家们会问："想见到爱多士吗？""就在这里等着，他会来的。"在路途中，在借来的办公室里，客房里与机舱里，爱多士写了1 500多篇论文、专著与文章，比以往任何一位数学家都要多。其中有些已成为20世纪伟大的经典，开辟了整个新领域，成为后代数学家工作的开端与启示。

爱多士常说，生命的意义就是要去证明，要去猜想，证明与猜想是数学家阐明纯粹柏拉图世界的工具。对于许多数学家来说，这一世界如同他们必须在此勉为其难地建造住所与谋生的世界一样真实，但却美丽得多。爱多士常说："如果数不美，我真不知道还有什么算得上美。"尽管他也像所有数学家一样，被迫在世间建造一个住所，但他拒绝了世俗的拖累。他在地球上没有一个可以称之为他的家的地方，没有一个常年朝九晚五的固定工作，也没有通常意义上的家庭。他只按一个目标来安排他的生活，那就是每天用尽量多的时间来从事重大的、他终生认定的事业：证明与猜想。

对于爱多士来说，消耗了他绝大部分清醒时间的数学不是一个孤立的追求，而是一项社会活动，一个不定期的节日。20世纪的伟大数学发现之一就是这样一个简单的方程式，即两个脑袋总比一个强。自从阿基米德在沙盘上画圆以来，绝大多数数学家都是独自搞研究的——直到某些普通人物认识到任何地方都可以做数学。只要纸与笔就足够了，而这些也不是严格地不可缺少的。必要时有一张桌布就行，数学家们还可以像棋手下盲棋那样在脑子里进行方程运算。一杯浓咖啡，或者对于爱多士来说，更强的刺激物都不无帮助。在布达佩斯、布拉格与巴黎的数学家经常去一些咖啡屋，这导致了爱多士常说的双关语：“数学家是一个将咖啡变成定理的机器。”愈来愈多的数学论文变成两个、三个或更多个合作者的共同成果。数学方式上的这种根本性变革是有许多原因促成的，其中爱多士所树立的榜样不能不说具有重要的影响。

爱多士的合作者比多数人所知道的要多得多。与他合作撰写过论文的人超过450个——精确的人数至今无人知晓。这是由于直到生命的最后一天，爱多士仍在参与新的数学定理的创造，而他的合作者预计要花几年时间来继续写作与发表。短暂的相遇就可能导致一篇论文的发表——对于一些年轻数学家来说，一篇论文可能成为他一生工作的奠基石。他愿意和任何一个知名或不知名的愿意与他共事的人一起工作。由于他自己曾经是一个神童，因此他对会见并帮助年轻的数学家特别感兴趣，他很乐意帮助发展这些年轻数学家的能力。全世界有许多一流数学家都将他们的成就归功于及早结识了爱多士。

现任佛罗里达大学教授的克里希纳·阿拉底（Krishna Alladi）就是众多曾得到过爱多士帮助的年轻数学家中的一个。1974年，当阿拉底还是印度马德拉斯的一名大学生时，他开始独立地对一些数论问题进行研究。对阿拉底提出的问题，他的老师与他的父亲都不能提供帮助。阿拉底的父亲是一个理论物理学家，并担任马德拉斯数学研究所所长。他将他儿子的难题告诉了他的一些学术界的朋友，他们建议他写信给爱多士。

由于爱多士长年旅行在外，阿拉底将信寄到匈牙利科学院。令人惊讶的是，阿拉底很快就得到了爱多士的回音，他说他很快就要去加尔各答讲学，阿拉底能到那里去会面吗？很不幸，阿拉底要考试，不能去。因此，他让他的父亲代他前去呈送自己的研究成果。阿拉底回忆道，在他父亲讲完话之后，“爱多士走向他，并用很诚恳的语气说，他对父亲没有兴趣，但对儿子有兴趣”。爱多士决定会见这个有希望的年轻人，那时他正要去澳大利亚，因而决定重新设定旅程，以便在马德拉斯短暂停留，那里距加尔各答约850英里。

阿拉底非常惊讶一个伟大的数学家会为了一个学生而改变自己的旅行计划。当他在飞机场见到爱多士时确实很紧张，但很快就恢复了平静。阿拉底回忆说："他跟我谈话时就像我很小的时候他就认识我一样。”爱多士问的第一件事是："你知道我关于马德拉斯的诗吗？”然后他就背诵起来：

这就是马德拉斯城，
咖喱与木豆的故乡，
依尔斯只对依安加斯说话。
依安加斯只对上帝说话。

依尔斯（Iyers）与依安加斯（Iyengars）是婆罗门的两个教派。依尔斯尊崇毁灭之神湿婆，他也被放在依安加斯教派的庙宇中，但依安加斯只尊崇守护之神毗湿奴。爱多士解释说这是关于波士顿的诗的变体，改动了原诗中区分等级的三个名词洛厄尔家、卡伯特家和上帝。[1]这使阿拉底大为放松，然后爱多士就开始了数学讨论，他被阿拉底的天分深深打动，于是为阿拉底写了一封去美国读研究生的推荐信。不到一个月，阿拉底就得到了加

① 洛厄尔（Lowell）和卡伯特（Cabot）均为美国显赫姓氏。——译者

州大学洛杉矶分校的校长奖学金。

一家著名杂志登过一篇关于爱多士的文章，称他为“只爱好数的人”。的确，爱多士非常爱好数，但他还喜欢许多其他东西。爱多士喜欢谈历史、政治及几乎其他任何课题。他喜欢长距离散步，爬高楼，不管看到的景致是多么凄凉；他喜欢打乒乓球，下象棋和围棋；他喜欢表演巧妙的戏法来逗乐孩子，喜欢说讽刺的笑话、嘲弄权威。但爱多士最喜爱的人还是那些爱好数的数学家。他用慷慨解囊与真诚相待来表示他的喜爱。爱多士没有固定的工作，但仍有一些钱，这是他通过为其他人提供服务得到的。当他听到有研究生需要钱以继续他的学业时，他就会送去一张支票。他在马德拉斯做过演讲后，就将报酬送给了伟大的印度数学家拉马努詹①贫困的遗孀；他从未见过拉马努詹及其妻子，但拉马努詹美丽的方程式曾使年轻的爱多士深受感动。1984年，爱多士获得了沃尔夫奖②，拿到了一张50 000美元的支票，这毫无疑问是爱多士一次性获得的最多的钱了。爱多士以他父母的名义，向位于以色列海法的工业大学资助了30 000美元，作为博士后奖学金。其余的钱则用来帮助亲戚、研究生与同事。爱多士回忆：“我只留下了720美元。”

在因特网出现之前的岁月里，曾经有过保罗·爱多士这么一个人，他手提一个装满最新论文的提包，而他的脑子里则填满了最新的小道消息与数学界最惊人的新闻。他知道每一个人：他们对什么感兴趣；他们有什么猜想，有什么证明或正在

① 拉马努詹（Srinivasa Ramanujan，1887—1920），印度数学家，对解析数论有重要贡献。——译者

② 沃尔夫奖（Wolf），国际数学界的一个重要奖项。——译者

证明什么；他们的电话号码；他们的妻儿与宠物的名字与年龄，以及一些更多的事情。他可以凭记忆说出有一条定理与你正欲证明的结果相类似，已于1922年登在某本偏僻的俄文杂志上。又如当他在华沙遇见一个数学家，就立刻跟他继续两年前的一次谈话。在冷战最严峻的年代，凭着爱多士的名声，他可以自由出入铁幕，所以他是联系东西方的重要人物。

1938年，当欧洲已处在战争的边缘时，爱多士逃亡到美国并开始他的数学之旅。这本书记载了他的那些冒险故事。因为爱多士在各处搞数学，所以这些故事也是数学世界——一个外界实际上不了解的世界——的故事。在数学界之外众所周知的数学家可以说凤毛麟角。今天，大多数人唯一能叫得出名字的数学家是西奥多·卡钦斯基[①]。高斯、黎曼（Riemann）、康托尔（Cantor）及欧拉（Euler）的名字之于数学界，犹如莎士比亚之于文学家和莫扎特之于音乐家，但在数学界和科学界之外，这些名字却鲜为人知。

爱多士是经常乘坐飞机的旅行者，但他真正的旅行却是其心路历程。爱多士细细安排生活，使自己有尽可能多的时间进行心灵之旅，所以一本关于爱多士的真正传记应该于数学的柏拉图世界和现实世界花费几乎同样多的篇幅。对于门外汉来说，这无疑是一件可怕的事情。幸好，许多令爱多士着迷的想法只要具有高中数学水平即可掌握。当然，爱多士著名的证明与猜想是较难理解的。但对于读者来说，不需要关注太多。诚如拉尔夫·博厄斯（Ralph Boas）所写："只有职业数学家能从证明

① 西奥多·卡钦斯基（Theodore Kaczynski，1942— ），16岁读哈佛的数学神童，17年连环爆炸案的主谋，反科技主义恐怖分子。——译者

中了解一些东西，其他人则从说明来了解。”正如我们不必了解古尔德[①]是怎样弹奏每一个困难的音节，也能被他表演的《哥德堡变奏曲》所迷醉一样，要体会爱多士数学的优美，也不一定要了解他那些美妙证明的细节。爱多士的工作特性是这样的，尽管他的证明很难，但他提出的内容却非常易于了解。爱多士常常给钱奖励那些解决了他所提出问题的人。有一些问题很容易被本书的读者所了解——或者甚至解决。诚如爱多士指出的，那些决定尝试解决爱多士问题的人需被告诫，考虑到解决一个问题所需的时间，现金奖励很难超过最低工资标准，真正的奖励是分享爱多士的博学广知的快乐以及因为看懂了不朽数学著作中的一页而得到的欢愉。

① 古尔德（Glenn Gould，1932—1982），加拿大著名钢琴家。——译者

第二章 证 明

数学是对现实最成功的超越，而当它反过来改善我们力图摆脱的同一现实时，就更令人感到神奇和陶醉了。所有其他逃避现实的方式——性、毒品及诸如此类的嗜好——相较而言都不过是一时之悦。当数学家们迫使世界服从他们的想象所创造的定律时，他们会因自身的成功而充满胜利的喜悦。世界由于数学家的智力劳动而发生了永久性的变化，数学家的创造性成果所导致的精确性，使他们信心百倍，别无他求。

——麻省理工学院数学家罗塔（Gian-Carlo Rota）

安德鲁·瓦佐尼（Andrew Vazsonyi）14岁时，正值两次世界大战之间的年月，他在布达佩斯父亲的鞋店后屋里度过了日日夜夜，不顾其他的需求与责任，一页又一页地填满图表与方程，一个接一个地解决数学问题。他迷上了数学。“我完全上瘾了，”他后来回忆道，“这是最恰当的形容词了。”

痴迷数学，这在年轻人中是屡见不鲜的。数学，像音乐一样，存在于一个形、关系与美的独立世界中，这就是为什么历史上数学神童和音乐神童层出不穷，学步的律师和年少的证券经纪人相对而言却寥若晨星。年幼的儿童，即使还不能穿越马路，也可以探索无穷的数学空间。在20世纪头几十年的匈牙利，对数学与科学的痴迷曾经成为一种时尚。结果产生了一代杰出的科学家和数学家，他们的工作改变了世界。其中一些人如约翰·冯·诺伊曼（John von Neumann）、莱奥·西拉德（Leo Szilard）和爱德华·特勒（Edward Teller），他们的理论思考导致了像原子弹和电子计算机这样的具体成就，结果使他们在学术界之外也赫赫有名。与他们相比，瓦佐尼的一位邻居在神秘的数学世界之外名气就没那么大。这是一个灰眼睛的年轻人，名叫保罗·爱多士，他后来成为数学史上最富有创造性和启发性的数学家之一。

瓦佐尼当时还不认识大他3岁的爱多士，不过他已听说过爱多士的名字。在20世纪20—30年代，布达佩斯是一个有100多万人口的繁华国际都市，但对于狭小而有影响的犹太人圈子来说不过是座小城。瓦佐尼的父亲拜访了爱多士的父亲，告诉他说自己的儿子夜以继日地钻研数学问题并希望能会见保罗。于是1930年的一个午后，有人砰砰敲响了鞋店的大门。

女店员凯茜（Kathy）吓了一跳。从来没有人在这个时候来敲鞋店的门。她去开了门，一个瘦小精悍的男孩一闪而进，其步态使她想起了猩猩。凯茜把他引到后屋，安德鲁正在那里埋头苦读呢。

“给我一个4位数。”爱多士以这样一道命令代替了初次见面的寒暄。瓦佐尼吓了一跳，不过这是一个简单的问题。“2532。”瓦佐尼随口说道。

“它的平方是6 411 024。对不起，我年纪大了，不能告诉你它的立方数是多少。”爱多士当时才17岁，却已经把自己年老衰退这话挂在嘴边多年了。

“你知道多少种毕达哥拉斯定理的证法？”这是爱多士的下一个问题。瓦佐尼知道这个与直角三角形边长有关的著名定理，每个中学生都知道这条定理。他也知道一种证明该定理的方法，但只知道一种。谁需要更多的证明呢？“我知道37种证法。”爱多士宣称。

瓦佐尼60多年以后回忆道，他感到惊奇的是爱多士并非在吹牛。“这种说法对他是不适用的。”瓦佐尼解释说。爱多士就像是一支探险队的队长，在登上崎岖的征程去探索未知的国土之前，要仔细地检查自己的装备、供给和同伴们的战斗力，不过他当时主要是想决定什么样的数学领域最适合他和瓦佐尼共同探讨。在确信他这位同伴足以胜任这种数学旅行之后，爱多士便急忙勾画了康托尔的一条著名而又十分恼人的定理的证明轮廓，这定理出人意料地一举揭示了一个完全未知的领域——无穷中的无穷。爱多士就这样漫不经意地将一颗与存在有关的炸弹抛到了莫名其妙的安德鲁·瓦佐尼面前，然后说道：“我该走了。”他一只脚已跨出房门，去开始另一次数学旅行了。

多瑙河静静地流淌着，却从来不是蓝色的，这条半英里宽的河将布达佩斯按词源分成了两半：布达和佩斯。在山丘起伏、林木葱茏的布达这一边，皇宫高耸在悬崖上，中央是一座萨沃伊的尤金亲王的巨大骑马雕像，这位亲王在1686年从土耳其人手中收复了布达。从这里居高临下，可以眺望通往佩斯的多瑙河大桥的佳境。这座飞架两岸的大桥，桥身呈优美的悬链线，就像是几何书中的图形。在世纪之交，银行家、商人、艺术家和知识分子群集于环绕佩斯城的宽广大街，或竞相乘坐欧洲的第一条地铁。仅在1890年至1900年间，布达佩斯的人口增加了40%，超过了75万，这使它成为欧洲的第六大城市。因为布达佩斯热闹的咖啡馆、林荫大街、公园和金融交易场所，游客们称它为多瑙河上的小巴黎。随着岁月流逝人们才渐渐发现，当布达佩斯的咖啡馆生意兴隆之时，那里的妇产医院犹如福特装配线一样正在生产出一批批的天才。

匈牙利经济与文化的繁荣始于1867年的奥匈协定和由此建立的奥地利–匈牙利二元君主政体。根据这一协议，匈牙利从奥地利统治下获得了某种程度的独立；奥地利帝国变成了奥匈帝国。工业时代的机器和资本主义的机制以惊人的速度改变着匈牙利。“这些机制的操纵经营者大多是犹太人，”历史学家理查德·罗德斯（Richard Rhodes）指出，“这是得益于犹太人的雄心勃勃和精明能干。”二元君主体制建立后不久，反犹太的歧视性法律被取消了，一切公民的和政治的职责展现在犹太人面前，随之而来的是一个犹太移民热潮，与当时犹太人从俄国向纽约的移民潮几乎同时发生。

政治权力仍然掌握在贵族手中，他们对于几乎占一半人口的其他非匈牙利少数民族的漠视，使这些人中有三分之一直到1918年依然是文盲，大多数人被束缚在土地上。那些匈牙利贵族们不屑沾手经商，于是便在犹太人中寻找合伙。到1904年，占人口总数约5%的匈牙利犹太人，却占据了全匈牙利一半左右的律师与商人、60%的医生和80%的金融家的职位。布达佩斯的犹太人在这个国家的艺术、文学、音乐和科学生活中也占据着主导的地位。这一切致使不断增加的反犹人士给布达佩斯起了一个贬称“犹达佩斯”（Judapest）。

甚嚣尘上的反犹势力后来迫使匈牙利社会许多最杰出的人物逃离自己的国家。一些最杰出的科学家与数学家，他们的思想与发明曾经帮助了这个国家的形成，现在也加入了这股移民的浪潮。其中比较有名的有莱奥·西拉德，他是最先认识到链式反应可以释放原子能的科学家；冯·诺伊曼，电子计算机和博弈论的发明人；爱德华·特勒，氢弹之父。在科学界之外不太有名但同样有影响的人物有：西奥多·冯·卡尔曼（Theodor von Kármán），超音速飞机之父；乔治·德·赫维西（George de Hevesy），他由于发明同位素跟踪技术而荣获诺贝尔奖，该发明使几乎所有的科学领域都受到了革命性的冲击；尤金·魏格纳（Eugene Wigner），他对量子力学基础的探讨为他赢得了诺贝尔奖。

这张匈牙利伟大科学家的名单还可以大大扩充，但即使是在科学以外的领域，匈牙利人也同样出类拔萃。音乐方面有指挥家格奥尔格·索尔蒂（Georg Solti），乔治·塞尔（George Szell），弗里茨·赖纳（Fritz Reiner），安塔尔·多拉蒂（Antal Dorati）和尤金·奥曼迪（Eugene Ormandy），以及作曲家贝拉·巴尔托克（Bela Bartok）和佐尔坦·柯达里（Zoltán Kodály）。20世纪匈牙利影视艺术的主宰者是拉斯洛·莫霍伊–纳吉（László Moholy-Nagy），他创立了芝加哥设计学院。好莱坞受匈牙利移民的影响更大。电影界巨擘威廉·福克斯（William Fox）、阿道夫·祖科尔（Adolph Zukor）出生于布达佩斯，亚历山大·柯达（Alexander Korda）和他的兄弟文森特（Vincent）与西奥多（Theodor）、导演乔治·楚科尔（George Cukor）和《北非谍影》（*Casablanca*）的制片人米歇尔·楚尔蒂兹（Michael Curtisz）也都生于布达佩斯。当然莎莎·嘉宝（Zsa Zsa Gabor）及其姐妹也都是匈牙利人。还有保罗·卢卡斯（Paul Lukas）和埃里希·魏斯

（Erich Weiss），后者更为人知的名字是哈里·霍迪尼（Harry Houdini）。

正如物理学家奥托·弗里希（Otto Frisch）所说，“匈牙利移民群星灿烂”，科学界有些人曾热衷于对这一现象做出解释。理论物理学家弗里茨·赫特曼（Fritz Houtermans）的理论是：“这些人其实来自火星。”安德鲁·瓦佐尼则为这种外星人理论提出了一个生动的翻版。“这个世纪初，”他双目闪闪发光，煞有介事地说，“一些来自外太空的人在地球上登陆。他们觉得匈牙利女人最漂亮，是人类仪态的表征。若干年后，这些外星人认为地球不值得他们殖民，于是便远走高飞了。不久一批天才人物就诞生了。这是真实的故事。”

匈牙利天才人物大量涌现的真正原因很难理解。机遇当然扮演了重要的角色。但犹太资产阶级的高度智慧与匈牙利优良的教育制度相结合，便形成了肥沃的土壤，在这片沃土上，随意播种的遗传种子得到了生根开花的机会。

保罗·爱多士的家庭就体现了第一次世界大战前匈牙利犹太民族的智慧与抱负。他的祖父是严守教规的犹太人，同时可能像1867年后大多数匈牙利犹太人一样，是犹太人现代化运动的成员（neologs），这些人恪守犹太人的传统与节日，但却反对让女人剃光头的习俗。爱多士的父亲是霍德梅泽瓦市一名中学教师的儿子，生于1879年1月30日，起名拉约什·昂格朗代（Lajos Engländer）。虽然哈布斯堡王室在形式上同意不再歧视犹太人，但犹太人却还是不愿意亮出自己的出身，因此许多人谨慎地采用了匈牙利名字。拉约什·昂格朗代是位谦逊的人，他选择了一个很普通的匈牙利人的名字爱多士（Erdös），意思是“来自森林”（其发音类似英语的air-dish）。

拉约什·爱多士对数学与哲学很有兴趣；跟他父亲一样，他后来也成为一名中学教师。不过他拒绝执守他父亲那些宗教戒条，就如他对待自己的名字那样。他去了布达佩斯，在帕兹马尼大学也就是今天的厄特伏什大学学习数学，在那里他结识了西奥多·冯·卡尔曼和利波特·费耶尔（Lipot Fejer），费耶尔后来成为他那一代人中最伟大的数学家之一。他还认识了一位来自瓦格贝斯特斯（即今斯洛伐克境内瓦赫河畔比斯特里察市）的长着一双美丽蓝眼睛的女生，安娜·威廉（Anna Wilhelm）。

安娜·威廉生于1880年7月6日，是一个笃信犹太教的店主的女儿。安娜对犹太传统满怀矛盾的遵从，在一个斋戒日因她未婚夫的一次来访而结束。斋戒日是犹太人一年之中的神圣日子，一个禁食、忏悔和祈祷的日子。拉约什发现安娜一边禁食，一边在阅读莫泊桑的一本小说。拉约什以一个数学家的方式向她指出这两件事是矛盾的。安娜本人也是一个不赖的数学家，思考了一会儿以后，她接受了这一归谬法证明，并含着眼泪放弃了对犹太传统的遵从。至于她擦干泪水后是否立即停止了斋戒，就不得而知了。

对一个匈牙利知识分子来说，决定成为一名高中教师，并不像在美国那样意味着前途暗淡。自从公元996年以来，匈牙利人就一直珍视他们的教育系统。当时圣阿达尔伯特（Adalbert the Saint）在从布拉格到罗马途中，在匈牙利逗留并建立了匈牙利的第一座慈善修道院和中学。在随后的1 000多年多灾多难的历史上，匈牙利大学所培养的无数优秀教师，对于保存这个民族的文化传统起到了很好的作用。

到19世纪，匈牙利文化部长约瑟夫·厄特伏什（József Eötvös）决定引进非宗教性的启蒙学校，以迎接工业时代的挑战。为了完成这一任务，他起用了匈牙利大教育家莫尔·冯·卡尔曼，即，西奥多·冯·卡尔曼的父亲。卡尔曼在布达佩斯创办了明达预科学校，这是一所以德国的预科学校系统为模式的学校。卡尔曼开创的模式为历史上最成功的教育体制之一奠定了基础。这一成就为他在朝廷中赢得了一席之地，他被请去照管皇帝的子侄们的教育。弗朗茨·约瑟夫[①]最后授予他一个可世袭的贵族头衔，同时赠给冯·卡尔曼一座位于布达佩斯近郊的小葡萄园，封号为"冯·索洛斯基斯拉克"，意即"小葡萄"。卡尔曼的儿子后来写道："我简称它为冯。即使对于像我这样的匈牙利人来说，一个头衔的全称也是很难发音的。"将一个学校教师封为贵族，这说明在匈牙利人心目中教育的地位有多么崇高。

"据传说，"乔治·马克斯（George Marx）写道，"所有的火星人［出色的匈牙利人］都毕业于同一所预科学校，并且是同一个教师的学生。"这当然是夸张，但并不过分。摘取诺贝尔奖桂冠的化学家乔治·德·赫维西和乔治·奥拉（George Olah）都毕业于皮亚里斯特的罗马天主教会学校，毕业于同一所学校的还有物理学家罗兰·厄特伏什（Roland Eötvös），他关于自由落体加速度的工作启发了爱因斯坦的广义相对论。莫尔·冯·卡尔曼的明达预科学校培养的杰出人物中有他的儿子西奥多·冯·卡尔曼和爱德华·特勒。冯·诺伊曼和尤金·魏格纳则是路德预科学校"非凡的"教师拉斯洛·拉茨（Lásló Rátz）数学课上的同学。"我们的老师都很棒，"魏格纳后来回忆道，"数学老师尤其棒。他单独给约翰·冯·诺伊曼授课。他

① 弗朗茨·约瑟夫（Franz Josef，1867—1916），时为奥匈帝国皇帝。——译者

这样做是因为他认识到他将是一个伟大的数学家。”布达佩斯如今有一条拉茨·拉斯洛街（匈牙利人总把姓写在前头），却没有以冯·诺伊曼或魏格纳命名的大街。爱多士的父母选择的高中教师职业，在匈牙利要比在任何其他国家更受人尊重，其效果也是显而易见的。

安娜于1905年与拉约什结婚，婚后几乎立即开始了一个真正的家庭。他们很快就有了两个女儿，玛格达（Magda）和克拉拉（Klára），她们是骄傲的父亲记忆中闪光的神童，年轻夫妇生活的乐趣。1913年3月，幸福的安娜又进了医院准备生产他们的第三个孩子。但就在安娜躺在医院里时，一场猩红热席卷了布达佩斯。3月26日，她生下了一个儿子，爱多士·帕尔（Eodös Pál），后来按西方习惯改叫保罗（Paul）。当安娜带着保罗从医院回到家里时，她的两个女儿却已死去。这对伤心透顶的夫妇便将他们全部的爱与精力都倾注到他们这个灰眼睛的男孩身上。后来保罗的母亲告诉保罗说，他的两个姐姐比他还要聪明。果真如此，这两个女孩确是超乎寻常了，因为爱多士4岁时已经是一个地道的数学神童。

并不是所有的数学家生来就是神童。许多人，包括一些最伟大的数学家，童年生活平平，某一天偶尔解答了一道数学难题，或阅读了一本引人入胜的书，或遇到了一位伯乐老师，从此便对数学如痴如迷。另有一些人，像爱多士，或如古往今来最伟大的数学神童卡尔·弗里德里希·高斯，他们似乎天生就具有一种对柏拉图数的理念王国的神秘记忆。据数学史家贝尔（Eric Temple Bell）记载，高斯2岁时就以“奇童”（wonder child）出名，他那“惊人的智力使所有目睹其超常发展的人都印象深刻，感到不同凡响”。高斯3岁时，有一次坐在一张高凳子上看他父亲算账并将一列数字相加。当老高斯刚写完得数，卡尔·弗里德里希——从来没有人教过他记数和做加减法——却嚷起来："爸，算错了，应该是……"父亲很快验算了一遍，证明小高斯是对的。

关于高斯非凡的早熟，一个最脍炙人口的故事发生在他10岁的时候，当时高斯在比特纳（Büttner）先生开办的一所管理严格的学校上学。有一天，比特纳为了让他所照管的这些孩子们有事可干，便给他们布置了一道算题：把从1到100这100个数加起来。据说比特纳的题目还没有讲完，高斯就放下了他的写字石板，并宣布说"*Ligget se*！"——答数在这儿。在接着的一个小时里，所有其他的孩子都忙个不亦乐乎，他们算算写写，涂涂改改，还相互交头接耳，而小高斯却两手合抱安静地坐在那里。比特纳本打算将这个放肆的孩子狠狠揍一顿，但幸而先看了一下他那块石板，上面只写着一个数。"在这一天的其余时间里，高斯一直兴高采烈地向别人解释为什么他写下的这个数是正确答案，而其他孩子的答案都是错误的。"贝尔写道。高斯立即注意到了，如果考虑各个数的排列次序，那么加法1 + 2 + 3 … + 100做起来就会容易得多。他立即看出，这个数列的第一项与最后一项，即1和100加起来等于101：第二项与倒数第二项，即2和99加起来也等于101，这样配对直到50和51，数列中不再剩有其他任何的数。总共有50对这样的数，其中每一对数相加都得101，因此从1到100这些数相加的和是50 × 101=5 050。小高斯在1分钟之内就发现了今天数学家们所谓的"算术级数求和"法则。

爱多士3岁时，他母亲——他总是叫她"安优卡"（*Anyuka*）——

每当外出教书，便将他留给“小姐”（*Fräulein*）——可恨的德国家庭女教师——来照管。保罗学会计数为的是能数离下次暑假亲爱的安优卡回到自己身边还剩多少日子。从计数到算术只有一步之遥。没过多久，这孩子已经能做3至4位数的心算乘法，这给当时到过爱多士家的客人留下了极深的印象。

爱多士后来在谈到自己早熟的计算能力时几乎总是轻描淡写。确实，历史上不乏心算奇才的记载，这些人的赫赫算功也许会使保罗相形见绌，但他们在其他方面的成就却微不足道。例如杰迪代亚·巴克斯顿（Jedediah Buxton），18世纪的一位著名计算高手，他能通过心算求出一个39位数的平方，虽然他只是偶尔为之：这任务花了他两个半月的时间。巴克斯顿以他的算技取悦当地酒吧的常客，他们奖给他整品脱的啤酒，他还对这种奖赏做了精确的记录。

保罗当然对花式调酒毫无兴趣，他感兴趣的是数本身及它们如何相互搭配。3岁的保罗感到驾轻就熟的这些数可以很好地用来计数像日子、积木或蛋糕这样一些东西。数学家们称这些计数的数为正整数，这个熟悉的数列从1、2、3开始，而没有终结。公元前第三个千年的上半叶，苏美尔人的楔形文泥板已记载了人类对正整数的爱好，而这些数在4 000多年后成为保罗的第一批玩具。

数是每个人最早的玩具。认知科学家最近发现，婴儿的大脑天生具有简单的算术能力。麻省理工学院认知科学家史蒂文·平克（Steven Pinker）在《心智如何工作》一书中写道：“数学是我们生来就有的能力。”发育是第一个数学老师。在出生几周以后，婴儿就已能注意到视线中的事物从2个变为3个这样的变化。5个月大的婴儿已经能做某些简单的算术。心理学家卡伦·温（Karen Wynn）让婴儿看一个米老鼠娃娃，然后将这个娃娃放到屏幕后面。接着她又公开地把第二个米老鼠娃娃放到屏幕后面。当温挪去屏幕后，孩子们朝它原来所在的方位看了一会儿，便失去了兴趣；他们本来就期望看到两个娃娃，当他们真的看到了两个娃娃，便不再注意这件事。温然后又重复了这一实验，不过这一次她在揭开屏幕前偷偷地撤掉了一个娃娃。当她亮出剩下的那个娃娃时，孩子们盯着看了相当长一段时间，温的戏法使他们感到惊讶。要欣赏温的戏法，那些婴儿必须懂得一个娃娃加一个娃娃等于两个娃娃。在另一个稍有变化的实验中，温将两个娃娃放到屏幕后面，然后做了一下取走一个娃娃的动作。当她挪去屏幕后，孩子们看到那里还放着两个娃娃，都露出了惊讶的神色。因为他们本以为那里应该只剩下一个娃娃。这一实验表明婴儿本能地意识到了2减1等于1。

心理学家还证明了，其他一些数学概念，如“大于”、“小于”、简单计数、算术和几何等，也几乎都是与生俱来的。从事狩猎和采集的原始人为了生存并不需要更先进的数学，这也许就是为什么解微分方程的能力没有成为人类基因遗传信息的原因。这使爱多士的密友罗纳德·格雷厄姆（Ronald Graham），一位数学家和美国电话电报公司实验室的首席科学家，在被困难的问题搅得束手无策时，常常能聊以自慰。“我们头脑的设计使我们能躲风避雨，能采集野果，以及能逃脱杀身之祸，等等。我们的头脑能够做到这一切，但如今它面临着崭新的挑战——我们做得越来越好，但我们还要走很长的路才能适应新的生活。”

“从进化论的角度看，儿童如果具有学习学校数学的先天智力准备，那将是出人意料的。”平克写道。因为这些数学是在某些近代文化中最近才发展起来的，它们产生颇晚，还来不及在我们的基因中形成遗传密码。学校数学是文化演进的产物，它要求诸如语言、阅读、书写等扩充人类智能的工具的发展。因此超越最初的直觉来学习数学是一件非常艰难的事情。“没有对难以掌握的数学专长的尊重（这在其他一些文化中并不少见），”平克说，“这种专长是不可能开花结果的。”数学专长在匈牙利比世界上任何其他地方都更受尊重，而在爱多士家又比匈牙利几乎任何其他地方都更受尊重。当保罗的数学才华刚刚崭露头角时，他就受到了大量的鼓励，以促使其开花结果。

在保罗4岁时，有一天，一位客人在看了保罗当场心算他已活过的秒数以及其他一些数学表演后，感到十分惊讶，便决定难一难这个孩子。“100减去250等于多少？”这位客人问。

保罗静默了片刻，暂时迷失在一个奇妙的天地里。但他很快找到了答案，高兴地喊出来：“比0少150！”这看来是一件小事，但在以前并没有人向保罗介绍过负数，而负数这一概念曾引起数学家和哲学家们数千年的激烈争论。保罗在顷刻间便得出结论，认为必定存在着与正整数相反的另一串数列。更令人印象深刻的是，他高兴地意识到了这一事实的重要性，他的数学玩具箱由于增加了负数而忽然变得无限巨大。“这是一个独立的发现。”爱多士不无骄傲地解释说。

早些时代的人如若知道保罗的这一发现，大概会感到不可思议。根据约翰·康韦（John Conway）和理查德·盖伊（Richard Guy）所说：“当负数刚被提出的时候，它们被认为是不可能的数。−3只苹果是什么意思呢？−3当然不是‘真正’的数！但如今人们对于负的温度和负的银行存款余额这类说法就不会觉得不合理了。”数学家利奥波德·克罗内克尔（Leopold

Kronecker）曾经说过："上帝创造了整数，其余的一切都是人的工作。"这"其余的"也成为保罗·爱多士一生的工作对象；在那一天，他成了一名数学家。

数学家的活动使外界感到神秘。人们经常猜想数学家们整天冥思苦想的是数。许多数学家确是如此，但绝不是所有的数学家。更一般地说——借用数学家们特别喜欢的语言——数学家研究"数学对象"的性质与相互关系。要请一位数学家来确切地解释什么是"数学对象"，这有点像请一位诗人解释什么是诗歌，或让音乐家解释什么是爵士乐一样。关于最后的这个问题，路易斯·阿姆斯特朗[①]回答道："如果你一定要问，也绝不会知道答案。"

诗人和音乐家的激情与鉴赏力是从儿歌与小调开始的，而数学家的热情则始于计数。数是最早的和最简单的数学对象。

最早的数学家已经湮没在时间的长河之中，然而苏美尔的泥板文书却清楚地表明了人类创造数学的冲动可以追溯到遥远的古代。数可以被用来计数牛群，丈量土地和编制历法。最初人们只需要整数；没有一个牧羊人会数出几分之一只羊。但土地、日子以及德拉克马[②]是可以划分的，分数——整数之比——曾使古代的学童们感到繁难。数概念的扩展构成了数学史的重要部分。当4岁的保罗·爱多士独立地发现负数时，他实际上是重演了古代数学史的某个片段。

数可能是为了制订日历和从事商业而发明的，但对古人来

① 路易斯·阿姆斯特朗（Louis Armstrong，1901—1971），美国新奥尔良的伟大音乐家，爵士乐的灵魂人物。——译者

② 德拉克马（drachma），古希腊货币或衡量单位。——译者

说它们同时也揭示了宇宙的模式。在数字神秘主义者手中，数被用来构建各种奇异的宇宙模型，这些模型似乎解释了宇宙的有序性，虽然按现代观点看可能是歪曲的解释。例如，据古希腊作家普鲁塔克记载，埃及坚持认为奥西里斯[①]之死发生在阴历17日，是月亏之时。毕达哥拉斯也憎恨17这个数，这不仅是因为它与奥西里斯之死有关，而且因为他通过一种古怪的分析证明了这个数在算术上是有缺陷的。他解释说，17这个数的问题在于它“介于正方形数16与长方形数18之间，而这两个数是平面数中仅有的使周长与其所围面积相等的数”。对毕达哥拉斯来说，所有的数都有几何意义；平面数表示边长为整数的长方形和正方形的面积。一个边长为4个单位的正方形面积为4×4=16，周长则为4+4+4+4=16。一个3×6的长方形的面积是18，其周长为6+3+6+3=18。正如毕达哥拉斯正确地观察到的那样，它们是具有这种性质的仅有的两个平面数。现代数学家会把这类事情看作是趣味代数练习。但毕达哥拉斯却认为这样的数字模型反映了宇宙的设计。一位历史学家评论说，由于对这类数字戏法的癖好，毕达哥拉斯可以说是“百分之十的天才，百分之九十的胡诌”，但毕达哥拉斯的天才却导致了近代数学的诞生。

毕达哥拉斯于公元前580年左右出生于希腊的萨摩斯岛。他后来成为一名四处游历的学者，足迹遍及埃及、巴比伦，也许还到过印度。他可能参观过古代世界七大奇迹的大多数地方，接触了那里的许多神秘教义和宇宙学说。回国后他在意大利南部建立了一个秘密的数学家与神秘主义者团体。毕达哥拉斯学

① 奥西里斯（Osiris），地狱判官，埃及主神之一。——译者

派的人过着禁欲苦行的生活，不沾肉食，甚至连豆子也不吃，因为它形状像睾丸。毕达哥拉斯学派的口号是："万物皆数。"他们所谓的数是指整数及由整数之比组成的分数。现代术语也尊奉这一信条；这些数在今天称为"有理数"。毕达哥拉斯学派崇拜他们的数并相信这些数具有神奇的性质。他们有许多看法确实是"胡诌"。然而毕达哥拉斯及其追随者对有理性的崇拜导致了他们最伟大的成就，同时也使他们最终蒙受了耻辱。

毕达哥拉斯学派所知道的大部分数学在古代世界已酝酿了1 000多年。实用几何发展起来的一套技巧，可以帮助人们丈量田地、修筑寺庙和编制历法，这一切都做得很漂亮。例如毕达哥拉斯最负盛名的命题，"毕达哥拉斯定理"，对巴比伦人来说是早已经知晓的事实。这条定理备受中学几何教师的青睐，《绿

图2–1　现代所知最古老的数论文献，Plimpton 322：一块刻于公元前1900至前1600年间的巴比伦泥板文书。该泥板书包含了一张所谓的毕达哥拉斯三元数组表，毕达哥拉斯三元数组是指各边数皆为整数的直角三角形的边长，诸如3、4和5或5、12和13等。

野仙踪》故事中的稻草人却将它说走了样。

20世纪20年代，考古学家们在巴比伦古城森克勒（Senkereh）挖掘出一块刻有数字的泥板文书，这块泥板文书的年代被鉴定在公元前1900至前1600年之间。人们起初以为它是某种商业账目，但1945年奥托·诺伊格鲍尔（Otto Neugebauer）和亚伯拉罕·萨克斯（Abraham Sachs）注意到那些数字实际上是“毕达哥拉斯三元数组”，即可以作为一个直角三角形三条边的整数组。根据毕达哥拉斯定理，一个直角三角形两直角边的平方之和等于其斜边平方。因此如果一个直角三角形的直角边是3和4英寸（这里单位是不重要的），其斜边必为5英寸，因为$3^2+4^2=9+16=25=5^2$。数3、4、5构成最小的毕达哥拉斯三元数。不难验证出5、12和13是另一组毕达哥拉斯三元数，7、24和25也是。诺伊格鲍尔与萨克斯解读的这块泥板文书现称“Plimpton 322”，总共包含了15组毕达哥拉斯三元数，这些数都是用六十进制写出来的，虽然巴比伦人也像我们一样有10个手指。我们今天在某些场合还继续沿用六十进制，如将小时分成分、秒，将圆分成360度等。这块泥板文书还包括在某些条件下毕达哥拉斯三元数的一个完整分类。在毕达哥拉斯写下毕达哥拉斯定理之前1 000多年，巴比伦人已清楚地知道了这条定理。那么为什么不叫它“巴比伦定理”呢？难道只是因为毕达哥拉斯有一个较好的出版代理人吗？

毕达哥拉斯具有巴比伦人所没有的东西；他有一个证明。在毕达哥拉斯以前，假设和推导被混合在一起，就像一杯怪味的鸡尾酒。观察与启发是数学的基础，但它们在前毕达哥拉斯时代也被交织成一团乱麻。毕达哥拉斯改变了这一切，他坚持认为数学必须是一个从一组公理——在他看来无可争辩的正确命题——出发，借助逻辑法则而得出不容置疑的结论的过程。证明的思想是毕达哥拉斯对数学最重要的贡献；虽然一代代数学家一直在不断完善他的概念，但毕达哥拉斯的基本思想始终是推动数学进步的动力。巴比伦人可能已经通过测量大量具体的三角形猜测到了直角三角形各边之间的关系，他们将量得的直角边长的平方加起来，看看和数是否等于斜边的平方。然而无论他们试画了多少个三角形，也无论他们的测量有多精确，他们也绝不会知道他们的定律是否对所有可能的三角形都正确。毕达哥拉斯从一些数千年来没有人怀疑的假设出发，使用了一些无可争辩的逻辑法则，能够证明巴比伦人所观察到的这一关系对宇宙中所有的三角形都精确地成立。演绎法的使用有时被归功于毕达哥拉斯的前人，希腊几何学家米利都的泰勒斯（Thales of Miletus）。毕达哥拉斯使用这种方法，纯粹依靠逻辑确认了巴比伦人的观察结果：他证明了一条定理。年轻的保罗·爱多士曾兴高采烈地告诉安德鲁·瓦佐尼说他知道37种证明毕达哥拉斯定理的方法，并且每一种都很优美。然而一种证明就够了；一个证明改变了一切。

毕达哥拉斯利用泰勒斯宝贵的智力成果——逻辑证明的方法——来考察他的数字宇宙的基础。结果却是一场悲剧。使毕达哥拉斯遭受挫折的问题是在他考虑一个简单的直角三角形时引起的，这个直角三角形的两条直角边长度都等于一个单位。这个三角形的斜边长是多少？使用毕达哥拉斯定理就行，没有比这更简单的了。1的平方加1的平方等于2。因此斜边的平方等于2。这就是说斜边长等于2的平方根。根据毕达哥拉斯，这个数应该像所有的数一样是分数，即两个整数之比。那么确切地说，它们是什么样的分数呢？

为了回答这个问题，你可以试着做一做毕达哥拉斯之前几代数学家所做的事情：猜测。一块耶鲁大学收藏的编号为7289的巴比伦泥板文书就记载着关于2的平方根的惊人的猜测：它等于$1+24/60+51/60^2+10/60^3=1.414\ 296\ 296\ 296$。没有人知道巴比伦人是通过什么样的天才的逻辑之链而获得这一结果的，但只要触摸一下计算器的键盘，就可以证明这是一个极好的近似值——2的平方根的精确值接近于1.414 213 562 373。巴比伦人得到的即使不是精确值，那也是非常近似的值。使毕达哥拉斯惊恐交加的是，他证明了：近似值是你可以得到的全部！不管你思索了多久，也不管你有多聪明，你也绝不会找到任何一个分数，它与自己相乘恰好等于2。由于这一证明，毕达哥拉斯所夸耀的，完全建立在分数即有理数基础之上的数字宇宙毁于一旦。像参孙①一样，正是他自身的力量——他的证明方法所赋予他的力量——摧毁了他自己。

通过纯逻辑的推理，毕达哥拉斯被迫承认他所信奉的关于宇宙世界的一切原来是错误的。他那万物皆数的信条甚至不能被用来测量一个正方形的对角线！爱多士在发现正数尚不足以描述他的宇宙世界时显得欢欣鼓舞，但数对爱多士来说只不过是玩具。对毕达哥拉斯及其门生来说，数却意味着一切，正因为如此，他们感到惊慌失措。他们封藏书本，掩盖真相。但这个证明太漂亮了，很难保守秘密。传说有一个嘴巴不严的徒弟泄露了这个证明，并为自己的轻率而付出了生命的代价。根据公元5世纪的一位学者普洛克鲁斯·狄奥多库斯（Proclus Diadochus）的记载："这个有罪的人，他只是偶尔触及并泄露

---

① 参孙（Samson），《圣经》中古犹太人的领袖之一，力大无比。——译者

了天机，就被抛到了一个让他永远受海浪冲击的地方。”

毕达哥拉斯这个漂亮的证明是爱多士所谓“天书证明”的一个例子。“上帝有一本无穷尽的天书，其中记载着所有的定理和它们的最佳证明。”爱多士总喜欢这样说。“有时我会对别人说，‘只要你相信这本天书，就不一定非要相信上帝’。当然，”他补充道，“我并不真相信有这样的天书存在。”也许他确实不相信有这样一本天书，但对爱多士来说，最高的赞誉莫过于宣布一个证明“直接来自天书”了。

不管是否存在，关于最佳证明之书的概念确是推动爱多士数学之旅的哲学核心。按照爱多士的看法，最佳证明就是最简单最优美的证明，虽然他承认“在某些情况下很难给出清楚的定义”。伟大的英国数学家哈代（G. H. Hardy）曾宣布：“美是首要的标准，丑陋的数学在世界上是不可能有永久立足之地的。”哈代同样是在循环论证。“美”可能是数学家们所不喜欢的那种含糊而难以定义的词汇之一。从逻辑上讲，因为所有的证明都是同样正确的，同一条定理的一种证明应该与另一种证明一样的好。一位曾论述过证明及数学美的概念的数学家和哲学家吉安-卡洛·罗塔指出：“‘正确的证明’这种说法是多余的，数学证明不应当分等级。一连串的论证步骤要么构成了一个证明，要么毫无意义。”尽管如此，仍然有一些证明，由于其权威性、清晰性、必然性以及数学家们有时称之为“优美”的简洁性，而被宣布为正确的证明。一个伟大的证明不仅要确立所论问题的真实性，而且要切中问题的核心，要富有启发性。

1993年，安德鲁·怀尔斯（Andrew Wiles）证明了费马大定理，这条定理在两个多世纪的时间里曾使最优秀的数学家——业余的和职业的数学家都一样——败北而去。很少有人怀疑费马大定理，这定理关系到通过推广毕达哥拉斯定理而得到的一个方程的解；几乎也没有人认为这条定理具有任何实际的意义。怀尔斯的证明被誉为重大成就，这不仅是因为他最终论证了费马大定理的真实性，而且还在于他在这一过程中揭示了曾经被认为互不相干的数学领域之间的联系，并提供了新的技巧帮助数学家们解决他们真正关注的问题。

怀尔斯的证明是漂亮的，至少对于世界上为数不多的能看懂这个证明的数学家来说是如此。但它却不像是属于“天书”的那种证明。简短本身并不是“天书证明”所必要的特征。许多“天书证明”是长的，但却不会超过它们所需要的长度。深度，而不是长度，才是真正的度量。怀尔斯的证明长达数百页，其中有些论证当数学家们一旦理解其精神实质后很可能会得到简化。“一条定理的第一个证明往往会显得冗长繁复，这是可以原谅的。”爱多士曾这样谈论过他本人撰写过的一些冗长的证明。随着时间的推移，更加简明和富有启发性的证法就会应运而生。马克·吐温了解这种现象，他曾经向一位记者道歉说：“我没有时间给您写短信，只好给您写一封长信。”怀尔斯的证明将被未来几代的数学家所精炼，并放射出启发人的光芒。也许有一天这一证明甚至会被改造成适合收进“天书”的形式，但即便如此，它也不可能使专家以外的人受到启发。

幸好，许多属于“天书”的证明可以被任何能记得高中代数知识和具有爱多士所谓“敞开”大脑的人所理解。读懂这样一个证明有点像看一幅三维照片，乍一瞥似乎只是一张画满云纹的纸。放松你的眼睛，敞开你的思维，抛除你的偏见，尽可能集中精神。一会儿以后，纸面似乎在分解浮动，显现出一只海豚或一头恐龙的三维图像。这是从无形到有形的魔术般突现的一瞬。做数学研究也会有类似感觉。

虽然每一个数学家对于什么样的证明可以被收进“天书”会有不同的个人选择，但他们全都同意毕达哥拉斯关于2的平方根是一个无理数的证明应该属于“天书”，并且也许应该出现在第一页。这一证明思路敏捷，令人惊奇，就像是一个高明的玩笑或魔术师的戏法，同时又传达了数学研究的某种神韵。这可能就是爱多士在20世纪70年代有一天决定向安德鲁·瓦佐尼的妻子劳拉（Laura）解释毕达哥拉斯这个证明的原因。

劳拉是一位音乐家，她当时正在学习数学，不过仅仅是为了取得高中毕业文凭而已。因此当正在她家做客的爱多士对她说“劳拉，我想给您解释一下毕达哥拉斯的丑闻”时，她多少有点感到惊讶。

“好吧，爱多士。”劳拉回答道，心里却有点打鼓。他们经常在一起聊天，历史、政治、爱多士家的洗衣店，无话不谈，但还从来没有讨论过数学。

爱多士取出一张白纸，并且说：“劳拉，如果您对哪一步不明白，请随时告诉我，我会解释清楚的，好吗？”劳拉点了点头，爱多士便开始用他那口音很重的英语慢慢地讲解起来。

毕达哥拉斯的证明是从特别大胆的一着开始的，这是数学家们常用的一着：他假设他要证明的结论是错误的。“这是比象棋比赛中任何开局让棋都更高明的一着，”哈代解释说，因为，“一个棋手可以让出一个卒甚至牺牲一个更大的子，而数学家们让出的却是整盘比赛。”毕达哥拉斯从假定2的平方根是一个有理数开始。也就是说，他假定2的平方根是一个分数。

下一步是要用符号来表达这个想法。说一个数是分数是什么意思呢？这容易回答：一个分数就是两个整数之比，如17/12

或577/408。英文句子“2的平方根是有理数”于是可以用符号写成：

$$\frac{a}{b}=\sqrt{2}$$

字母a和b表示任意的两个整数。爱多士向劳拉说明，毕达哥拉斯同时要求将这个分数写成最简单形式。每个学生都知道，同一个分数可以有无限多种表达方式。例如17/12与34/24（上下同时乘以2）或51/36（上下同时乘以3）都表示同一个分数。当一个分数被写成最简式，它的分子与分母——在这里就是a和b——就没有公因子。

因为分数$\frac{a}{b}$被假定等于2的平方根，该分数的平方就应该等于2，这是一个数的平方根的本意。因此：

$$\frac{a^2}{b^2}=2$$

两边同时乘以b^2，这样重新调整后就得到：

$$a^2=2b^2$$

上述方程表示了一个明显的事实，即若一个分数等于2，那么其分子等于分母的2倍。但这还没完呢：分子a^2必定是一个偶数，因为它是b^2的2倍。b^2的值在这里无关紧要，任一整数的2倍都是一个偶数。如果a^2是偶数，那么a也必定是偶数；如果a是一个奇数，那么a^2也必为奇数，因为任一奇数乘以一个奇数只能得到奇数。“对不对，劳拉？”爱多士问道，她点了点头。说a是一个偶数是什么意思呢？一个偶数就是一个可以被2整除的数，也就是说任何一个偶数都可以写成某个较小整数的2倍。如果a是一个偶数，它可以写成其他某个数的2倍，用c表示这个其他的数。因此a是偶数这一判断用符号表示就是

$$a=2c$$

我们真正感兴趣的是a^2而不是a，但这并不成为问题。将上述方程两边平方，你将得到：

$$a^2=4c^2$$

换句话说，任何一个偶数的平方必定是4的倍数。但我们已经证明了a^2等于b^2的2倍。综上所述我们可以得出结论：

$$2b^2=4c^2$$

将此方程两边除以2得到：

$$b^2=2c^2$$

我们已经胜利在望了。这个方程的意思是说b^2必为偶数，因为它是另外某个数的2倍。利用前面已经用过的推理，我们可以断言如果b^2是偶数，则b也是偶数。到这一步，如果爱多士不欢呼一声“啊哈！”才怪呢，因为大功已经告成。我们已经证明了如果a/b等于2的平方根，那么a和b必定同为偶数。但a和b不能同时为偶数，因为我们一开始就强调了分数a/b是最简分数。一个分子分母都是偶数的分数绝不可能为最简分数，因为它的分子分母都可以被2整除。这是一个矛盾，说明我们最初的假设是错误的。

“瞧！假设是错误的，2的平方根不可能是有理数。”爱多士胜利地宣布。

但他的胜利稍纵即逝，因为劳拉不喜欢这一证明。她感到自己似乎受到了愚弄。爱多士生气地说："我让你随时告诉我有哪一步不明白，可是你一句话也没说啊！"

"你为什么不一开始就告诉我这一切都是错的？"劳拉回敬道，爱多士愤然离开了她。瓦佐尼对这堂失败的数学课有点幸灾乐祸，他决定将记有爱多士解释的那张纸留作纪念。"我还记得阿尔伯特·爱因斯坦的最后几次讲演，其中有一次人们在讲演结束后将黑板卸下来送到史密森学会[①]。因此我请爱多士在这张纸上签字，以便当作历史文献保存下来。"

在劳拉看来，爱多士的不诚实之处是在于没有在一开始就说明他所假设的命题是错误的。实际上，爱多士是运用了数学家工具箱中最有力的武器——反证法。通过将最初的假设归结为一个谬论，他证明了与该假设相反的命题。毕达哥拉斯在开始的时候大概要比爱多士诚实：他假设的是一个他以自己全部的灵魂奉为真理的命题：2的平方根可以被写成某个分数。当他像爱多士在劳拉面前所做的那样从这个命题推出一系列结论之后，他发现了同样的矛盾。在人类所从事的其他领域里，人们会力图将这类矛盾扫进地毯下，但数学的逻辑却使这样的矛盾绝无藏身之地。毕达哥拉斯完全明白他苦心建造的、有理的宇宙不过是一个幻想。尽管他竭力保守秘密，但却无法抗拒这个可怕的真理。纯逻辑的力量迫使他接受他心底里不愿意接受的事实：天外有天，在他想象的有理世界之外，还有其他的世界！

保罗4岁时关于负数的发现，对他一生可谓影响深远。但

① 美国联邦政府主办的研究、收藏并展览科学和文化成果的公共机构，设在首都华盛顿。——译者

在这一年晚些时候他又做出了他所谓“我的第二个重大发现”，这一发现却给他今后的岁月带来一种莫名的恐惧。当他有一次跟着母亲购物时，他突然意识到构成自己生命的年代序列不可能永远延续下去。虽然时间无限，个人的生命却有限。他后来因为所谓的存在性证明而名声斐然，但这却是一个不存在的证明。“我开始哭泣，我懂得了我迟早会死，”他说，“从那以后，我总是希望自己变得更年轻些。”

爱多士后来常常思考人终有一死这个问题，有时还开些玩笑。当他听说科学家们修正了他们对地球年龄的估计时，便特别有兴趣。有一次他做了一个报告，题目是“我的数学生涯：前25亿年回顾”。此话怎讲？“我小时候地球年龄被确定为20亿年，现在科学家们断定它的年龄应该是45亿年。因此让我多活了25亿年。当时听讲的学生画了一条时间轴，并画上我骑着一头恐龙。别人问我：‘恐龙是什么样子？’我后来想出了一个很妙的回答：‘我不记得了，因为你们知道老人只记得很久以前的事，恐龙生活在昨天，仅仅是1亿多年前。’”

在他60岁生日之前的几年里，即20世纪70年代的早期，爱多士开始在他的名字前加上PGOM这几个字母，他解释说这是表示Poor Great Old Man（可怜的伟大的老人）。到他60岁时他把这个前缀加长为PGOMLD，意思是Poor Great Old Man Living Dead（可怜的伟大的老活死人）。到65岁他又在后面加上两个字母AD，意思是Archaeological Discovery（考古发现）。70岁时加上了LD，意为Legally Dead（法定死人）。到75岁时又加上CD，表示Counts Dead（计作死人）。加最后这两个字是因为匈牙利科学院为了使院士的总数不超过200人，规定凡满75岁的院士必须退位，虽然一切特权仍可保留。在将近75岁时，爱多士对记者解释说最后那些首字母也许用不上了。“我大概不必面对那样的时刻，”他说，“[它们] 也许只是有助于我的回忆。我已经很老了，身体又不好。我不知道我的身体发生了什么情况。也许到最后解决的时候了。”但他仍然是当时世界上最多产的数学家之一，仍然四处旅行，比最疲于奔命的喷气机乘客还要繁忙，虽然他常常用这样的话来结束他与合作者之间的数学讨论：“我们明天继续讨论……如果到时我还活着的话。”

4岁的保罗第一次意识到人终有一死。他是一个漂亮的男孩，有一双灰眼睛和一副严肃的表情。他那年轻的双亲，承受着被猩红热夺去了两个女儿的悲痛，倾全力来宠爱和保护他们的宝贝独子。疾病已不是他们最担心的事情，一场战争已经爆发。就在保罗出生那年，费迪南大公在萨拉热窝遇刺，奥匈帝国向塞尔维亚宣战。接着俄国卷了进来，向奥匈帝国宣战。战火迅速向德国、英国和法国蔓延。在保罗发现死亡的现实性的同时，世界大战正在到处残害着人们的生命。

战争爆发后的几周内，成千上万的匈牙利男子包括拉约什·爱多士应征入伍，被派往东线去与俄国人打仗。大批的人死于战场。伤员和俘虏经过千里跋涉，被俄国人押送到他们的拘留营。拉约什就是其中的一个。他在西伯利亚度过了整整6年的铁窗生活。

战争标志着匈牙利黄金时代的结束。大街上挤满了伤残的士兵，穷人们纷纷拥向布达佩斯的工业巨头开设的施食点。这些年里安娜·爱多士一直在外面工作，以便为保罗提供舒适的生活。1918年，奥匈帝国战败，二元君主统治随之解体。在米哈伊·卡罗伊（Mihály Károly）伯爵的领导下，一个新的、独立的匈牙利努力重振经济，保持独立，但这种努力并没有得到西方国家的支持。短短一年内匈牙利在几乎所有的边界上受到其邻国罗马尼亚、捷克斯洛伐克和南斯拉夫的入侵。灰心丧气的卡罗伊宣布辞职。他把匈牙利交给了以贝拉·库恩（Béla Kún）为首的一小群匈牙利共产党人，这些共产党人乐观地寻求苏联的支持。卡罗伊曾经寻求西方的帮助，库恩现在则向东看；二者都是匆匆的过客。

匈牙利公社是一场灾难，持续了整整132天。它短暂的统治，正如历史学家约翰·卢卡奇（John Lukacs）所说，是“愚昧，无能和恐怖的象征”。公社急于实践自己的理想——经济国有化，政教分离，使学校摆脱宗教的束缚等。一切反对意见都遭到了所谓“红色恐怖”的暴力镇压。

匈牙利公社在1919年8月2日彻底失败以后，一场新的、更野蛮的恐怖，即所谓的“白色恐怖”，又席卷了布达佩斯的大街小巷。在前奥匈帝国舰队司令、海军上将巴亚马雷的米克洛斯·霍尔蒂（Miklós Horthy）领导的匈牙利新政府统治下，前共产党人遭到追捕殴打，许多人被绞死。随着反共运动愈演愈烈，又掀起了一个排犹浪潮。库恩和他的大多数人民委员都是犹太人。推而广之，所有的匈牙利犹太人也都被看成是前政权的帮凶，虽然他们大多数人与共产党并无关系。

爱多士回忆当年他和母亲一起站在寓所五楼阳台目睹大街上犹太人惨遭殴打的情景。在这些日子里，许多犹太人为了免受迫害而宣布改变宗教信仰。安娜曾问她6岁的儿子是否考虑过要改变信仰。爱多士一家，像当时许多匈牙利犹太人一样，并不是严格的犹太教徒。爱多士后来说过他“他很少注意自己是一个犹太人”。尽管如此，受着他那坚持原则的固执禀性驱使——这种禀性日后造成了他与铁幕两边的政府都不和的尴尬处境——小爱多士说："你愿意做什么就做什么，我生下来是什么就是什么。"

一个6岁的孩子能够表达这样的意愿是出乎意料和令人敬佩的。但更令人感慨的是一个40岁的中年妇女会如此无条件地尊重孩子的意愿。安娜对儿子的奉献在布达佩斯的朋友中间是众口皆碑的。她照顾他的一切日常生活，解决他所有的需求，保护他免受一切实际的或预感的威胁。她可以说是一个幽默故事中一位母亲的现实原型。这位母亲无论到哪都要把他的儿子背着。有一天，母子俩入住一家旅馆，一位女士看到一个侍从背着那孩子穿过门厅，同情地问道："啊，可怜的家伙，他自己不能走吗？"

"他当然能走，"母亲回答说，"但感谢上帝，他不需要自己走。"

一直到11岁，保罗还不会系自己的鞋带。10年后当他第一次到英国学习时，他发现自己从来没有学过怎样往面包上抹黄油。他没有必要做这件事。"我记得很清楚，喝茶的时候，面包端上来了。我很尴尬地承认自己从来没有在面包上抹过黄油。我试了试，幸好这不是很困难。"

在匈牙利公社时期，安娜·爱多士比大多数人要走运，至少在当时看来是这样。她被升任为一所学校的校长。但到霍尔蒂统治时期，公社所授予的任何荣誉都必然变成一桩罪行。安娜被永远禁止在任何公共学校教书。她继续做家庭教师来维持生计。然后，1920年11月，拉约什·爱多士，保罗心爱的"阿普卡"（*Apuka*，匈牙利文"爸爸"）终于从战场上回来了。在西伯利亚漫长的6年，饥寒交迫的煎熬，加上内战的磨难，这一切都刻写在他那饱经风霜的脸上。当他们第一次重新见面时，保罗禁不住喊出来："阿普卡，你真的老了！"

拉约什·爱多士继续在布达佩斯最好的高级中学之一圣伊斯万预科学校教数学和科学。靠他的工资，加上安娜通过当家庭教师和技术编辑挣来的钱，他们维持着舒适的中产生活。爱多士后来回忆说，他曾经感到难以适应学校的纪律。"我从来不喜欢，并且至今仍不喜欢严格的限制。"这也许只不过是一个娇生惯养的孩子的自然反应，或者是今天所谓的"多动症"的结果——根据他年轻时代的朋友回忆，保罗容易激动，急躁多虑，经常挥动胳膊，喜欢冷不防从座位上跳起来，跑过房间，在离墙几英寸的地方突然停住。这一切，与他父母担心他传染疾病的考虑结合在一起，意味着保罗将留在家里接受"阿普卡"和"安优卡"的教育，"以避免其他孩子必然遇到的一切麻烦与不便"。只是在他长大以后，保罗才偶尔被送到塔瓦茨梅泽或圣伊斯万预科学校去待上一两年，在那里，也像在家里一样，他是他父亲的优秀学生。

然而将有另一位教师，通过他所创办的杂志，引导保罗走进数学界，结识数学家，证明与猜想，男男女女——这一切将成为他的家庭，他的爱，以及他的生命。

第三章　接　触

“数学是我们仅有的通用语言，议员先生！”

——朱迪·福斯特（Jodie Foster）

在影片《超时空接触》（*Contact*）中的台词

当“阿普卡”从西伯利亚集中营回到布达佩斯后，保罗的家庭教育真正开始了。数学当然是核心课程，但保罗的双亲疑心孩子的前途可能不在匈牙利国内，因此将外语教育放在同等重要的地位。虽然夫妇俩都能讲一口流利的德语，但他们还是聘用了可恨的德国小姐来照顾保罗，帮助他掌握德语。而保罗的父亲在西伯利亚身陷囹圄的时候，曾通过学习法语和英语来分散对严寒和饥饿的注意。回国后他就亲自给儿子教这两门外语。众所周知，匈牙利人在学说外语时很难摆脱他们的口音，即使是跟着以此种语言为母语的人学也不例外。拉约什·爱多士曾为了改进自己的英语发音而煞费苦心，并在英语书上使用了一些像密码一样的发音记号。他把这套记号传给了儿子，后者又添加了自己的一些古怪的记号。爱多士对一位匈牙利记者说过：“我不满10岁就能讲流利的英语了。”流利？也许吧，肯定还很生动，但却带着这么重的口音，以致一位为爱多士拍纪录片的制片人感到有必要给爱多士所讲的话都加上英文字幕。爱多士的朋友们偶尔听到他母亲给他上英文课，往往会被逗乐。他母亲会问："帕尔科，水果'szilva'[①]在英文里怎么说？"

"Plimm，妈妈，plimm！"爱多士自信地回答。

爱多士的父母同时开始向他讲授数学这门通用语言，他很快就学会了这门语言，不带任何口音。音乐与数学两者通常都被认为是通用语言，但数学在这方面更为名副其实。爱多士在私下里称音乐为"噪音"，尽管他经常欣赏音乐。一种文化的音乐对另一种文化来说，如若不全是噪音，往往也难以得到欣赏。音乐可以传达情感，但即使这样说也不很确切。有些人从贝多芬第五交响乐的开头几小节能听出命运在敲响大门，而另一些人听到的却可能是魔鬼的笑声："哈哈，哈，哈！"从另一个星球上来的客人，即使能听到音乐声，多半也不会朝附近的唱片店走去的。当外星来客靠近我们时，试图用歌声来表示问候大概也不会成功。在这种场合，数学可能会起到更好的作用。数学，正如朱迪·福斯特扮演的角色对那位参议员所说的，是我们有理由指望能用来与外星人对话的一种通用语言。毕达哥拉斯坚持"万物皆数"或许不全对，但数可能是所有人都能理解的东西。1加1等于2无论在猎户星座参宿四还是在布达佩斯都正确。不管我们的外星朋友有几个手指头，他们都将以类同的方法来计数。

不同的文化有不同的数学研究风格；匈牙利数学的风格就不同于法国或德国。这与近来大学课程中关于"数学是一种社会建构的主张"大相径庭。按照这种所谓"民族数学"（ethnomathematics）的观点，西方数学在依赖于纯粹推理的同

① 匈牙利文"李子"。英文应作 plum［plʌm］。——译者

时，也像音乐和文学一样受着性、权力和政治等问题的影响。而正如爱德华·罗斯坦（Edward Rothstein）在《纽约时报》上所指出的那样，这意味着“西方标准的数学研究方法是有局限的、不完善的，它仅仅是诸多方法中的一条”。

数学家是有限的、有缺陷的生物，他们以毕生精力试图理解无限与完美。这样做必然会产生一些问题和误解。潮流与时尚，政治与迂腐，这一切都会影响数学知识跌跌撞撞的进步。然而，所有这些因素都不能影响数学的有效性。罗斯坦写道：“有许多不同的方法来证明一个圆的周长与其直径之比等于常数，人们称这个数为 π。牧师、农夫以及建筑工人使用这个比率的初衷与目的不尽相同，因此，这个比率可以被叫作*pi*，或zed，或‘密尔沃基’（Milwaukee）。但这个数本身及其意义却不受文化机制的影响。”

那么，数学如果确是一种通用语言，人们怎样用它来打招呼呢？关心SETI（Search for Extraterrestrial Intelligence，即寻找外星智慧）的科学家们对此已经提出了许多设想，并且认为最好的办法就是把我们的外星朋友看作是聪明的孩子，给他们数数。开始试验：一，二，三。

就这样数——嘟，嘟-嘟，嘟-嘟-嘟，嘟-嘟-嘟-嘟——也许行得通，不过某些自然现象也很可能会产生这样的计数序列。有些外星智慧的探索者，如卡尔·萨根（Carl Sagan），则相信“可以明确是由智慧生物发出的”最简单的信号大概是头十几个素数组成的数列。难以想象自然出现的物理现象会发出这样的数列信号，同样难以想象一种有智慧的生物会不理解这种信号。

人们自从会计数以来就对素数情有独钟。所谓素数就是只能被1和它自身整除的整数。头几个素数是2，3，5，7，11

（习惯上1不算素数）。数15是一个合数，即非素数，因为它是3和5的乘积。素数常常被称作算术的原子，因为每一个整数要么是素数，要么可以用唯一的方式写成几个较小素数的乘积。（顺便说一句，这不是一个观察结果，而是一条定理。它对所有的整数都成立，但数学家们曾发明了一些奇异的数类，这条定理在这些数类中却不成立。）

数学家生命的圆弧，往往能反映数学的历史。素数在数学发展的早期就已被发现，而像保罗·爱多士这样的青年数学家，他们的数学生涯往往也是从对素数发生兴趣开始的。确定一个数是素数还是合数是一种智力游戏，它呼唤像爱多士这样的计算奇才。在分解了成百上千个整数以后，这种游戏逐渐变得乏味，头角初露的数学家很可能会想知道是否存在最大的素数，或者说素数个数是否无限？请看看素数表，你能看出某种规律吗？如果看不出来，请不要懊丧。没有人能看出规律来。你会发现最初的几十个素数无规则地成群出现，相互间隔颇近。但当你往后看下去，素数之间的平均距离似乎不断增大。有时也会看到两三个靠得较近的大素数，但总的趋势是清楚的：越往后看，素

头100个素数									
2	3	5	7	11	13	17	19	23	29
31	37	41	43	47	53	59	61	67	71
73	79	83	89	97	101	103	107	109	113
127	131	137	139	149	151	157	163	167	173
179	181	191	193	197	199	211	223	227	229
233	239	241	251	257	263	269	271	277	281
283	293	307	311	313	317	331	337	347	349
353	359	367	373	379	383	389	397	401	409
419	421	431	433	439	443	449	457	461	463
467	479	487	491	499	503	509	521	523	541

数变得越稀疏。素数会不会穷竭？是否存在最大的素数？

人类迄今知道的最大的素数于1998年1月27日被19岁的南加利福尼亚大学二年级学生罗兰·克拉克森（Roland Clarkson）发现。克拉克森在一台老式的奔腾200兆赫计算机上发现了有909 526位数字的素数，使用的程序由来自佛罗里达的计算机程序员乔治·沃尔特曼（George Woltman）编写。沃尔特曼的程序在寻找所谓的梅森素数，因法国神父马林·梅森（Marin Mersenne）在17世纪研究过这些数而得此名。梅森素数乃是那些比2的幂小1的素数，用符号表示就是2^p-1。数3是一个梅森素数，因为它等于2^2-1；数7也是梅森素数（2^3-1）；还有31（2^5-1）和127（2^7-1）。在1635年以前人们一直以为只要p本身是素数，则2^p-1就是素数，但这一年赫达里卡斯·雷吉乌斯（Hudalricus Regius）指出了$2^{11}-1=2\ 047$等于23×89。

20世纪，数学家们发明了一些快速计算机算法来检验一个梅森数是不是素数。直到最近，寻找大梅森素数的工作常常是由一些工程师做的，这些工程师希望用他们的超速计算机来进行一次彻底的探索。但1996年沃尔特曼发布的“大型因特网梅森素数搜索”（GIMPS）程序，推翻了超级计算机的优越地位。全世界有数以千计的计算机迷下载了沃尔特曼的程序，并保存了一个检验梅森素数的程序模块。所有这些功能不强的桌上计算机联合起来发挥的威力，竟超过了速度最快的超级计算机，而其中有许多是为了沃尔特曼的GIMPS计划而从垃圾堆里捡回来的过时机型。不久GIMPS计划就旗开得胜，算出了一个有420 921位数字的素数。一年后GIMPS计划又取得了另一项成果。世界各地更多的计算机迷开始自愿贡献他们的业余计算机时间。多亏圣何塞的一位软件开发经理斯科特·库罗夫斯基

（Scott Kurowski）编写的一个聪明的程序，寻找梅森素数变成了全自动过程。任何人只要有PC机就可以下载这个程序，让它在屏幕上安静地运行，使无数本来会被浪费的计算机空闲时间得到了有效利用。罗兰·克拉克森，这个以记忆π数字为业余爱好的小伙子，成为4 000多名参与者中幸运的赢家，他的计算机为他在数学史上争得了一席之地。但克拉克森知道他在那里不可能久留。寻找最大素数是永无尽头的，原因很简单：根本就不存在最大素数。素数的个数是无限的。

关于素数无限性的证明，可以在数学乃至所有科学领域中迄今最有影响的著作之一欧几里得《几何原本》中找到。在欧几里得以前，数学只是一堆表面上自明的命题以及可以运用逻辑从中导出的推论。虽然进步很大，结果丰富，但这种方法的特殊性质掩盖了不同结果之间的关系，使进一步发展变得困难。

欧几里得对这座库房进行了彻底的清理。他从定义一些基本对象出发，例如点、线、面等。他接着写下了一组涉及这些对象之间关系的命题，他认为这些命题是如此显而易见，对它们不需要证明。例如，一条这样的公理是说：如果两个对象分别与同一个对象相等，那么它们彼此相等。这命题似乎既明显，又不能归结为更简单的真理。如果说素数是算术的原子，那么公理就是推理的原子。从这些公理出发，运用简单的逻辑法则，欧几里得指出大量希腊人已知的几何与算术真理可以获得证明。

两千多年来，欧几里得的数学知识一直被认为是良好教育的重要组成部分。托马斯·霍布斯[①]由于某种原因直到40岁

① 托马斯·霍布斯（Thomas Hobbes，1588—1679），英国著名政治哲学家，由于研究欧几里得《几何原本》而创始演绎法。——译者

时才开始注意《原本》，但他一读这本著作，便备感惊讶。约翰·奥布里[①]记述了这个偶然发生的故事，他写道：一天，“在一间绅士图书馆里，他打开了欧几里得《原本》，翻到第1卷命题47［毕达哥拉斯定理］，读了命题后他说：‘上帝啊！这是不可能的。’于是便去读该命题的证明，这使他回溯到他已经读过的一个命题。该命题又使他回溯到另一个读过的命题。如此反复，最后他终于相信这定理是真理。这使他爱上了几何学”。戴维·赫伯特·唐纳德（David Herbert Donald）则描述过亚伯拉罕·林肯的一个故事：“林肯像他的大多数同时代人一样，相信思维能力像肌肉一样，也可以通过严格的锻炼而得到加强……他设法搞到了一本欧几里得的《几何原本》并下决心亲自证明其中的一些定理和问题。1860年他不无自豪地报告说他曾研究并基本掌握了欧几里得《原本》的前六卷。”

伯特兰·罗素（Bertrand Russell）回忆他11岁时初次接触欧几里得著作的情形，认为这是“我一生中最重大的事件之一，就像初恋一样令人陶醉。我不能想象世上还会有其他更甜美的东西。从那一刻起，直到我38岁，数学始终是我的主要兴趣和我的欢愉的重要源泉”。

当保罗·爱多士的父亲给他讲解欧几里得关于素数无限性的证明时，他比罗素还小1岁。这使他终身为之着迷。这个证明，可以说是整个数学中最优美的证明之一，当然肯定是属于“天书”的证明之一。欧几里得的方法类似于毕达哥拉斯用来证明2的平方根是无理数的方法。他首先假设与他想要证明的命题相反的结论，然后看这会将他引向何处。换句话说，欧几里

① 约翰·奥布里（John Aubrey，1626—1697），英国作家，专门为同时代人写传记。——译者

得假设存在一个最大的素数，记之为P_N（如果使用P_N这样的未知量使你感到不舒服，假想最大的素数是7或11，或其他某个小素数，这会帮助你澄清逻辑思路）。如果这一假设导致矛盾，那么逻辑结论必然是假设不对：不存在最大素数。

证明的第一步是将所有的素数相乘而得到一个大数：

$$A=2\times 3\times 5\times 7\times 11\times \cdots\cdots \times P_N$$

A显然可以被每一个素数整除，这正是我们构造它的原则。现在将A加上1，然后考察所得的结果数，我们记之为P：

$$P=A+1=(2\times 3\times 5\times 7\times 11\times \cdots\cdots \times P_N)+1$$

P或者是素数，或者不是素数，二者必居其一。如果P是我们得到的素数，由于P显然大于P_N，这与假设P_N是最大的素数相矛盾。

每个整数要么是素数，要么是素数的乘积。因此如果P不是素数的话它必能被某个素数整除。用2，3，5，7或其他任何一个不大于P_N的素数除P（$P=A+1$），余数显然为1，这是因为A作为所有这些素数的乘积必然能被它们中任一个整除。于是如果P不是素数，它必定能被大于P_n的一个素数整除。但是我们已经假定没有这样的素数，因此假设P不是素数同样导致矛盾。所以不存在最大的素数，素数的个数是无限的。

如果你不厌其烦地读了上述证明（我希望你确实读了），你可能会感到它真是步步为营。欧几里得的传家宝之一就是精练紧凑的数学推理。总得费时间琢磨分析，没有人能一目十行地阅读数学。即使对那些最流利的“演说者”来说，它也始终是一门外语。爱德华·罗斯坦曾简述原先由普林斯顿老一辈哲学家保罗·贝纳塞拉夫（Paul Benaceraf）提出的这样一个疑难："如果数学知识超越时空，那么从深居时空之中的地球王国怎样才能得到它呢？"人类的大脑生而能做简单的算术和几何，其余则是后天的发明与创造。数学语言与方法在某种意义上是武装地球智慧生命使之能遨游数学知识宇宙的技术，其难以驾驭是不足为奇的。

爱多士的父亲在使他相信素数有无限多之后，接着又向他展示了另一个漂亮的证明，这不仅促使他终身迷上了素数，而且激发了他后来的一些最著名的结果。父亲问道，两个相邻素数的间隔可以有多远？因为所有大于2的素数都是奇数（2必须刨去，因为按定义，素数就是能被1和其自身整除的数），所以两个大于2的相邻素数之差必定是一个偶数（可用某些小的素数来检验）。这个偶数能有多大呢？爱多士的父亲告诉他说可以找出任意长的整数区间，其中完全没有素数。

例如，你想找出100个连续的合数（即非素数）。首先将从1到101所有的整数相乘，即$1 \times 2 \times 3 \times \cdots \times 101$。数学家们称这个数为101阶乘，并记之为101!，这里惊叹号既是标准记号，同时也提示阶乘很可能是大得惊人的数字。101! 就是一个有160位数字的数，约等于9.4×10^{159}。与101! 有关的一个有用的事实是：它是从1到101每一个整数的倍数。因为101! 是2的倍数，它加上2所得的数也是2的倍数；101! 是3的倍数，它加上3所得的数也是3的倍数。依次类推直至101。于是，从101! +2到101! +101这100个数中没有一个是素数。这种方法——数学家称之为构造方法——可以用来发现任意长的合整数区间。你想要1 000个相继的合数吗？很简单，从1 001! +2开始，到1 001! +1 001为止。不过请不要劳神把这些数写出来，因为它们都是2 568位长的数！

素数却又可以互相非常靠近。像素数29和31，中间只隔了一个数，这样一对素数被称为孪生素数。一个著名的未决问题是：是否有无限多对孪生素数？目前已知最大的孪生素数是1994年借助于超级计算机发现的，这是一对4 932位长的数——$697\,053\,813 \times 2^{16\,352} \pm 1$。“很清楚是有无限多对孪生素数，但我想在最近的将来没有人能证明这一结果。”每当讲解数学难题时，爱多士总喜欢这样说，孪生素数猜想回绝了所有证明它的尝试，大多数数学家认为这样一个证明绝不会很快出现。

综上所述，一方面素数之间可以相隔任意远，另一方面孪生素数又可能有无限多，这足以说明素数分布是多么不可捉摸！没有任何神奇的公式可以确切地告诉你哪些数是素数，哪些数不是素数。判别一个数是不是素数唯一可靠的办法是费力地用比它小的每个素数逐个相除。①高斯曾宣称，判定一个数是素数还是合数的问题是“算术中最重要也是最有用的问题之一……这门科学自身的尊严要求我们探索一切可能的方法来解决这个如此优美、如此著名的问题”。

从父亲那儿听来的这些关于素数的证明与猜想，在年仅10岁的保罗·爱多士心中激起了对素数及其分布的终身迷恋，这将引出20世纪最优美、最出人意料的一些数学结果。第一个这样的结果7年后就问世了。然而，父亲的课程最重要的结果是使保罗意识到自己将会成为一名数学家，虽然他同样迷恋天上

① 实际上，只要对小于该数平方根的素数检验即可，这大大节省了劳动。如果一个数被大于其平方根的某数除，得到的是一个小于其平方根的数。例如，36的平方根是6。用小于6的数2去除36，就得到一个大于其平方根的数18。为了证明37是素数，只需用比6小的素数去除它即可，因为如果它有一个大于6的素因数，那么它也必有一个小于6的素因数。——原注

的星星，并认为自己也可能成为一名天文学家。

在11岁时，爱多士才第一次进了学校，上的是塔瓦茨梅泽街预科学校六年级。不管严格的课堂纪律使他独立的心智忍受了怎样的压抑，爱多士仍然竭力争取在班上名列前茅。他唯一没能得到A的科目是绘画，他这门课的成绩是B。“学习对我来说并不是一件难事。”他后来回忆说。他最喜欢的课是历史，并且终身保持了这种兴趣。

对爱多士来说，数学不仅仅是学校的一门课程。爱多士进入预科学校的那一年，也是他开始注目《中学数学杂志》(*Középiskolai Mathematikai Lapok*)之日，这份杂志简称*KöMal*，是一位来自杰尔(Györ)、名叫丹尼尔·阿拉尼(Dániel Arany)的杰出而年轻的中学数学教师在1894年创办的。正如阿拉尼所说，这份杂志的目的是要“为教师和学生提供一本丰富的习题集”。三年后该杂志由拉斯洛·拉茨接办，拉茨当时是11岁的冯·诺伊曼和12岁的尤金·魏格纳的“神奇”老师。在拉茨指导下，*KöMal*由一份只比数学习题集层次稍高的刊物发展成了一块非常成功的培育数学人才的园地。

每个月的*KöMal*都要刊登当时一些著名数学家和数学教育家的文章。但是除了这些有趣的文章，真正有吸引力的是那些竞赛题。在收到每月一期的*KöMal*后，全匈牙利有才华的数学学生就会忙碌起来，尽其所能对这些设计得很高明、并且在难度上按不同年龄分组的问题做出最漂亮的解答。答题人将他们的解答寄回*KöMal*，那里有一个志愿审查组给这些答卷评分。最好的解答将在*KöMal*上发表，这是一种可能激发了爱多士对数学“天书”的幻想的实践。到每年年底，各轮解题竞赛优胜者的照片将刊登出来。多年以后，爱多士的一位解题伙伴马尔塔·斯韦德（Marta Svéd）回忆说:“解题是最主要的事。回报是，如果作为一名勤奋的解题者，你的照片出现在年底的杂志上，你会感到仿佛登上了世界之巅。”这种方法使全匈牙利的天才学生变得相互知名，并认为自己已开始成为数学家，成为数学界的一部分。诺贝尔经济学奖得主约翰·豪尔绍尼（John Harsanyi），物理学家拉斯洛·蒂萨（László Tisza）和费伦茨·梅泽伊（Ferenc Mezei），以及数学家乔治·波利亚（George Polya）和加布里埃尔·塞戈（Gabriel Szegö）等杰出的科学家，早年都是*KöMal*解题竞赛的优胜者。

在爱多士拿起*KöMal* 40年之后，另一位神童，爱多士的门生拉斯洛·洛瓦斯（Lászlo Lovász）第一次看到了这份杂志。“真是一见钟情。”洛瓦斯回忆说。这位八年级学生捡起的这期*KöMal*包含有当时已成为世界著名数学家但还继续给*KöMal*投稿的保罗·爱多士的一篇文章。“这篇文章我至少读了20遍，”洛瓦斯在*KöMal* 100周年纪念专刊上写道，“当我明白我能够理解伟大的数学家在想些什么时，我感到无比惊喜和激动。”洛瓦斯对*KöMal*的热爱为这杂志的许多读者所共享。当乔治·塞凯赖什（George Szekeres）在二战期间被迫逃离匈牙利时，曾想方设法随身携带着他收藏的笨重的过刊合订本，它跟着他从新加坡辗转到澳大利亚，至今仍在他的书架上占据着一席风光之地。

爱多士多产的数学生涯可以说正是从他在*KöMal*上发表题解开始的，最早的一篇出现在1926年12月。爱多士与另一位当时尚未谋面的学生保罗·图兰（Paul Turán）是仅有的两位能解出某道难题的人，这样就产生了爱多士在与他人的长期合作生涯中第一篇联合发表的作品。图兰后来成为爱多士最亲密的朋友和最重要的合作者之一。1926年爱多士的照片第一次出现在优胜解题者之中。这张照片也是他在公共汽车月票上反复使用的。照片中的爱多士身着开领衬衣，双目直视相机，面无笑容，非常严肃。他看起来比其他优胜者年龄要小，而大多数优胜者则衣冠整齐，衣领上浆，还系着领结，不过表情同样严肃。在这一年所有的优胜者中只有一位女性，这位留一头短发的年轻女子名叫埃丝特·克莱因（Esther Klein），她后来也成为爱多士的终身好友，并为他最重要和最有影响的论文之一提供了启示。

爱多士在塔瓦茨梅泽学校待了两年，接着回家自学了一年，然后为了结束高中阶段的学习，他又进了圣·伊斯万预科学校，他父亲是这所中学的数学和物理教师。1920年，随着匈牙利公社的垮台以及《特里亚农条约》导致的匈牙利分裂，反犹主义甚嚣尘上，一个所谓的“名额控制法”将大学中犹太人的入学率限制在录取总数的6%。犹太大学生越来越感到惶惑不安。“我12岁时就知道我迟早得离开匈牙利，因为我是一个犹太人。”爱多士后来这样说。不过在此之前，尽管有“名额控制法”和暴力反犹活动，爱多士从圣伊斯万学校毕业后还是进了布达佩斯科学大学。

在大学里爱多士很快就成为10余名青年数学家的中心人物。这些人中的大多数他过去只是通过*KöMal*上模糊的照片得知，现在才与他们当面结识，今后伴随他一生的数学讨论与数学友谊从此开始。同学们之间的讨论很快就越出课堂，来到大街上，佩斯城内咖啡馆里，或是在布达市区美丽葱郁的山丘之间的漫步，他们学会了不用纸和笔研究数学。然而，他们最喜欢的还是在布达佩斯城市公园内一座雕像下的聚会。

城市公园位于佩斯城中央，布达佩斯许多市民都喜欢在那里消磨午后的休闲时光。公园处在笔直而宽阔的安德拉西大街尽头。安德拉西大街是香榭丽舍大街的仿制品，而城市公园建造则受到了布洛涅森林公园的启发。城市公园与沿安德拉西大街通向公园的欧洲第一条地铁都是1896年匈牙利千年庆典工程的一部分。安德拉西大街与城市公园都比它们的法国原型要略微短些；同时前者不及香榭丽舍大街宽，而后者则比布洛涅公园多了些尘土。尽管如此，夏日的午后，人们还是喜欢上这儿来划船，参观动物园和马戏团，或是围绕着装饰性的城堡散步。冬天则可以在湖上滑冰。而无论冬夏，在一战后的数十年间，只要你知道上哪儿找的话，你都可以加入到一群青年男女中去，跟他们一起进行严肃的数学游戏。

城市公园里那座瓦依达胡尼亚城堡，是一座外观凌乱的混合式建筑，一部体现各种匈牙利建筑风格的百科全书。在它的鹅卵石庭院中央，有一座巨大的青铜人物座像，雕塑中的人物脸部完全被厚袍上的头巾所遮掩，目光却显然注视着在他膝上铺开的一本大书，一本他正在孜孜不倦地撰写的著作。这是一座无名氏雕像，象征了一位想象中的中世纪匈牙利编年史作者。这座无名氏雕像是一个理想的聚会场所：容易找到，又远离闹区；这儿绿树成荫，周围有一圈长凳。在20世纪30年代初，爱多士每周都有一两次从他离公园不远的住所步行去这座雕像会见他的大学同学。他们在那里无话不谈，但主要的话题是数学。大家在长凳上坐下，无名氏雕像梦幻般地浮现在上方。他们模仿无名雕像的姿势，凝神俯视着膝上打开的笔记本。当这种非正式的讨论班刚刚开始时，无论是爱多士还是他的朋友们，都还没有在专业杂志上发表过一篇文章，他们都像无名氏一样默默无闻，虽然情况不久就有了变化。

即使没有爱多士，这也是一群绝不比其他地方逊色的青年数学家。十来名大学生，定期在公园里聚会解决数学问题，但却从来没有把自己看成一个小组，小组这个称呼后来才出现。其中最著名的成员有保罗·图兰、蒂博尔·高洛伊（Tibor Gallai）和乔治·塞凯赖什，他们后来都成了第一流的数学家，并且都是爱多士最早的合作者。

这些在雕像前聚会的数学家全是犹太人，虽然他们自己很少意识到这一事实。多年后，安德鲁·瓦佐尼在与爱多士的一次谈话中回忆往事时提到，他“感到在布达佩斯的非犹太人与犹太人之间隔着一堵墙”。爱多士说他从来没有注意到这一点，于是瓦佐尼便请他举几个当时结交过的非犹太人朋友的名字。爱多士一个也说不出来。“我从未想过这方面的问题。”他承认说。

进大学后不久，爱多士就做出了他的第一个重要的数学贡献。他父亲向他讲解的素数的奇异分布，将爱多士引进了数论这个与整数性质有关的数学领域。在这方面爱多士并非独一无二，大多数数学家最初步入数学领域，都是受到优美的数论结果和富有魅力的数论问题吸引。数学中许多其他分支对门外汉却并不那么殷勤好客。例如在代数拓扑和群论中，你可能会花费数年的时间才能理解其中的问题，更不用说要掌握解决这些问题的技巧与方法了。另一方面，数论学家们感兴趣的问题，有许多却只需具备简单的算术知识就能理解，虽然这些问题解决起来极端困难。一个典型的例子是贝特朗假设①，爱多士的第

① 贝特朗假设，又称“贝特朗猜想”，指命题“n 与 2n 之间必有一素数”。——译者

一篇论文，讨论的正是这一假设。

当儒勒·凡尔纳（Jules Verne）为某个科学问题所困惑时，他常常会求助于法国数学家约瑟夫·贝特朗（Joseph Bertrand），贝特朗是法国科学院院士，他在天体轨道问题和概率论方面做过很重要的工作，但最为人知的却是他1845年提出的一个富有启发性的猜想。这位时年22岁的数学家假设，在每个整数和它的2倍数之间至少有一个素数。容易验证贝特朗假设对较小的数是成立的。例如3和6之间有素数5；15和30之间有素数17，19，23和29。利用当时的数学用表，贝特朗可以对成千上万的数来验证他的猜想。这种验证会令人增强信心，但要使贝特朗的猜想升格为一条定理，则必须进行严格的证明。5年之后，俄国数学家帕夫努季·切比雪夫（Pafnuty Chebychev）为贝特朗猜想找到了一个证明，这就是现在所称的切比雪夫定理[①]。

切比雪夫关于贝特朗猜想的证明是对的，但却冗长难懂。有时困难的证明难以避免，但某些繁难的证明恰恰反映了对问题的本质还缺乏深入的了解。简化改进老的证明，这也是数学事业的重要部分，它往往能引出崭新的见解，用来解决新问题，建立更漂亮、更全面的理论。数学家吉安-卡洛·罗塔曾评论道："在3 000余种刊登创造性数学研究结果的杂志中，翻阅任意一种，你很快就会发现：已发表的论文中难得有几篇解决了尚未解决的问题。绝大多数的数学研究论文关心的不是证明，而是重新证明；不是公理化，而是重新公理化；不是发明，而

---

① 还有其他类似的与素数分布有关的猜想，但证明更为困难。例如，在两个相继平方数之间是否至少有一个素数？比方 8^2 与 9^2 之间是否有素数？猜想看来是对的，但却迄今未获证明。——原注

是统一与精炼；简言之，即托马斯·库恩（Thomas Kuhn）所谓的‘整理’（tidying up）。”在80多年的时间里，切比雪夫定理证明之困难似乎是理所当然的事情。但现在年轻的保罗·爱多士却看到了这个证明怎样可以得到“整理”。

爱多士对切比雪夫定理的新证明非常简单，大学本科学生就能看懂。爱多士在大学的一个讨论班上报告了自己的证明，听众们本来都应该能听懂，但情况却并非如此。爱多士绝不是一个优秀的演讲者，至少在通常的数学意义上是如此，虽然在小范围或一对一的情况下他可谓是一个出色的教师。爱多士后来经常面对大群有鉴赏力的听众。这时他已变成一个演讲老手——他的演讲是数学、笑话和逸闻的混合，这使他的同事给他起了一个绰号叫“数学家中的鲍伯·霍普[①]”。但大学时代的爱多士还没有这样的口才。对参加讨论班的人来说，他们唯一听明白的是：爱多士认为他已得到切比雪夫定理的一个简洁的证明。爱多士的写作风格也好不了多少；没有人能看懂他撰写的论述其证明的那篇文章。“证明一条数学定理是一回事，将它表述出来使同事们能理解它又是另一回事，”爱多士承认道，“当时我还缺乏经验。”

爱多士的父亲不能判断他儿子宣称的关于切比雪夫定理的证明是否正确，但他知道有人能。据安德鲁·瓦佐尼回忆，他说服了塞格德大学的一位教授、当时著名的匈牙利数学家拉斯洛·卡尔马（László Kálmár）“拨冗读一读爱多士的想法”。卡尔马花了一整天的时间审阅了这篇论文，下午3点，他走出办公室，并且如爱多士在无名氏小组的一位朋友马尔塔·斯韦德

① 鲍伯·霍普（Bob Hope，1903—2003），美国著名喜剧演员。——译者

所说的那样，相信爱多士的证明“货真价实”。卡尔马用德文改写了这篇论文，并将它在一份小的数学杂志塞格德《学报》上发表出来。卡尔马并没有在文章上署名，但他的这种工作方式却成为爱多士今后所有合作的先声。正如爱多士的合作者之一阿瑟·斯通（Arthur H. Stone）所说：“保罗撰写合作论文的方式，对他来说主要是传达自己这方面论证的实质；至于实际完成论文，则是另一位合作者的事情了。（我相信大仲马也是采用了某种类似的做法写小说的。）”

卡尔马在为爱多士的论文所写的引言中提到：爱多士的证明与伟大的印度数学家拉马努詹早先给出的一个证明有某种类似之处，这一联系成为激励爱多士前进的动力源泉。拉马努詹的生平是数学史上最动人的白手起家的故事。他1887年生于印度南部马德拉斯市郊一个贫寒的家庭，这个地区在北方佬眼里既落后又愚昧，与布达佩斯可以说有天壤之别。布达佩斯提供了为培养像保罗·爱多士这样的天才所需要的一切，而拉马努詹则是从过了时的教科书中自学数学，并发现了一些他自己也不知其价值的结果。最后他提笔给当时领头的英国数学家哈代写了一封信，介绍自己得到的一些定理并请求指导。这封信是这样开始的——

亲爱的先生：

首先请允许我自我介绍，我是马德拉斯港口信托事务所会计部的一名职员，年薪只有20英镑，现年23岁。我没有受过大学教育，但上过正规的中学。离开中学后我一直坚持利用业余时间钻研数学。我没有循着传统的大学课程踏步前进，而是独自开辟了一条新路。我对一般发散级数进行了专门研究，我所获得的结果被本地的数学家们称为“惊人的”。

如果这封来自穷乡僻壤一位无名小职员的信中既谦恭又自傲的态度起初使哈代感到好笑，接下来的10页信笺却使他大为吃惊。“对哈代来说，拉马努詹的这10页定理好像是一座奇异的丛林，其中的树木似曾相识，却又如此奇怪，似乎是来自另一个星球，”罗伯特·卡尼格尔（Robert Kanigel）在其出色的拉马努詹传《认识无限的人》中这样写道。像几乎所有活跃的数学家一样，哈代经常收到一些怪人寄来的邮件，这些人相信他们已解决了三等分角、化圆为方或其他某个早已被数学家们证明是不可解的问题。拉马努詹用他那大而整齐、清晰的字迹写出来的这些结果是“惊人的”，但却不是显然不可能的。相反，他的这些方程看来是正确的。

要写出这些看来是真正的数学的方程并不是轻而易举的事情。数学家们对老科幻影片中常常出现的满黑板潦草的公式符号总是斥为胡言乱语而不屑一顾。然而，正如其朋友斯诺（C. P. Snow）所说，当哈代终于抽出时间来审阅拉马努詹的方程时，那些“杂乱无章的定理”使他既惊又敬，“这些定理他从来未见过，也从未想到过”。哈代把他的同事和主要合作者利特尔伍德（J. E. Littlewood）请到他在剑桥三一学院的书房，来帮他验证拉马努詹那些奇怪的定理。正如卡尼格尔所描写的那样，到午夜时分，两位数学家已经相信“他们是在审读一位数学天才的论文”。不久哈代和利特尔伍德筹得了一笔经费，并邀请拉马努詹来到剑桥。拉马努詹在剑桥度过了他一生剩下的短暂岁月，33岁时死于肺炎。他在剑桥完成了一批数量不多但却是历史性的论文，同时还留下了一些写满结果的笔记本，这些结果至今还不断被人引用研究。

卡尔马建议爱多士去查阅一下拉马努詹对切比雪夫定理的证明。爱多士钻进图书馆，“在拉马努詹全集中找到了这一证明，我立即以极大的兴趣读了这个证明……两个证明非常相似，而我的证明的优点也许是更为算术化。”爱多士阅读拉马努詹论文的经历导致了他对印度的终身兴趣和对印度数学家的长期支持；同时还引出了一则他喜欢说的玩笑话，这则玩笑话反映了爱多士的一种固执的念头：“我想印度语是最好的语言，因为两个最大的魔鬼衰老和愚蠢在其中发音几乎相同。‘Buda’是老，‘Budu’是蠢。”

爱多士关于切比雪夫定理的证明是一流的成果，对于一个18岁的大学新生而言尤其如此。但正如卡尔马指出的那样，这个证明已被拉马努詹捷足先登。不过爱多士的证明却包含了一些新思想，利用这些思想他很快就以一种全新的方式推广了贝特朗假设。爱多士不久就证明了：在任一大于7的整数与它的2倍数之间至少有2个素数。有趣的是，爱多士的证明同时还告诉了我们关于这些素数的某些性质。根据这条定理，其中至少有一个素数用4除余数为3，同时必有另一个素数用4除余数为1。例如在10和它的2倍数即20之间有素数11，13，17和19。其中11和19被4除余数为3，而13和17被4除余数为1。该定理以及一些相关的推论已足以构成一篇博士论文，而爱多士写出这篇论文时还只是一个二年级的本科生。所有这些成果还使他在数学家内森·法恩（Nathan Fine）所写的一首小诗中赢得了一席之地：

切比雪夫说过的，我再说一遍，

在n与2n之间恒有一个素数！

爱多士关于切比雪夫定理的工作引起了匈牙利以外一些数学家的关注。他很快开始与其中的几位通信，这些人包括曼彻斯特的数论大家路易斯·莫德尔（Louis Mordell），剑桥的理查德·拉多（Richard Rado）与哈罗德·达文波特（Harold Davenport），以及柏林的伊赛·舒尔（Issai Schur）。舒尔立即认识到了爱多士的天才，并开始给自己班上的学生讲授爱多士关于切比雪夫定理的证明，当时爱多士还不满20岁。

当爱多士证明了舒尔关于过剩数的一个猜想以后，舒尔对他的才华便更赏识有加。毕达哥拉斯在探索数字的完美性时，最先注意到了过剩数（或盈数）。在毕达哥拉斯看来，一个数的完美性反映在它的因数上。如果一个数等于所有比它小的因数之和，毕达哥拉斯则称之为完全数。例如6是一个完全数，因为它有因数1，2，3，而它们相加恰好等于6。欧几里得还证明梅森素数——形如2^p-1的素数——可通过一个简单的公式而与偶完全数联系起来。没有人知道是否存在奇完全数，但经验告诉我们不存在奇完全数。

一个数，如果它所有的因数相加之和小于它自身，就叫不足数（或亏数）；而如果它所有的因数之和大于它自身，就叫过剩数（或盈数）。所有的素数都是不足数，因为它们唯一比自身小的因数是1。9也是一个不足数，因为其因数1和3相加得4。12则是一个过剩数，因为其因数1，2，3，4，6相加得16。你可以容易地验证18也是一个过剩数。

舒尔的猜想关系到过剩数在全体整数中分布的稠密程度。数学家们用密度的概念来比较数集的大小，包括无限大的数集之大小。例如，偶数集的大小为二分之一，因为恰好有一半的整数是偶数；5的倍数全体所成的集合密度为五分之一。虽然素数有无穷多个，但素数集的密度却是零！也就是说，素数在全体整数中的分布是如此稀疏，以至于随机地选出一个整数，这个数为素数的概率趋于零；绝大多数的数都不是素数。[①]舒尔的猜想是说，过剩数的密度大于零。或者粗略地说，过剩数确实过剩。

爱多士给舒尔猜想找到了一个漂亮而基本的证明。这个证明具有一切好证明所共有的特性，将他进一步引向了所谓加性算术函数的重要工作。爱多士还用大量闲暇时间解决了舒尔提出的其他一些问题，以至于这位德国人称22岁的爱多士为“*Zauberer von Budapest*”——来自布达佩斯的魔术师。

① 如我们在后面关于康托尔的讨论中将要看到的那样，两个具有不同密度的集合却可以大小相同。——原注

第四章　幸福结局问题

“我们数学家都有点儿古怪。”德国数论学家埃德蒙·兰道（Edmund Landau）1935年在剑桥大学遇见爱多士时说。这是爱多士（尽管他还年轻）不能不同意的一个观点，虽然他认为这种古怪与其说是麻烦，不如说是乐趣。事实上古怪不古怪对爱多士来说并无所谓；从其数学之旅一开始，爱多士就经常长途跋涉去会见每一个能够做出漂亮证明和猜想的人，他在这方面是如此锲而不舍。

3年前，爱多士大学时代的一个朋友，在杰内拉利保险公司工作的桑多尔·凯梅尼（Sándor Kemény）给他介绍了一个名叫希东（S. Sidon）的合作者。“他是一个不错的数学家，”爱多士回忆道，“就是比常人古怪一些。实际上他是一个边缘精神分裂症患者。”希东是那么害羞，以至于说话的时候常常面对着墙壁，“但是当他谈到数学的时候却见识非凡。”希东敏锐的观察力给爱多士留下了深刻的印象，并且爱多士确信他的朋友保罗·图兰也有相同的看法。爱多士便来充当数学红娘了，他终其一生都常常致力于此且成果斐然。不幸的是，希东是一个很勉强的“新郎”。

两个保罗——19岁的爱多士与22岁的图兰——两人突然

出现在隐居的希东家门前的石阶上。他们叩门，门开了一道小缝，希东充满怀疑的目光从门缝里盯着这两位年轻的不速之客，他们解释了来访的原因。“请另找个时间再来访问吧，特别是请访问另外一个人。”希东说。“在匈牙利语中，这句话还蛮好听的。”爱多士指出，“*kérem, jöjjenek máskor és különösen máshoz* ”这句话，以合适的口音拉长语调说出来时有一种相当悦耳的节奏。

爱多士没有被赶走。最后希东“终于通情达理了”，他邀请这两位年轻数学家进去聊天。交谈的结果就是现在我们所知的“希东集”理论的诞生，在与图兰的一篇早期合作论文中，爱多士简要地发展了这个理论；显然，希东是少数几个爱多士不能拉来做合作者的数学家之一。

在他们第一次会面时，希东问爱多士，能否证明他所描述的一组特殊性质的整数列确实存在。“我告诉他，那是一个很好的问题，我相信你是对的，我希望几天之内能给你答案。”19岁的爱多士吹牛说。后来他承认，他“有点儿太乐观了。我最后确实证明了，但却花了20年的时间”。几年之后希东死了，以至于他未能活着看到爱多士炫耀才能的证明。“实际上他死得有些蹊跷，”爱多士对他的讲座听众说，“他的死与贝热拉克①相似：一架梯子落在他身上砸断了他的腿，结果他在医院死于肺炎。”用表达友谊的典型方式，爱多士把自己迟到的证明献给希东以志纪念。②

---

① 贝热拉克（Cyrano de Bergerac，1619—1655），法国讽刺作家和戏剧家。他是电影《大鼻子情圣》主人公的原型，1654年为木梁砸中，一年后过世，但死因未明。——译者

② 爱多士应用他最伟大的发明之一“概率方法”，证明了具有希东所指定的性质的整数列是存在的。但他不能构造出一个这种数列的例子，因而他向能够解决此问题的人悬赏300美元。此奖迄今无人认领，但像爱多士生前提供的所有奖金一样，此项奖金将会由他的朋友们建立的基金会支付给任何有资格获得它的人。——原注

爱多士无限的精力，他对数学交谈、合作与交流的近乎贪婪的渴求，以及爱多士出名的个人癖性，这一切早在他的布达佩斯大学时代就已表现得很清楚。爱多士最早的合作者、比他年长几岁的塞凯赖什回忆说，当他第一次遇见爱多士时就“发现在他身上笼罩着一种令人迷惑的气息。不管你怎样说，他绝对是个神经质的人”。塞凯赖什回忆说，一次，爱多士与他的一群朋友在无名雕像下一起坐在凳子上，“不知何故他突然站了起来，急速地走过来走过去，然后坐回到凳子上。有一位老太太看到此事就把我叫到一边问，‘这小伙子怎么啦？’其实什么事都没有。我们正在讨论，他的头脑中可能突然想起了什么，于是跳起来把思绪整理好之后就回来了。他给旁观者一个非常古怪的印象……我想我们与他都做着正事。我们的行为完全是自然的，我们对此都能够接受”。

爱多士的父母深受他的朋友们爱戴，他们经常拜访位于犹太高级中学对面奥博尼大街8号爱多士家宽敞摩登的布达佩斯公寓。“对学生们来说，那是一座开放的屋子。”一位常客埃丝特·克莱因高兴地回忆说。爱多士的父母循循善诱，热情好客，特别是，对爱多士那些手头拮据的朋友们来说，爱多士的父母作为老师，能够不时地向他们提供需要家教的学生的名单。在爱多士家里，保罗的朋友们能够亲眼目睹他母亲对他无微不至的呵护。塞凯赖什回忆，就在爱多士首次离开匈牙利之前，爱多士的母亲把塞凯赖什叫到一旁表达了她的一个个人请求。她恳求他能保证，当爱多士在国外的时候，不管是她还是她的丈夫死了，他都能够在爱多士面前守口如瓶，这样就不会使爱多士痛苦也不会影响他的学习。“那就是人们所说的过度保护。”塞凯赖什评论说。

爱多士母亲的“过度保护”是感人的。瓦佐尼回忆他曾收到过来自安娜·爱多士的一封信。像许多母亲一样，她关心着儿子的未来，但她也许比其他许多母亲有更好的理由。爱多士毕竟已经选择了一项追求的事业，而在匈牙利，这种职业对于犹太人来说是没有前途的。况且他还是一个书呆子，痴迷数学，缺乏独立生活的能力。最糟糕的是，他完全不关心自己的未来。“我的儿子情况如何？”她忧心忡忡地写道，“他将怎样挣钱谋生呢？”瓦佐尼回答她说：“对一个天才来说，普通人的生活规则是不适用的……他会应付好一切的。不管怎样，朋友们对他无限信任。”

更有甚者，母亲尽力保护爱多士不被女人所控制。一天，正与女友一起在城市公园散步的瓦佐尼遇到了爱多士。这两个人陪着爱多士回到了附近的公寓楼。布达佩斯的许多公寓大楼中央都围着一个大天井，从周围一圈阳台上可以看到天井。“正当我们走进天井的时候，”瓦佐尼回忆，“突然一声尖叫回荡在天井上空，‘那个女人是谁？’所有的人都能听到爱多士母亲那惊恐不安的呼喊。‘是瓦佐尼的女朋友阿兰卡。’爱多士恭顺地说，母亲安静下来。朋友的女友是安全的，[因为]她已经绝对处在其他人的追求范围之外了。”

爱多士终生未婚，他对性问题的态度对他的朋友们来说始终是个谜。在希塞里（George Csicsery）有关爱多士的一部引人入胜的纪录片《N是一个数》中，爱多士对这个问题做了一个多少有些含糊的回答：“正如有人所指出的，‘他喜欢女孩，但不喜欢她们代表的东西’。”不管这里所说的“东西”确切的意思是什么，它并未阻止爱多士将女人发展为亲密朋友和合作者。这一点可以从数学家们喜欢说的一则笑话得到有趣的体现：

在爱多士频繁的横跨美国之旅中，有一次他决定乘火车。幸运得很，他发现自己的座位挨着一个美貌绝伦的年轻女郎。于是，两个人便开始聊了起来，从一个话题谈到另一个话题。到火车驶进佩恩火车站时，他们已经完成了一篇合作论文。

爱多士确实至少与一位女士有过超出数学的关系。20世纪60年代某日，当时正在洛杉矶工作和生活的瓦佐尼收到了爱多士的电话。“*Itt vagyok*！”他打了招呼。“我在这儿。”这是他每一个电话的开场白。爱多士刚刚到达加州大学洛杉矶分校，就立即把瓦佐尼召唤到咖啡馆。瓦佐尼对这种事早已习以为常；爱多士不会驾车，结果每当爱多士来到这个地区，瓦佐尼就成了他的私人司机。不过这一次爱多士可有些叫人纳闷。“瓦佐尼，你不必再载着我到处逛了。”爱多士声明。

“爱多士，这是什么意思？”瓦佐尼问道。

爱多士解释说，他遇到一位荷兰物理学家，一位名叫乔·布吕宁（Jo Brüning）的女士，她可以驾车送他到任何要去的地方。“这使我大吃一惊，”瓦佐尼边摇头边回忆说，“不管我陪爱多士到哪里，每一次乔都在那里。”在爱多士的倡议下，他们访问了加利福尼亚天主教团，不过乔是一个虔诚的新教徒，她拒付参加天主教布道的入场费并顽固地守在外面。他们俩还与瓦佐尼结伴去拉古纳海滨旅行，结果败兴而归。爱多士事先为乔和他自己预定了两间房，但是在旅馆注册的时候却发现只有一间房可用。前台服务员颇为抱歉，瓦佐尼则建议他们俩共住一间房。爱多士转过身，非常愤怒地喊道：“不行，绝对不行！”后来乔向瓦佐尼的妻子劳拉倾诉说要与爱多士断交：“我不愿意再给他当司机。”

爱多士与布吕宁的关系几乎是一个注定要失败的实验。“我有些不正常，”爱多士在希塞里的电影里解释说，他的声音充满了痛苦，“我无法经受性爱的欢乐。”爱多士即使对最轻微的身体接触也会敬而远之；当陌生人跟他握手时，他最多也就是虚虚伸手与对方的手轻轻擦一下。即使是快速偶然的接触也会令爱多士感到不舒服，一整天都在强迫自己洗手。

爱多士一生痛恨孤独，他会利用一切机会置身于朋友和同事们之中。他喜欢与朋友在一起，特别是那些有孩子的朋友，这些孩子管他叫保罗叔叔。但爱多士从来不会在某个地方待很长时间，即使是在人群中间，在他那神圣的个人空间的包围下，他也会陷入深深的孤独。他总认为是他的“不正常”造成了他的天马行空。看到爱多士在希塞里的电影里漫步穿过公园和走廊，你一定会被他极端的孤独所触动。爱多士把他自己这种极度的抽离看作他的心理组成的根本部分，看作既是痛苦也是力量的源泉。“我有一个基本特点，总是想与众不同，”他解释说，“那是非常非常根深蒂固的，从很小的时候开始，我就会自动地抗拒使我趋同于他人的压力。”

无人知晓爱多士讨厌身体接触的根源，尽管一个家族成员认为，问题应归因于他先天的体格状况。不管是什么原因，都不能阻止爱多士母亲偶尔的试探。有一次，在匈牙利巴拉顿湖举行的聚会上，爱多士的朋友兼合作者亚诺什·保奇（Janos Pach）听到爱多士的母亲喊：“保罗，你为什么没有孩子？”

“母亲，你是不是觉得我阳痿？”他回答。

爱多士圈子里的年轻数学家大都（虽然不是全部）是男性，他的这些男性朋友中许多人都如同迷恋数学一样迷恋女人。他们常去看电影并盯着漂亮的美国女演员直瞧，爱多士可从不奉陪。瓦佐尼回忆说他们喜欢通过谈论与性有关的事情来刺激爱多士。有一次，朋友们去拜访爱多士，他正在把食品打包准备邮寄到中国去，以救济那里的饱受内战之苦的老百姓。他们跟他开玩笑说，如果他能陪他们去看脱衣舞表演，他们就给他100美元的奖赏。因为知道爱多士的性神经质，他们以为他们的钱一定很安全。不料爱多士居然表示同意，这使他们大为吃惊。看完表演后，爱多士笑嘻嘻地把钱收起来说："瞧你们这群无聊的家伙，我耍了你们。我摘了眼镜什么也没看见！"

用"无聊"这个词来指代愚蠢，这只不过是数学家们所共知的爱多士语言中的一例专门用语。爱多士语言是爱多士从大学时代就开始发明的，在语源学上与数学术语一脉相承。例如，爱多士喜欢小孩，他一直把小孩子称为"埃泼西龙"（epsilon），这个名字来源于希腊字母 ε，数学家用它表示趋于零的任意小量。在他的朋友拉斯洛·奥尔帕尔（László Alpár）因参加共产党学生活动于1933年被捕入狱时，爱多士通知朋友说"L. A.正在研究约当定理[①]"。约当定理叙述了一个似乎显而易见但证明起来却极其困难的事实，即任何封闭曲线把平面分成内外两部分。爱多士的意思是说奥尔帕尔现在监狱内部。爱多士语言是有教育意义的：塞凯赖什就是从爱多士的双关语中第一次学到这条重要的定理。

这种迂回的表达方法是一种学究式的逗乐，但也可以派实际的用场。谈论政治事件如果被窃听是很危险的。因此在爱多士语言中，苏联总是用"乔"（Joe）即约瑟夫·斯大林（Josef Stalin）来代替，美国则说成"山姆"（Sam）。爱多士会用自己的语言给埃泼西龙们朗诵一首著名的儿歌：山姆与乔爬上山，

---

① 又名"约当曲线定理"，是法国数学家约当（M. C. Jordan，1838—1922）提出的。——译者

他们去抢一桶水……他会一本正经地向纠正他的人解释说，杰克（Jack）和吉尔（Jill）是伊丽莎白时代的政客；共产主义者则用“长波”来指代，因为在可见光谱中红色光的波长最长。

在那些日子里，爱多士对音乐还不太感兴趣，他把音乐说成“噪音”。即使他后来喜欢音乐了，还把它说成噪音，这个措辞倒很适用于他的房东，因为他不得不忍受爱多士成天放收音机里的音乐。他很少喝酒，酒的代名词就变成“毒药”。政治上不太恰当的词汇是他关于人类关系的措辞。一个朋友结婚了，爱多士就说他“被擒了”。妻子是“老板”，丈夫是“奴隶”。他一直未弄明白这种说法为什么惹怒了他的一些朋友，实际上，在他的许多女性合作者中没有一个人曾经注意到他身上有丝毫的性别主义。对这些措辞的解释可能很简单：匈牙利人的妻子传统上把丈夫称为“主人”，爱多士恰恰反其道而行之。

爱多士创造的最有趣的新词可能是“最高法西斯”（Supreme Fascist）或SF，这是他对自己并不信仰的上帝的称呼。爱多士的观点就是，人类与SF之间的关系基本上是一场我们不得不参加又注定要失败的不公平比赛。SF是所有最佳数学证明之书的作者，他把内容隐藏起来，这是SF的残忍之处。为此，我们不得不自己耗尽我们的心智和直觉去重现SF的隐藏之书中的内容。当被问到：“生命的目标是什么？”爱多士就会回答：“去证明，去猜想，让SF得低分。”他认为人类不断地卷进一场与SF之间生死攸关的严酷比赛，在这场赛事中：“如果你做了不好的事，SF就至少得到2分。如果有些事你能做却没有做好，SF至少得1分。如果你做得不错则无人得分。”人类无法赢得这场比赛，所以，生命的目标不是胜利。“目的是让SF得低分。”

随着世界卷入另一场灾难性的战争，爱多士那关于SF统治人类的宇宙观似乎变得合理了。在那个荒唐的年代他和朋友们躲在数学这个理性的王国里。他们经常到布达山郊游，继续在城市公园中聚会，但讨论重点却开始从解决实际问题和刷新已知的结果转向创造性的工作及合作研究。塞凯赖什领先图兰几个月成为爱多士的第一个合作者。图兰与爱多士的合作则贯穿了他的余生，他们合写了30篇论文。

瓦佐尼是另一个早期的但也许有些被动的合作者。瓦佐尼曾经研究过与大名鼎鼎的哥尼斯堡七桥问题相关的问题，许多数学家认为图论（graph theory）领域可溯源于这个哥尼斯堡七桥问题。在普鲁士城市哥尼斯堡（现称加里宁格勒），有一条名叫普雷格尔的河流穿城而过。一座名叫克奈普霍夫的小岛位于普雷格尔河的河岔中间，七座小桥形成一个网络，连接着小岛与河岸。

在温和宜人的傍晚，哥尼斯堡的市民喜欢散步穿过城中的七座桥，在散步过程中自然地产生了一个问题。是否可能设计一种走法，从每座桥经过一次而且仅仅一次？伟大而多产的瑞士数学家欧拉于1736年解决了这个问题。欧拉在数学产出方面仅次于爱多士；[①]他一生写了886部书和论文。其中超过一半是他在58岁双目失明以后完成的。“我听说，有些人否认这种走法的可能性，其他一些人也表示怀疑，没有一个人认为那确实是可能的。”欧拉写道。于是他开始着手证明这个小镇居民的猜测是正确的。因为爱多士一生的大部分时间都在研究图论问题，所以花些笔墨来考察一下欧拉的简单证明是值得的。

① 尽管爱多士所写的论文比欧拉多，但欧拉写了大量关于物理、天文和其他相关领域的作品。他的著作集共有70多卷，远远超过了爱多士发表的著作。另一方面，爱多士每一年要写几千封数学信件，如果这些信件也都出版的话，相信能够向欧拉的记录提出挑战。——原注

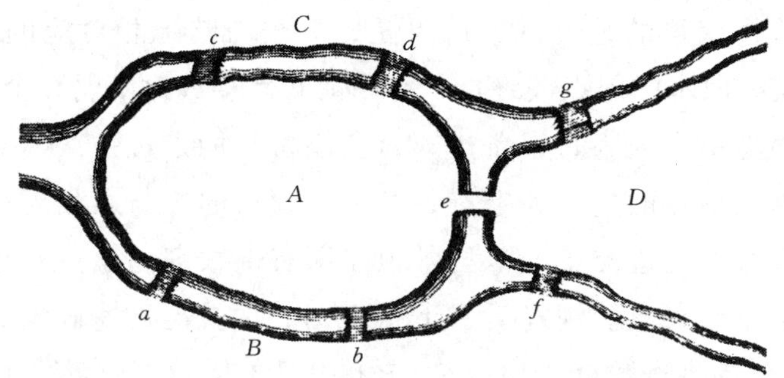

图 4–1　欧拉 1736 年论文中的哥尼斯堡七桥图

欧拉所做的第一件事是，通过消除哥尼斯堡地图上的非必要元素把这个问题翻译成更容易进行数学分析的形式。他把大片陆地压缩成点，现代图论学家称其为顶点。连接大片陆地的桥称为线，在图论中通常称之为边。结果就得到问题的一种抽象表述形式即“图”（graph）：

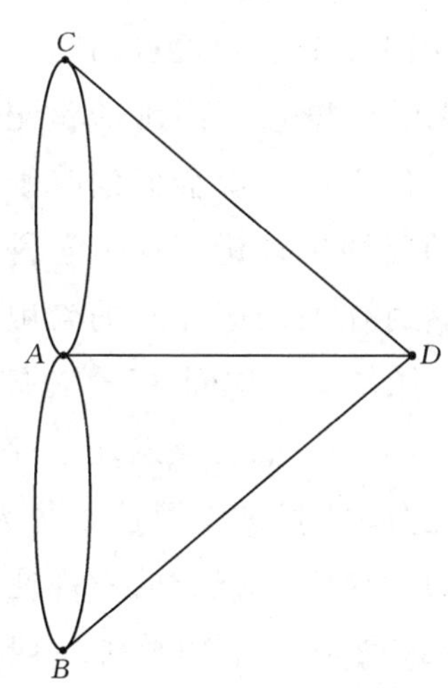

图 4–2　从欧拉的哥尼斯堡地图抽象得到的基本图

欧拉获得的重要观察结果是，一个与陆地相对应的顶点，除非作为散步的起点或终点，否则就必然会放射出偶数个顶点。原因很简单：因为每一条边即每一座桥只能走过一次，对于每一条进入顶点的边，一定有一条离开顶点的边与之相对应。因此，有奇数条边交于其上的各顶点即有奇数度的顶点必须是散步的起点或终点。现在看一下这个图，你就能迅速确定，所有4个顶点都是奇数度（顶点*C*、*B*和*D*是3度，*A*是5度）的。因为一次行走只能有一个起点或终点，欧拉于是自信地断言，哥尼斯堡人要求的那种散步方法是不可能的。作为一个真正的数学家，欧拉继续提出并解决了一个形式更为一般的桥问题，从而显示了数学抽象的力量。“以上述论证为基础，我为自己提出了如下经过推广的问题，”欧拉写道，“给定一条河流及其可能分出的支流的构形，同时给定桥的数目，确定是否可能走过每座桥仅仅一次。”

几乎整整200年之后，瓦佐尼试图把哥尼斯堡七桥问题推广到更复杂的具有无限多个边和顶点的图。欧拉未能做出这一推广，也许是因为无限的概念一直到19世纪末才由康托尔赋予精确的数学形式。在他们第一次会面的时候，爱多士已经向瓦佐尼介绍了康托尔的无限集理论，这个学科深深地吸引着爱多士，以至于为了表达对伟大的康托尔的崇敬，他喜欢在给别人的信上写上“C.（康托尔）与你同在”。瓦佐尼已经解决了无限哥尼斯堡桥问题的一半——他已经发现了存在这种走法的必要条件，但它们并不充分。“我过去习惯于每天与爱多士见一面，那天却犯了一个致命的错误：把我的发现通过电话告诉了他，”瓦佐尼回忆，“我说致命是因为20分钟后他给我回电话告诉了我充分条件的证明。‘真该死，’我想，‘现在我得与他写一篇合作论文了。'" 瓦佐尼确信，如果再多给他一点点时间，他就应该能够自己发现问题的解。然而回想此事，他倒为自己未能独立发现问题的解而感到高兴，因为在数学世界里，会有贵族的标签贴在那些与爱多士合写过论文的人身上。但是即使在爱多士出名之后，他对解题的热望以及在解题时表现出来的敏锐头脑，也引起了那些热衷于单独研究的数学家们的忌恨。稍后我们会看到，曾经有一个事件引发了一场争论，这场争论将引起数学界的分裂并给爱多士的学术生涯留下伤疤。

与爱多士合写论文可能会有超越数学世界的结果。1935年，图兰与爱多士合写了一篇有关数论问题的论文，发表在俄国的《托木斯克数学与力学研究所通报》上。10年以后，在战后的布达佩斯，有一次图兰被一个苏维埃巡警拦住了。斯大林命令他的解放者们在大街上随机地把男人们拘起来，用船运到某地去做苦力。士兵命令图兰出示证件。几天前躲避另一次围捕时图兰就已丢失了身份证，但当他把手伸进手提箱时发现了一份与爱多士合写的论文。图兰把这篇论文交给这个士兵，这个士兵知道图兰在苏维埃出版物上发表过文章后颇受震动，于是让他走了。后来图兰把这事作为"数论的惊人应用"一本正经地向爱多士做了汇报。

由埃丝特·克莱因提出的一个小小的数学之谜导致了另一个意想不到的超越数学的结果，而这个结果将改变她和塞凯赖什的一生。"我确确实实记着这个瞬间，" 埃丝特在做出这一发现60年之后说，"我正在家里坐着——我们有一套简单的房子，我和父母住在一起。我有一个角落可以坐下来思考并研究数学。" 她正在一块垫板上画几何图形——用直线连接一些随机的点，正在这个时候，她注意到了某种困惑了几何学家们2 000多年的东西。

为了能够理解埃丝特的发现，我们将不得不暂停片刻来看看几个非常简单的定义。多边形，当然是由直线构成的封闭平面图形——设想一块由边界围住的不规则田地。数学家们把多边形分成两大类：一种是凸的，另一种是非凸的。凸多边形是没有“凹陷”的简单多边形。从数学上讲，可以用两种等价的方式来给凸多边形下更精确的定义。第一种是说，从图形内部测量，由凸多边形两条毗邻的边形成的角小于180度，这就是所谓“没有凹陷”的好听的说法。凸多边形也可以撇开角度概念来定义：连接凸多边形内部任何两个点的直线总是全部落在多边形内（参照图4–3）。如果一个多边形是非凸的，则连接图形内部某些点对的直线将会穿过边界并离开多边形（参照图4–4）。

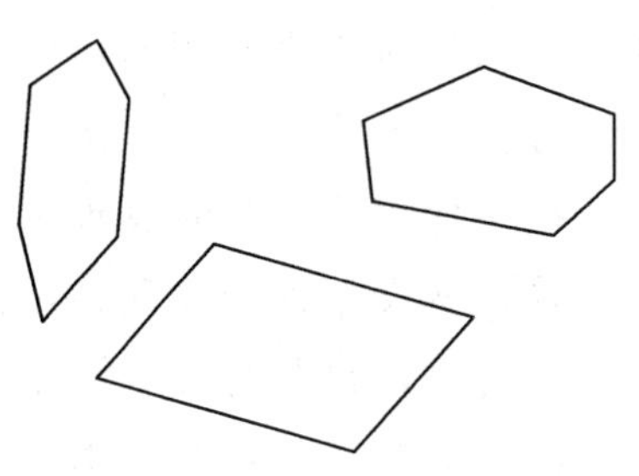

图4–3　凸多边形

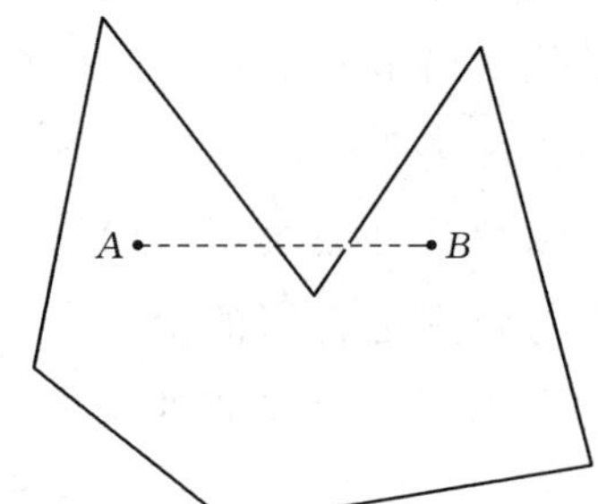

图4–4　如果一个多边形是非凸的，则连接图内某两点的直线会穿过边界，越出图形

埃丝特注意到，如果她在垫板上随机地画5个点，只要任何3点都不在同一直线上，那么其中总有4点构成一个凸四边形（有4条边的凸多边形）的顶点。总是如此！这个奇怪的现象使她感到迷惑。作为一个出类拔萃的问题解决者，她意识到这断言需要证明；仅仅是举出一个例子又一个例子是不够的。她并

未花费太长时间就发现了如下的简单证明。

埃丝特以构造这5个点的“凸外壳”来开始她的证明。所谓凸外壳就是可以画出的最小的包含所有这些点的凸图形。设想在所有点之外围上一个套索，然后将它收紧（参照图4–5和4–6）。绳索将会被阻挡在最外围的点上，因为绳索是围在这些点的外部，它不会有任何凹洞。

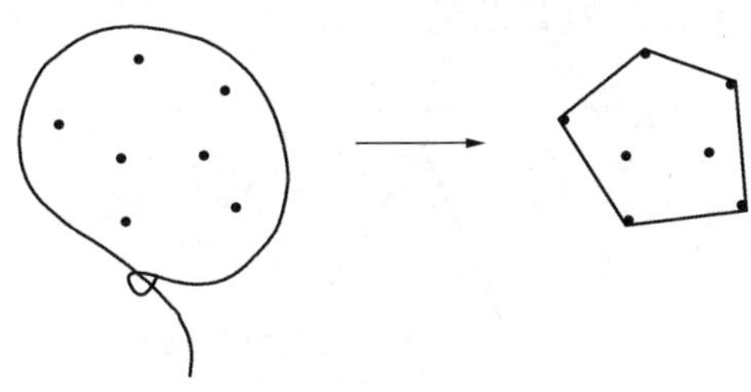

图4–5　凸外壳可通过围住一组点形成

在最简单的情况下，套索围着4个点。如果这种情况发生，我们已经成功了，因为这4个点确定了一个凸四边形（图4–6）。

点也可能以如下的方法来排列，即套索围住所有5个点。在这种情况下，我们要做的是连接两个对角线点，如图4–7中

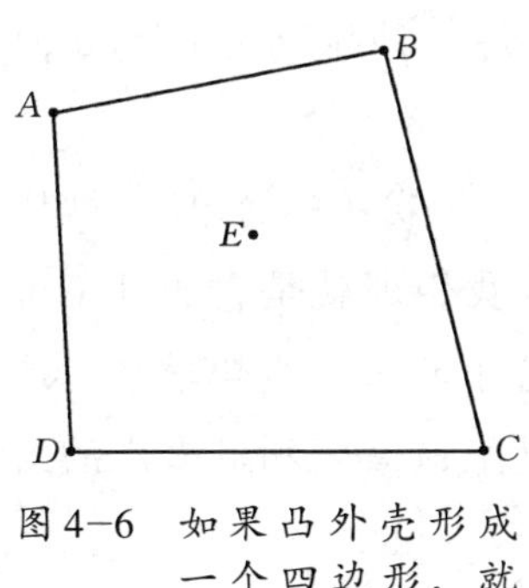

图4–6　如果凸外壳形成一个四边形，就成功了

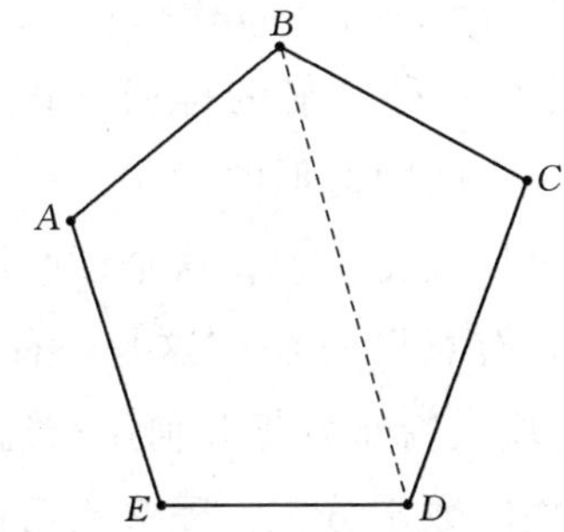

图4–7　如果这个凸外壳是五边形，则连接两个顶点总能够产生一个凸四边形*ABDE*

的 B 和 D。四边形 $ABDE$ 显然是凸的。

唯一剩下的可能情况是，点以这样的方式来排列，套索只能围到其中的3个。[①]可以证明在这一情形下我们也不难找到一个凸四边形。

过三角形内部两点 A 和 B 画一条直线。显然，三角形必有一条边位于此直线的一侧。在我们的图形中这些点就是 D 和 C。你能看出四边形 $ABCD$ 是凸的。

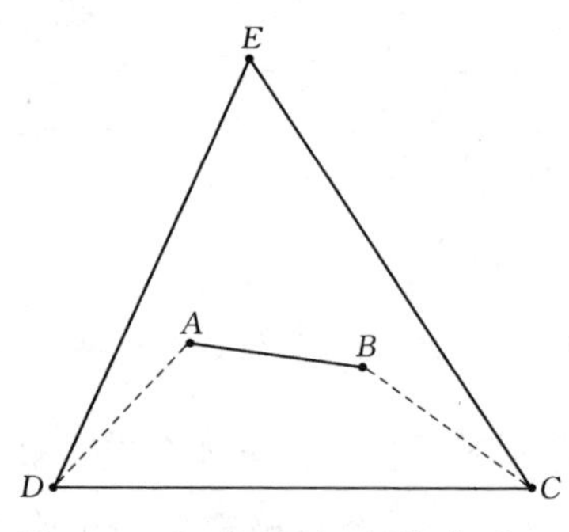

图4–8　如果这个凸外壳是一个三角形，可以画出一个凸四边形 $ABCD$

Quod erat demonstrandum. 我们成功了。我们已经分析了5点的每一种可能的排列方式并证明了每一种排列方式是如何包含一个凸四边形的。

对埃丝特来说，这个证明简直是“像儿戏一样简单”。她认识到，有意思的是：“这是一种新问题。我想那就是它的真正价值。”埃丝特难题把几何学与组合学结合了起来。组合学是与计数有关的数学分支。爱多士可能是20世纪最重要和最多产的组

① 为避免混淆，不许3点共线。——原注

合学家，其厚厚的有关此学科的经典论文集名叫《计数的艺术》（*The Art of Counting*）。在爱多士之前，组合学只是一堆为数不多和互不关联的技巧与问题。伟大的数学家偶尔会涉猎组合学，但他们大部分的精力花费在其他领域之中。在这个世纪里，多亏爱多士，这个学科才作为一个有自己的权利、自己的教科书和期刊及国际会议的数学领域而出现。组合学对通信网络及计算机设计也很重要，而且几乎在科学技术的每一个分支中都有应用。爱多士在这些领域的影响尽管间接但却是巨大的。例如，已经有了专门研讨爱多士对计算机科学的兴趣的会议，尽管他从未写过一篇与计算机有关的论文。他也是贝尔实验室数学小组备受尊敬的常客，尽管他从未写过一篇有关通信网络的论文。对爱多士来说，研究组合学也像所有其他的兴趣一样，是为数学而研究数学。爱多士对这个领域的兴趣正是从埃丝特的问题开始的。

埃丝特把她的难题带到无名氏雕像下说给她的朋友们听。他们很快地解决了这个问题并推广到一般情形。在经过一番努力之后，他们证明了，当9个点随心所欲地散布在平面上，必然会出现一个凸五边形。如果有足够多个点，那么凸六、七、八或其他边数的多边形也是必然的吗？如果是这样，确切地说在每种情况下需要多少点呢？这些是更难的问题，显然已不可能有“像儿戏一样”的解法。爱多士和塞凯赖什都立即被这个问题迷住了。像埃丝特一样，他们也看出来这是一类新问题。但塞凯赖什回忆说，他还有另一个与几何学或组合学无关的更深层次的动机。“我没有其他的感觉，我想解决这个问题，因为它是埃丝特提出来的。”他后来回忆说。塞凯赖什认为，爱多士对这个问题的兴趣也是受了对问题创造者的更深层次和更人性化的兴趣所激发。“我确信，如果有人提出这样的看法，他将会表示强烈反对，但那并不意味着这种看法不对。”塞凯赖什说。

爱多士一直特别喜欢埃丝特，他爱怜地称她为埃泼西，即他常用的数学式昵称“埃泼西龙”的缩写形式。更重要的是，爱多士的母亲认可埃丝特并欢迎她到家里来。“我非常相信，如果爱多士娶了埃丝特，这个老妈妈一定会非常高兴，”塞凯赖什猜测，“据我看，埃丝特曾有过让爱多士结婚的绝佳机会。但是这很复杂。没有发生此事对这个世界来说也许更好些，因为他能够真正地把自己投入到数学中去。”

当爱多士想让塞凯赖什去听一个新的证明或猜想时，他就会像吟诗一般哼道，“塞凯赖什·乔，快开动你聪明的头脑，”乔是其名字乔治的缩称，塞凯赖什总是以此在数学论文上署名。在埃丝特提出其推广的问题两周之后，塞凯赖什终于获得了一次反击的乐趣，命令爱多士：“E. P.，快开动你聪明的头脑！”他发现了一个巧妙的方法来证明他们的猜想——当足够多的点随机地散布在平面上，则必然会形成一个具有特定边数的凸多边形。

为了证明他们的猜想，塞凯赖什已经重新发现了一条定理，而他自己却没有意识到。这条定理于1928年已由一位博学多才的英国青年弗兰克·拉姆齐（Frank Plumpton Ramsey）发表。拉姆齐生于1903年并在英格兰的剑桥长大，他是莫德林（Magdalene）学院院长、数学家阿瑟·拉姆齐（Arthur S. Ramsey）的儿子。弗兰克的弟弟是坎特伯雷的大主教。在其短短的一生中——他在27岁生日前一个月死于慢性肝功能紊乱——拉姆齐仅写了少量的数学、哲学及经济学论文，而其中多数都成为经典。

像爱多士一样，拉姆齐在家里由母亲教育。在几年的家庭教育之后，拉姆齐离家进入温切斯特公学，在那里他的才华很快崭露头角。一天拉姆齐向朋友们宣布他想学习德语。他回家拿来一本语法书和一本字典，几周之后他竟可以阅读和批评奥地利物理学家、哲学家马赫（Ernst Mach）的原版书《感觉的分析》（*Analysis of Sensations*）了。

拉姆齐很快地读完温切斯特公学，进入剑桥的三一学院。他最终获得数学科目一等成绩应该没有问题，但拉姆齐不知疲倦的头脑是任何学科都限制不了的。他才16岁的时候，剑桥的经济学家们聚集在一起商量如何使他们的思想经受住拉姆齐敏捷而深刻的研究。凯恩斯（John Maynard Keynes）称拉姆齐“以惯于处理更大难题的轻松手段掌握了我们这门科学的技术方法”。

对拉姆齐来说似乎没有什么事情是太困难的。凯恩斯称拉姆齐所写的两篇有关经济学的论文中的第二篇是“曾经对数理经济学做出过最重要贡献的文献之一”。拉姆齐也写了一些与维特根斯坦（Wittgenstein）的逻辑悖论有关的重要文章，他还有一些论文对概率论给出了创造性的解释。不过他最重要的工作是在数理逻辑领域，这方面的研究使他发现了后来又被塞凯赖什重新获得的那条定理。具有讽刺意味的是，后来成为他名声的主要来源的拉姆齐理论，正如罗纳德·格雷厄姆和乔尔·斯潘塞（Joel Spencer）在《科学美国人》上一篇介绍该理论的文章所说，“对于他所未能得到的一般情形的证明却是不必要的”。

拉姆齐的论文是解决怀特海（Alfred North Whitehead）与罗素在他们不朽的著作《数学原理》中提出的一些基本问题的尝试。受欧几里得几何学的启发，怀特海与罗素试图在他们的书中证明，全部数学都能从一套固定的公理集合与逻辑规则推导出来。德国数学家希尔伯特（David Hilbert）把这个思想推进了一步，并猜想你可以（至少在原则上）发现一个能够自动地判断数学命题之真假的程序。换言之，计算机可以用于决定任何数学判断真实与否。这里，关键在于“原则上”这个词。数学家们无须为他们的生计而害怕，因为这样的计算机即使存在也不可能提供像“天书”中那种优美而富有启发性的证明；哪怕是最简单的定理，计算机的证明也会是极端冗长与丑陋的，并且不能提供指导与启发。罗素和怀特海在《数学原理》中对等式1+1=2的形式证明就是出名地冗长含糊。按照希尔伯特所希望的程序，一台计算机可能需要几千年的时间才能判定一个命题是真还是假，但希尔伯特数学信念的要素，恰恰在于相信这样一个证明——任何证明——必定存在。“我们常常在内心听到这样的召唤：存在一个问题，去寻找它的答案。你可以运用纯推理找到答案，因为在数学里没有*ignorabimus*。”没有永远的不可知。

几年之后，英国数学家艾伦·图灵（Alan Turing）发展了库尔特·哥德尔（Kurt Gödel）所开创的工作，粉碎了希尔伯特的信念，他证明了即使是在原则上，给机器编制程序然后让它去确定所有判断的真假也是不可能的。在一篇论文中，哥德尔证明了存在不可判定的数学命题，即既不能证明也不能证否的命题。这篇论文在数学与哲学王国里引起的震撼，至今余波未平。

拉姆齐是在尝试去做由希尔伯特提出而后来被哥德尔与图灵证明不可能的事情时发现他的定理的。如若不是塞凯赖什重新发现了这条定理，它也许至今仍鲜为人知。爱多士很快发现了拉姆齐的论文，因为从他还是一个本科生的时候起他就习惯于阅读手头能够得到的每一种数学期刊。

尽管拉姆齐定理的数学陈述使用了抽象难懂的形式主义语言，但当我们在晴朗的夜晚仰望苍穹时，就能够理解其重要性。乍看起来，明亮的繁星似乎是随机地散布在天空中，经过仔细的观察之后也许会发现，星星似乎描绘出各种图形的轮廓：直线与矩形、五边形和圆。古代的占星家把这些图形看成是诸神和猛兽驰骋天穹的身影，并且认为星星的排列方式显示了一只隐藏的巨手的杰作。拉姆齐的定理提出了一个更加合理的解释。对拉姆齐来说，像我们在天空中所看到的那些形状不仅是可能的，而且只要随机散布的星星数目足够多，那么它们还是必然的。正如美国数学家默慈金（Theodore S. Motzkin）指出，拉姆齐的理论证明了完全的混乱无序是不可能的。

为了向外行的读者解释拉姆齐的定理，爱多士常常借助于一个众所周知的派对（party）问题。6个人被邀请参加一个私人聚会，有生人有朋友。在这些客人中是否总有3个人都是朋友，或总有3个人都是生人？

有许多方法可以解决这个问题。最简单的方法可能是首先把它转变成与一个图有关的问题，与欧拉在解决哥尼斯堡七桥问题时的做法类似。在这种情况下，用顶点或点代表派对参与者。若两个人彼此相识，就用实心的边或线把他们连接起来；否则用虚线连接。每一个顶点与其他各顶点都有一条实线或虚线相连。如果一个图里每一个顶点都与其他的顶点相连，这种图叫作完全图。

如果3个人都互相认识，图中就会包含一个实线三角形；如果3人皆相互陌生，则图中将包含一个虚线三角形。派对问题于是被简化为：图中的边能否用这样的方法画出来，使得其中既无实线三角形也无虚线三角形。

回答这个问题的一个方法就是仔细地检查每一个可能的派对图，看看是否存在既无实线三角形也无虚线三角形的图。这么做有多困难？图形中包含15条边。（你能够用两种方法确定这些边的数目，要么从图上直接数出它们，要么注意6个顶点中的每一个顶点与另外的5个顶点相连，这样共给出30条边。但是这个方法把每一个顶点都数了2次——*AB*和*BA*都包括进去了，因此你必须除以2，这样就给出了正确答案——15条边。）15条边中的每一条都要么是实线要么是虚线，因而图的总数就第一条边来说是2，就第二条边来说则要乘以2，就第三条边来说要再乘以2倍，如此直到第十五条边。即为2的15次幂或2^{15}，这样产生了32 768个图形！计算机可以迅速地检查所有的这些图，但是许多人在远远没有完成这种检查之前可能头发就掉光了。

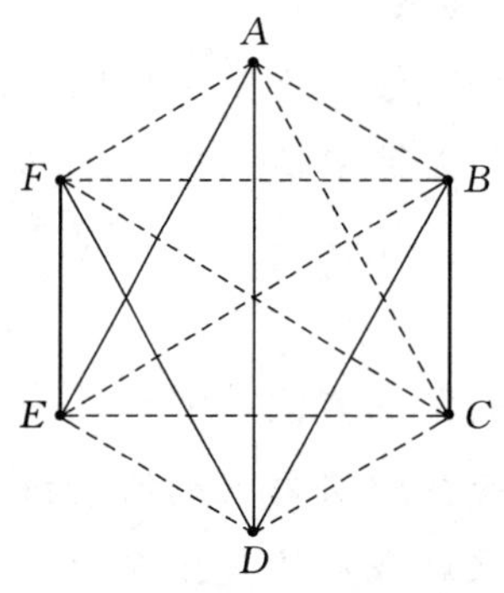

图4–9 派对问题里的关系用一个图来代表。朋友之间由实线相连，生人之间由虚线相连。能否画出一个图形既无实线三角形也无虚线三角形？

稍微借助一点逻辑就能避免这样的自动脱发。首先把你的注意力集中于一个顶点。具体地，将这个顶点记为*A*。

像其他所有顶点一样，顶点*A*由实线或虚线与其他每一个顶点相连。显然这5个边中至少有3个必是实的或必是虚的——如果实边数少于3，则虚边数就会大于3。在图4–10中，我们从*A*引出3条实边（如果我们假定这些边是虚的，则论证相同）。剩余的边无关紧要。

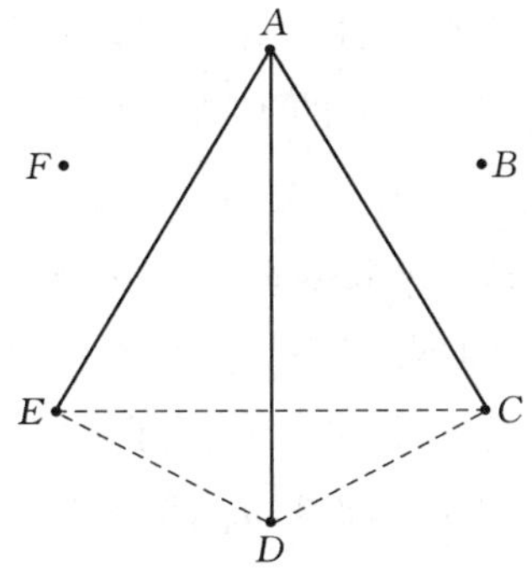

图4–10 如果从A引出的3条边是实（或虚）线，避免实（或虚）线三角形的结果却产生了虚（或实）线三角形。

牢记我们在努力避免画出实线三角形或虚线三角形。如果EC，ED或DC这3条边中有一条是实线，结果就会产生一个实线三角形。因此这3条边中必须是没有一条实线：所有3条边必须是虚线。但是这些边本身却构成了一个三角形ECD！在极力避免画出实线三角形的同时却画出了一个虚线三角形。如果我们以与A相连的3条虚线开始我们就会被迫画出一个实线三角形。这恰恰是我们所要着手证明的：在包含6个点（人）的完全图（派对）中，必定有一个实线三角形（3个人互相认识）或一个虚线三角形（3个人互相陌生）。

拉姆齐的定理是派对问题的推广。这个定理说，随着派对越来越大，相互认识或相互陌生的人群也会越来越大，这是不可避免的。这些不断增加的、巨大的、必然的朋友或生人群具有与克莱因问题中的凸多边形或天空中的星座相应的结构。

爱多士喜欢在演讲中指出，能确保一群人中有3个朋友或3个生人的拉姆齐数（派对的大小）的计算是相当简单的，但随着朋友或生人数目的增加，这个问题就会迅速变得极其困难。数学家们用符号R（3，3）来表示一个其中必有3人互为朋友或3人互相陌生的派对的大小。即使没有敏锐的洞察力，一部计算机也能通过机械地检查不同大小的派对直到获得所求答案：一个6人的派对。即使在很慢的计算机上这也无须很长时间，因为6个人的不同派对的数目仅为32 768。

现在我们问，为了保证总是有4个相互认识的朋友的人群或4个相互陌生的人的人群，这个派对应该有多大呢？换言之，*R*（4，4）是多少？已经证明了答案是18，尽管如爱多士所说，这个证明“不再那么简单”。现在确实需要依靠聪明与机智了，因为一张具有18个点的图可以有大约1.14×10^{46}种表示方式。要想对这个令人目眩的数字有一个印象，需要不切实际的比喻。有一个这样的比喻是，即使你身体里的每一个原子都是一部高速计算机，让这些计算机一齐开动起来，在相当于宇宙年龄的时间内都无法算出这个解来。这就是数学推理的力量，用推理代替蛮力。

但数学推理的力量很快又被这个派对问题超越。没有人确切地知道需要多大的派对才能保证由5个相互认识的朋友或不认识的生人组成的小集团必然存在。世上最聪明的数学家们半个多世纪的工作已经把答数限制在42与50之间。在其关于拉姆齐理论的讲座中，爱多士乐于用他杜撰的离奇故事使听众对问题难度的惊人增长留下印象：“设想有一个恶魔威吓人类：要么告诉我5人问题的答案，否则我就毁灭整个人类……我们最好是乖乖地用数学和计算机尽力计算出答案。但如果他拿6人问题相威胁，那么我们能做的最好的事情就是在他毁灭人类之前把他毁灭，因为对6人问题我们束手无策。如果我们已经聪明到足以获得其数学证明，我们就可以将恶魔打入地狱了。”

当爱多士努力研读隐藏在SF之书中的拉姆齐数时，其他人则在绞尽脑汁试图揭开另一本书字里行间的秘密。拉姆齐定理和机会逻辑能够确保他们取胜。迈克尔·德罗斯宁（Michael

Drosnin）在其畅销书《圣经密码》（*The Bible Code*）中发展了耶路撒冷希伯来大学里普斯（Eliyahu Rips）的工作，挖掘了埋藏在《圣经》中的信息。通过使用一部计算机扫读希伯来《圣经》中的304 805个字母，德罗斯宁宣称发现了足够的预言和征兆来挑起约书亚、诺斯特拉达莫斯及神奇卡纳克的共同嫉妒[①]。德罗斯宁通过检查《圣经》中固定间距的字母来找出他的信息。下面是一个并非取自德罗斯宁大作的例子，研究一下英王钦定版（KJV）《圣经·出埃及记》中的一段话（31：28）："And hast not suffered me to kiss my sons and my daughters？ thou hast now done foolishly in so doing." 从"daughters"（女儿）中的R开始跳过4个字母（忽略空格和标点）到"thou"（你）中的O，再跳过4个字母到"hast"（已经）中的S，如此等等。结果得到单词"ROSWELL"（罗斯韦尔）[②]，以"thou"中的U开始，跳过7个字母得到F，接着再跳过另外7个字母得到O。于是，单词UFO隐藏在包含ROSWELL的同一段文字之中，有人认为这证明《圣经》预言了新墨西哥沙漠外星人的到来。

德罗斯宁通过使用计算机使自己摆脱冗长乏味的搜索，发现了许多似乎很重要的单词和词组并列贯穿在《圣经》之中。例如他发现，隐藏单词"达拉斯"（Dallas）[③]挨着"肯尼迪"（Kennedy）。使用这种技术，德罗斯宁声明已经发现了与人类

---

① 约书亚（Joshua），《圣经》中的人物，继摩西之后犹太人的首领；诺斯特拉达莫斯（Nostradamus，1503—1566），占星学家，预言家，此人宣称自己有预见未来的能力；神奇卡纳克（the Amazing Karnak）可能是指脱口秀节目中约翰尼·卡森（Johnny Carson）扮演的神奇人物，能够通过占卜获得未知问题的答案。——译者

② 美国新墨西哥州沙漠城市，1947 年 7 月有不明飞行物坠毁于此。——译者

③ 美国城市，美国前总统肯尼迪（1917—1963）在此遇刺身亡。——译者

历史上几乎每一个事件和人物有关的预言：拉宾遇刺，海湾战争，阿道夫·希特勒，比尔·克林顿，等等等等。

隐藏在《圣经》字里行间的“预言”与古代人在沙漠的天空中见到的星座是一样的。尽管不可能去证明这些星座是被上帝或诸神之手撒在天空中的，拉姆齐的理论告诉我们，如果给定足够的字母或星星，这一切都是必然的。物理学家、怀疑论者托马斯（David Thomas）研究了英王钦定版《圣经》《战争与和平》以及其他著作，既有圣典亦有凡作，从其中的文句搜索预言。与德罗斯宁研究希伯来《圣经》的情形一样，他在这些著作中也发现了大量的信息。一些支持《圣经密码》的人问道：“这样惊人的巧合怎么会是随机机会的产物呢？”对这些支持者的问题托马斯用一个他认为是真正的问题来回答：“这样惊人的巧合为什么不能是对大量随机数据进行大量试验的必然结果呢？”

20世纪70年代，由太空望远镜发射回来的照片提供了另一个思考拉姆齐理论重要性的机会。1976年7月，海盗1号轨道器在搜寻合适的登陆地点时，拍摄了一张火星上塞东尼亚平原的照片。由轨道器拍摄的山脉照片中有一张极似人或猿的面孔。

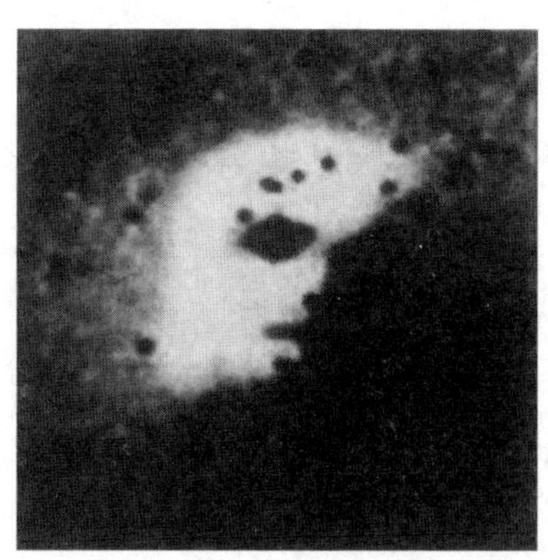

图4-11　弗兰克·拉姆齐在火星上？

美国航空和航天局（NASA）发表了这张塞东尼亚面孔的照片，因为它认为这张照片比海盗号为多沟的火星表面拍摄的其他许多照片都更引人注目和令人惊叹。NASA的科学家对随之而来的公众怒潮并无思想准备。许多人坚持认为这张面孔是人工制造的，当作一个信息放在火星上等着地球人来发现。于是掀起了一场小小的运动，试图解释这张面孔及由目光敏锐并富有想象力的探索者们发现的其他形貌。如果这些人有更好的理解力的话，他们想必会知道，海盗号探测器拍摄的就是拉姆齐的面孔，或至少是他的理论的面孔。

拉姆齐定理所能做的不仅仅是解释欺骗与错觉。按塞凯赖什的想象，从研究散布在欧几里得平面上的点到探索诸如生命起源这样的宇宙问题只是一步之遥。“遗传密码给你一些指令，这相当于说‘点在平面上’，树上突然出现一片树叶”，这与凸多边形出现在平面上是一样的必然。塞凯赖什喜欢告诉他的学生，无须太多的逻辑步骤，“你就能从这样幼稚的问题转移到与我们的存在有关的最大的谜。从某种程度上说，整个生命就是一种方式，拉姆齐定理多少触及了这个问题。确实，我努力说服他们，永远不要听信别人说这类问题的研究只不过是一种无用之举”。

爱多士从来不需要说服，他立即被塞凯赖什的证明所吸引和鼓舞，并迅速地发现了他自己的一个巧妙证明，一个不需要使用拉姆齐定理的证明。爱多士的证明有一个优点，就是提供了一个对为了确保给定边数的凸多边形的存在所需点数的更加精确的估计。埃丝特已经发现为保证一个凸四边形需要有5个点。他们的朋友之一毛考伊（E. Makai）证明，当任意9个点散布在平面上时，其中有5个点将必然地构成一个凸五边形。有人注意到埃丝特·克莱因问题的解5等于2×2+1，即2^2+1，而且毛考伊的解9等于2×2×2+1，或2^3+1。数学直觉令爱多士、塞凯赖什和克莱因（无人知道是谁首先想到）猜想，为确保一个凸六边形（6个边）的存在，所需的点数为 $2\times2\times2\times2+1=2^4+1=17$。还没有人能证明17个点是足够的。然而，就在这两个点数的基础上，年轻的数学家们又大胆地陈述了对这个问题的推广：n条边的凸多边形必然出现，如果有 $2^{(n-2)}+1$或更多个点散布在平面上。尽管塞凯赖什说他们“坚信这是正确的值”，但至今仍没有人能够证明这个猜想。

在成功地解决了埃丝特的问题之后，塞凯赖什回忆说：“我和埃丝特之间的亲密关系已没有任何障碍。”至于爱多士，他回忆道：“他与这整个事情有着某种感情联系，于是便让自己全身心地投入到拉姆齐理论之中，并成为这个理论的最伟大的专家和支持者。”拉姆齐理论——这个术语是爱多士给出的——已成为数学的一个独立领域。

爱多士与塞凯赖什的论文将成为他最早的和最光芒四射的宝石之一，并且在其余生中，他一直醉心于拉姆齐理论及组合几何学。但是，爱多士对论文所解决的这个问题的情感将伴着对问题的提出者和第一个解决者的情感永远萦绕心间。塞凯赖什和克莱因一年之后订婚了。爱多士对这个结局如同对论文中获得的数学结果一样感到幸福，他总是把埃丝特的难题称为“幸福结局问题”。塞凯赖什与埃丝特于1936年结婚。“我记得婚礼那一天，”爱多士说，“恰巧是我获悉维诺格拉多夫（Vinogradov）证明了非同寻常的哥德巴赫猜想的翌日。”这说明了他的思维是怎样把所有的事件都与数学联系在一起。

第五章　爱多士与西方文明的命运

在匈牙利，对于一位年轻的犹太数学家来说，他的学术前途是十分渺茫的，即使像保罗·爱多士那样出色的人。塞凯赖什的父母意识到这一点，坚持让他们的儿子学习化学工程以便将来能接管家里的皮革厂。塞凯赖什听从了父母的建议而把数学作为一项浪漫的业余爱好。瓦佐尼也有同样的考虑，但他不该告诉爱多士，爱多士听后很震惊并威胁道："我要躲起来，等你走进理工大学的门口时，就射死你。""争端就此解决。"瓦佐尼说道。

爱多士强烈支持他的朋友们从事数学并不表示他对匈牙利和欧洲的一般局势抱有天真的乐观。当他同圈子里的人去布达山郊游时，在不探讨数学问题的时候，他们也时常分析正在恶化的匈牙利政治形势。逐渐地，爱多士的犹太朋友们——其中许多都是左派活跃分子——感到他们像是在监狱的围墙内"学习约当定理"。在街上他们遭人恫吓，他们被逐出大学校门，或被警察监视。"自1925年以来，我和我的父母就很清楚，我必须出国。"爱多士回忆道。当他一完成博士论文，就开始准备动身。

爱多士的父母本来希望他到德国继续学业。但是亲眼目睹了纳粹分子的嚣张气焰后，他们知道这是不可能的。在他的论文导师的建议下，爱多士写信给英国著名的数论家路易斯·莫德尔，请求帮助他争取奖学金。爱多士申请奖学金的材料中包括他一篇论文的复印件，文中有他对舒尔关于过剩数猜想的一个简单证明，这篇文章使他获得了由英国皇家学会提供的曼彻斯特大学的奖学金，数额为100英镑。

1934年，年仅21岁的爱多士获得帕兹马尼大学的博士学位，是有史以来获得该学位的最年轻者之一。同年9月，爱多士登上列车，第一次离开了匈牙利。“他甚至不知如何在火车上对付一日三餐及其他琐事。”安妮·达文波特（Anne Davenport）说道。她与她的丈夫，一位剑桥大学的数学家，后来一道成为爱多士亲密的朋友。

尽管旅途的乏味令爱多士感到有些疲惫，但这并没有影响他要会见尽可能多的数学家的愿望。在去曼彻斯特的路上，爱多士在瑞士稍作停留，前去拜访乔治·波利亚（George Pólya），他是一本著名数学问题集的作者之一。这本书曾是爱多士他们在无名氏铜像下聚会时讨论的话题。

1934年10月1日——即使50多年后爱多士也能毫不费力地准确说出这个日子——爱多士乘火车抵达剑桥站，这是他到达曼彻斯特前的又一次短暂访问。虽说是第一次旅行，爱多士却尽可能地挤进了尽可能多的数学中心。在车站，爱多士碰到了哈罗德·达文波特和后来成为爱多士重要合作者的年轻德国数学家理查德·拉多。拉多是舒尔最得意的学生之一，当希特勒上台执政时，作为一名犹太人，他被迫逃离德国。爱多士与拉多就数学问题已有1年多的通信往来。爱多士告诉拉多他关于拉姆齐定理在无穷情形下的一个猜想，拉多回信驳斥了它。

因此，当3人在车站相遇时，他们“立刻来到三一学院并做了第一次长时间的数学探讨”，拉多回忆道。在餐厅里爱多士发现他自己还从来没有给面包片涂过黄油。

在剑桥大学，爱多士以一个有趣的猜想挑战了他所遇到的数学家，这个猜想本身没有多大的数学价值。事实上，后来证明它是不正确的。但是，如同爱多士的许多猜想一样，它改变了那些致力于此猜想的数学家的命运。塞德里克·史密斯（Cedric Smith）就是其中之一。他后来有些夸张却不无道理地谈道，就像一只在美国蒙大拿的蝴蝶扇动几下翅膀也许会在印度引起一阵季风，爱多士小小的猜想，可能会改变西方文明的命运。

这个决定命运的猜想涉及一种被称为分割的几何难题。简单地说，一个分割就是将一个图形分成几个小的图形，就像拼板玩具或埃舍尔[①]印板。人类已经提出许多高明的分割方法，例如分割后的各个部分重新拼成另外一个图形，分割一个三角形使其重新组成一个五边形就是这样的例子。爱多士的分割问题，至少从表面上来看，比这些要简单得多。将一个正方形分成许多小正方形是很容易做到的，比如，棋盘就是将一个正方形分成了64个小正方形。但是如果要求这些小正方形彼此都不相同，结果会怎样呢？爱多士猜测这样的分割是不可能的。也就是说，一个正方形如要分成一些更小的正方形，则至少会有两个完全相同。

这样猜测的根据是什么呢？为什么有些人能直觉地感到一个正方形怎样分割是可能的，怎样分割是不可能的？通常说来

① 埃舍尔（M. C. Escher，1898—1972），荷兰版画家。——译者

这种直觉依赖于长时间漫不经心的思考和反复试验。尽管数学证明靠的是纯逻辑，但从广义上来说，数学本身却是一门观察性的科学。对于上述猜想，爱多士也许是受其首先观察到的三维问题影响。令人惊奇的是，很容易证明出一个立方体不能够分成有限个彼此不同的小立方体。

假设一个立方体可以分成大小不同的小立方体，那么这个立方体的每个面就会被分成大小不同的正方形，它们是外层立方体的底部。集中考察其中的一个面，尤其是面上最小的正方形。它不能位于这个面的一角，否则沿着这个小正方形的两条内边不能再有较大的正方形，除非它们完全重合。它也不能沿着这个面的一条边，因为如果是这样的话，这个小正方形将被夹在2个较大正方形中间，而与这个小正方形相邻的2个较大正方形伸出来的部分将围成一个宽为小正方形边长的区域。只有用更小的正方形才能填满这个区域，但是根据假设，不存在这样的正方形。因此，这个小立方体只能朝向面的中间部分，四周由较大立方体表面的正方形包围着。这意味着小立方体的顶部就像回廊环绕的院子，周围是与它相邻立方体的表面所围成。而且它的顶部就像最初的面一样，必须有更小的立方体覆盖。不断重复上述论证过程：这些立方体中最小的必须有更小的立方体将它覆盖，一直继续下去，就像斯威夫特（Jonathan Swift）的跳蚤歌：

> 博物学家观察到一只跳蚤
> 它被小跳蚤们咬食
> 小跳蚤又成为更小跳蚤的佳肴
> 如此下去，永无穷尽。

因此，一个立方体不能分成有限个彼此不同的小立方体。

尽管上述论证并不适用于二维的情形，但是爱多士的几何直觉告诉他一个正方形进行类似的分割也是不可能的。一位名叫迪安（W. R. Dean）的剑桥大学的讲师听说了爱多士的猜想，并把它讲给那些经常听他谈论数学的中学生听。后来成为爱多士的朋友和合作者的阿瑟·斯通就是这些学生当中的一个，他对这个问题很感兴趣——但是直到很多年后，他才知道这个猜想来自爱多士。

斯通获得了剑桥三一学院的奖学金，在那里他和两位数学同行塞德里克·史密斯、布鲁克斯（R. Leonard Brooks）及一位正在攻读化学的威廉·图特（William Tutte）成为好友。史密斯后来写道："尽管我们知道我们是真正的数学家，但我们思维开阔足以和一些纯化学家谈论。"除此之外，史密斯还是一位下棋高手。图特很快就设计独特的数学问题难住了他的新朋友，从而在他们中间赢得了数学声誉。

斯通回敬朋友们的方法是，告诉他们爱多士的猜想——把一个正方形分割成不同的小正方形，虽说斯通没有解决这个问题，但却使这个问题更具吸引力。他们4人在接下来的3年里猛攻这个猜想。

他们的第一个突破是发现一个矩形可以分割成大小不同的正方形，然而后来得知一位名叫莫伦（Moroń）的数学家已于1925年抢先发现了这个结果。他们发展了一种寻找此类矩形的奇妙方法，将问题简化为电路分析，最后找到了几个这样的矩形，可惜没有正方形。

尽管他们所发现的矩形看起来很吸引人，但是很长一段时间里他们没有丝毫进展。布鲁克斯把其中一个矩形分割成一些小正方形形成一个拼板玩具，然后让他的母亲去拼，他母亲成功地拼出一个矩形。令人惊奇的是，他母亲拼出来的矩形与原来布鲁克斯切割前的不是同一个，就好像给他母亲的是帝国大厦的拼板，她却拼出一个布鲁克林大桥的图案，一定有一些新的东西在起作用，但那是什么呢？

图特经过冥思苦想，最终给出了一个解释。布鲁克斯母亲的发现揭示了基本方程的一种对称性，它很快帮助这些学生获得了将一个正方形分割成不同小正方形的一种方法。爱多士是真的错了。然而不幸的是，他们再次被人抢了先，这一次是数学家斯普拉格（R. P. Sprague），领先不到一年。在以后的时间里，人们不遗余力地研究着这个众所周知的正方形分割问题。1978年，杜伊维斯丁（A. J. W. Duijvestin）发现，一个正方形分割成不同小正方形的最少个数是21。他的分割方法如图5-1所示。

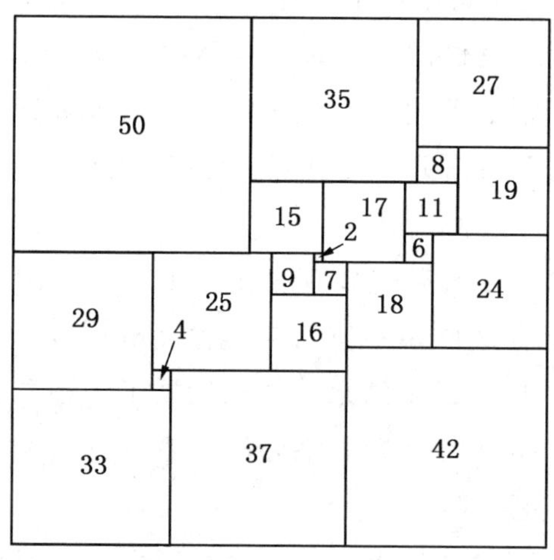

图5-1　可被分割成大小不等的正方形的正方形个数最小值

1939年，英国学术界的就业前景不容乐观，史密斯记得曾偶然碰到了图特的一位导师达夫（Patrick Duff），他问史密斯："你认识图特吗？"

"我认识。"史密斯答道。

"我们很担忧，他不太顺利。"

"他拿了一等成绩。"

"他的导师对他很失望。"

"哦，他的数学很好。"

"请证明。"达夫要求道。

史密斯给三一学院的行政官员写了一封信，他希望这是对图特能力的一个很好的证明。其中最重要的一个证据是图特否定了爱多士的猜想。三一学院的老资格学者们对此是否留下了印象，他们从来没有透露过。然而当第二次世界大战爆发时，图特应征参与了在布莱奇利庄园（Bletchley Park）的一个秘密军事计划，这里招来的都是英国最优秀的数学家。其中包括艾伦·图灵。很显然，史密斯的信引起了重视。

德国人所依仗的是由所谓的"谜语机"（Enigma Machine）产生的密码Ultra和Triton的安全性。当这种机器运送途经波兰时，波兰人对其做了检查，而他们对此设备的重新安装为布莱奇利庄园的数学家提供了一个理解密码的好机会。由于密码时常变动，所以破译密码是十分困难的。史密斯写道："一个很合理的传闻说图特为密码的破译提供了重要的线索。"按照史学家保罗·约翰逊（Paul Johnson）所说，早在1940年，"破译Ultra密码为赢得不列颠战役的胜利起到了关键的作用；更为重要的是，1943年3月布莱奇利庄园的数学家们对Triton密码的破译使太平洋战场的胜利成为定局"。对德国潜水艇艇长电文的解密则使得盟军能够截获和捣毁德军的物资供应船只。即便不能说是英国的数学家使这场战争获得了胜利，也可以说是他们缩短了战争的进程。“文明得以拯救，而这一切始于爱多士的猜想，”史密斯说道，“即使爱多士猜想不是直接甚至间接地挽救了西方文明，它也像他的其他许多猜想一样发挥了应有作用：它开动了人的思维，改变了人的一生。”

在对剑桥大学简短访问之后，1934年10月爱多士转到曼彻斯特大学与莫德尔一起共事。20世纪初，莫德尔这位痴迷于数学的少年进了费城中心中学，他把全部心思用于从当地书摊低价淘来的数学旧书中，其中一些书含有供剑桥大学荣誉学位考试的富有启发性的考试题，这激发了莫德尔报考剑桥大学的决心。经过2年中学的拼搏后，莫德尔凑够去英格兰的旅费，到了英格兰他首先专心于剑桥大学奖学金的考试。莫德尔从此开始了数论这一崇高的职业生涯，关于数论的知识他大部分是自学的。因为在当时，英国数学家很少有搞数论的。莫德尔最著名的成就是“莫德尔猜想”，后来由法尔廷斯（Gerd Faltings）在1984年给出证明。这个猜想最终导致了安德鲁·怀尔斯对于费马猜想的证明。

1922年莫德尔接管数学系担任系主任时，曼彻斯特大学作为数学研究中心已经享有盛名，在他的领导下又进而发展为数学界的领导核心。莫德尔吸引众多的外国访问学者来曼彻斯特大学讲学。像爱多士一样，他们也是为了逃避本国愈演愈烈的暴行。拉多和达文波特在爱多士4年的停留期间也聚集到曼彻斯特，在此期间爱多士所写的论文大部分是数论方面的，从中可以看出莫德尔召集来的数学家的口味和爱多士本人的爱好。事实上，爱多士的前60篇文章——远比大多数数学家一生所写的还多——除2篇之外，其余全部是关于数论的。

爱多士早期论文中数论的主导地位表明了他对高斯称之为“数学皇后”的这一领域的钟爱，另一方面也暗示了即使是像数学这样的推理性学科也同样追求流行。爱多士对图论的兴趣可以追溯到和德奈什·柯尼希（Dénes König）做同学的时候。他对图论的近亲组合论的爱好，是由“幸福结局问题”引发的。大多数数学家瞧不起图论，把它视为“拓扑的贫民窟”，组合论则被贬为更不受重视的旁支，偶尔兴之所至前去做客还是不错的，但是没有有名望的数学家愿意长久地待在那里。

但爱多士甚至在关于数论方面的文章中也会塞进一些图论。1938年爱多士写了一篇题为“关于每一项都不能分成另外两项之积的整数列及一些相关问题”的论文，题目已经很好地表述出文章的内容，至少是尽可能地表达了。这篇文章值得称道的是爱多士把纯数论问题归结为寻找具有某种性质的图形问题，从而把没有什么共性的两个领域联系在一起，在这个过程中强调一个领域的同时也就赋予了另一个领域以尊重。这篇文章是很引人注意的，因为它是爱多士没能看出他自己工作真正意义的极少例子之一。

爱多士没有料到他在1938年关于整数列的这篇论文中所解决的图论问题竟然是极值图论这一新领域的范例。极值图论中最简单的例子是：考察有n个顶点的图形，若在这个图形中不能包含三角形，那么它最多能有多少条边？对于有4个顶点的图形，答案显然是4，4条边构成一个矩形；第5条边将是矩形的对角线，它把矩形分成2个三角形（参照图5–2）。

一般的情况是，如果边数至多是顶点数平方的四分之一，那么在这个图形中就不存在三角形，证明这个结果并不特别困

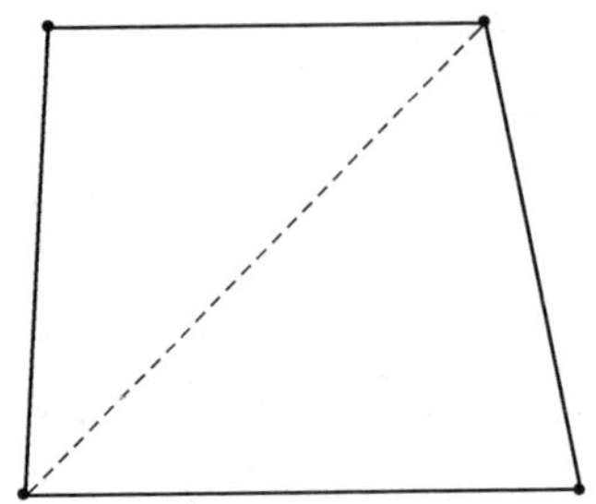

图5-2　在有4个顶点、5条边的图形中，必然有一个三角形

难（虽然也超出了本书的范围），但是如果要避免的不是三角形而是四边形，证明就变得困难多了。两年来，保罗·图兰逐渐感到这些极值问题——与形成结构的极值有关的问题——是如此引人入胜、魅力无穷和丰富多彩，它们本身是很值得研究的。他的一篇论文构成了极值图论这一新学科的基础。爱多士成为极值图论的领袖之一，在这一领域里到处充满他的定理和猜想。但爱多士仍旧很自责，因为他一直觉得自己“本来应该发明”他所支配的这一领域。

爱多士会把他的失误和发明阴极射线管的物理学家克鲁克斯（Sir William Crookes）相提并论，克鲁克斯发现他的管子使密封在不透光封袋里的感光胶卷变模糊了。爱多士评论道，他根据这一观察得到的结论是人们不应该把胶卷放在阴极射线管附近。几年后，伦琴（Wilhelm Roentgen）以同样的方式弄坏了一些胶卷，而这个经历却导致他发明了X射线机。教训是什么呢？按照爱多士的看法，“适当的地点适当的时间还不够，你还应该在适当的时间有开放的思维”。

爱多士另外一篇在组合论中引用图论的文章是他在曼彻斯特与拉多和一位年轻的中国数学家柯召合写的论文，这篇文章包括了著名的爱多士–柯–拉多定理。这篇文章写于1938年，但部分地因为当时数学界对组合论缺乏兴趣，所以迟至1961年才得以发表，成为一篇“瞬时经典”。

爱多士已经习惯了乘车并且发现这是一个很好的工作地

点，他经常访问剑桥大学和其他数学中心。他的门生博洛巴什（Béla Bollobás）在一本传记中写道："自1934年以来，他几乎没有连续7个晚上在同一张床上睡过觉，他经常穿梭于曼彻斯特、剑桥、布里斯托尔、伦敦和其他大学之间。"

在曼彻斯特这些年，爱多士与那些身在匈牙利的朋友仍旧保持亲密的联系，爱多士每年至少要回家3次，即圣诞节、复活节和暑假。与欧洲的其他地方一样，布达佩斯的政治形势也逐渐变得严峻起来。到1936年，爱多士的朋友拉斯洛·奥尔帕尔已经被监禁10次，他回忆道："很多人劝我去巴黎继续学业，巴黎这时正值人民阵线执政。爱多士叔叔［爱多士的父亲］帮我凑足了去巴黎的旅费和第一学期的生活费用。"瓦佐尼后来也搬到巴黎。埃丝特和塞凯赖什后来则逃到上海。

当电台报道变得越来越残酷时，爱多士开始计划逃离欧洲。1937年他申请普林斯顿高等研究所的研究基金，不料被他的同胞也是这个研究所的成员冯·诺伊曼告知："尽管我们非常渴望你能前来访问"，但是时下没有经费。几个月后，下学年的拨款下来了，于是支付给爱多士1938—1939年访问期间的薪金1 500美元。

1938年3月，希特勒的军队席卷奥地利，"元首"宣布奥地利并入第三帝国。那年夏天爱多士拜访了埃丝特和塞凯赖什。他们正在风景如画的比克山度假，朋友们都意识到他们也许永远不能再相见了。尽管过去了60多年，回首往事，塞凯赖什仍然十分痛苦。"那残酷的年代，乌云笼罩在欧洲的上空，爱多士毫不怀疑地认为，这里无论有什么样的机会，我们也应该离开（一年后我们果真都离开了）。爱多士甚至比英国首相张伯伦还有远见。告别的时刻到了，望着渐渐消失在烟尘中的汽车，我和埃丝特默然相对，哽噎无言。”为了说明恐怖的真实性，塞凯赖什讲述了格林瓦尔德（Géza Grünwald）的故事，他遇见格林瓦尔德时后者正在匈牙利的比克山漫游。格林瓦尔德是他们的另一个亲密的朋友，也是爱多士早期合作者之一。“几年后他在一个劳工集中营里死去，不是死在战场上，而是死在自己的同胞手里。”

9月3日，希特勒竟然要求吞并苏台德地区，这是捷克斯洛伐克一个讲德语的地区。爱多士被震惊了。与他的朋友——其中许多后来都死于战争——还有他挚爱的阿普卡和安优卡匆匆告别之后，爱多士登上列车绕道而行，途经意大利、瑞士、巴黎，最后抵达伦敦。9月28日，爱多士乘“玛丽女王”号前往纽约，10月3日在去普林斯顿的路上经过埃利斯岛。以后的10年中，他再没有回过布达佩斯。

第六章　失乐园

1938年10月4日当爱多士来到高等研究所（IAS）时，研究所刚好成立5周年。它位于新泽西州普林斯顿城的郊区，占地约1平方英里，四周树木环绕，远离外面世界的喧嚣。用其创建者——美国教育改革家弗莱克斯纳（Abraham Flexner）的话来说，这里是知识分子真正的“乐园”。

8年前，弗莱克斯纳开始与后来成为慈善家的路易斯·班伯格（Louis Bamberger）及其胞妹卡罗琳·班伯格·富尔德（Caroline Bamberger Fuld）打交道。这对兄妹在那不久前一直是当时美国第四大零售连锁店班伯格公司的老板。就在1929年美国股票出现猛跌的一个黑色星期一之前6周，他们把连锁店转让给了梅西（R. H. Macy）公司，再度展现了他们创业时的敏锐洞察力和好运气。班伯格家族的慷慨大方就像他们的运气一样，他们决定用自己的钱财为那些曾帮助他们积累财富的人士——新泽西州的顾客们——做一些有益的事。他们的第一个念头是捐助一家医学院。于是兄妹俩拜访了弗莱克斯纳，他是一位以揭露医学院的腐败和欺诈而闻名的著名医生和教育者。

对于如何最佳地利用这笔钱，弗莱克斯纳有他自己的想法。他向来访者描绘了他心目中研究所的蓝图，它与自毕达哥拉斯时代以来世界上任何研究所都不同。如同毕氏学园一样，弗莱克斯纳设想它将是“一个安全的避风港，在这里，学者和科学家把世界及其种种现象作为他们的实验场所，而不会被强行卷入近期的旋涡中”。美国有很多医科学校，但却没有一个像弗莱克斯纳所想象那样的研究所。班伯格兄妹立刻被他的想法迷住了。不久他们就开出了巨额支票，资助弗莱克斯纳去实现他的梦想。

在欧洲，所谓“近期旋涡”是由法西斯主义引发的，而且正在失去控制地蔓延，许多世界上最优秀的科学家和数学家都急需一个安全的避风港。他们中间最重要的人物就是世界闻名的物理学家爱因斯坦。弗莱克斯纳的第一个漂亮之举就是与爱因斯坦签订合约聘请他为研究所的首席教授，这立刻提高了研究所在国际上的知名度。借助于爱因斯坦的威望，不必说丰厚的薪水和悠闲的工作条件——这里没有教学任务，因为研究所没有学生，只有教授和博士后“工作人员”——研究所不久就成为各个国家的知识界精英们所重视和愿意前往的地方。至少对数学家和理论物理学家是如此，因为他们的学科是最纯粹的，很少有学科能与之相比。当研究所的一位来访者要求看看爱因斯坦的实验室时，这位伟大的物理学家炫耀地从胸部口袋内掏出一支自来水钢笔，说道:“在这里。”这就是高等研究所让人喜欢的地方。

对于爱多士来说，也许在每一方面研究所看起来都像弗莱克斯纳所许诺的乐园那样。后来成为研究所所长的奥本海默（J. Robert Oppenheimer）称它为“知识分子的宾馆”；与爱多士一起在研究所的另外一位匈牙利数学家哈尔莫斯（Paul Halmos）则说，它不过是一个“数学的乡村俱乐部”。“大家——包括我自己——在普林斯顿是如何搞研究的呢?”哈尔莫斯感到奇怪。

长时间的散步，公共房间的闲聊，没完没了的围棋赛，不知道研究工作在什么时候进行。爱多士和其他数学家们在研究所迷上围棋是很容易理解的。这个古老的亚洲游戏表面上看起来很简单，只是在一个19×19矩形格子的交点处交替走黑石子和白石子（在研究所他们用图钉）。一局围棋，从本质上来看，不过是一个图论问题。如果像哈代所写的，“象棋是数学的赞美诗”，那么围棋就是大合唱。在一次象棋比赛中，一台专门用于下象棋的IBM“深蓝”超级计算机击败了世界冠军卡斯帕罗夫（Gary Kasparov），但是对于围棋这样的娱乐项目，即使最棒的下围棋的计算机甚至不能够击败一个优秀的业余棋手，起码在近期内不能做到，这也就是为什么围棋对于这些在研究所里从事脑力劳动的人来说是一个很好的娱乐活动的原因。

在娱乐和游戏之外，哈尔莫斯、爱多士和其他科学家完成了数量惊人的工作。在爱多士传奇式的多产研究生涯中，研究所的一年半尤为突出。在所观察的每一领域，他都发现了要解决的问题并找到了要合作的同行。爱多士天生的数学才能甚至令研究所的那些精英都感到惊讶。曾经有一次，在“法恩楼”（Fine Hall）的公共休息室里，爱多士不经意地听到两位数学家在讨论维数论中的一个问题，这是拓扑学的一部分。而爱多士当时对此几乎一无所知。这两位数学家正在拼命地思索希尔伯特空间里有理点集的维数这个未解决的问题。那是什么意思并不重要，就连爱多士都没弄明白。想试运气的人会说答案要么是0要么是无穷大。而站在黑板旁的两位数学家——霍维茨（Witold Hurewicz）和沃曼（Henry Wallman），他们都是此领域的领头专家——对这问题却没有取得丝毫进展。

“什么问题？”爱多士问道。两位数学家被突然打断，显得有点不耐烦，他们很快地做了解释。

“维数是什么意思？”然后他又问道，显示出不可救药的无知。他也不清楚希尔伯特空间是怎么回事。为了让这位闯入者安静下来，沃曼匆匆说了一下维数的定义。他们如释重负，爱多士终于走了。但1小时之后他带着问题的答案回来了。令两位专家吃惊的是，答案竟然是1。爱多士的论文一年后发表了，哈尔莫斯写道，这是“对一个在数月前他还一无所知的学科的重要贡献”。

爱多士一直把他在普林斯顿的那一年描述为他生涯中最为成功的一年。他继续发掘关于整数的那些出人意料的奇妙结果。例如，经过独自的努力，爱多士证明了任意多个连续整数之积不是一个完全平方数。结论看起来既简洁又清晰，使人再度信服数学结构的有序性。但是在同年的一篇标志着他的一项重大成果的文章里，爱多士阐述了在整数的表面规则的背后实际隐藏着混乱。当研究所最著名的居民爱因斯坦正在设法否定量子论从而证明上帝不会拿宇宙开玩笑时，爱多士与一位年轻的波兰数学家卡茨（Mark Kac）却证明“最高法西斯”正在与整数开玩笑。

卡茨是刚从波兰来到这里的，他在约翰·霍布金斯大学与温特纳（Aurel Wintner）一起搞概率论方面的研究，后者是1930年移居美国的一位匈牙利数学家，然而数学不是卡茨来到这里的唯一原因。当时欧洲盛传一个笑话，一个人问另外一个人：“你是雅利安人吗，或者你正在上英语课吗？”卡茨不是雅利安人，因此在来巴尔的摩之前，他匆匆地、有点随意地学了一些英语。他的数学词汇量很大，但在吃饭时却遇到了麻烦；在餐馆里他点到的菜跟他想要的总是天差地别。他老在当地的一个杂货店里解决午餐，学会了跟着别人说“奶油芝士三明治和咖啡”，而且很清晰。服务员每一次都要问：“On toast？”[①]这超出了卡茨的语言能力，他傻乎乎地笑了一下，像是在思考。后来他查了一下袖珍词典，发现“toast”还有这个意思：“先生们，国王在此！”“从逻辑上来说，我想‘On toast’应该是某种敬称，我一直以为是这样。”卡茨写道。又过去了两周，每一次侍者都要问：“On toast？”他总是彬彬有礼地点一下头然后回答：“On toast！”一段时间后，卡茨感到有点不对，于是请教他的一位朋友。等他笑够之后，他的朋友问道：“你为什么不否定一次呢？这样你不就很快能知道‘On toast’是什么意思了？”“我不想冒不礼貌的危险。”卡茨回答道，随后又笑了。

当卡茨在波兰跟随伟大的数学家斯坦因豪斯（Hugo Steinhaus）学习时，他就被概率论深深吸引了，尤其是正态分布，后来的学生都很清楚它是一个近似于钟形的曲线。对无论哪一领域的随机事件，这一钟形曲线都会有类似的凸起。如测量一组12岁孩子的身高：大部分人都集中在平均值左右，当身高与平均值离得越远，高个子和矮个子的人数越少。同样的曲线也可以描述人类的智商分布——多数人的智商都在曲线的峰点100附近，像研究所爱多士那些人应该分布在峰点右侧的一个狭窄区域。人的寿命和掷钱币也可以用正态分布来描述。古老楼梯的光滑踏板由于多年无数次的践踏而被磨损，呈现出倒置的钟形。中间凹陷的部分最深，因为大多数的人都踩在中央，

① “Cheese on toast”是英国流行的简餐，将芝士放在一片面包上烤至融化。——译者

而两边则逐渐变浅，这是数学原理的物理表现。

正态分布是法国数学家棣莫弗（Abraham De Moivre）于1733年发现的。1685年棣莫弗18岁的时候，路易十四取消了过去颁布的南特诏书，这是一份在天主教为主体的法国保证那些新教徒公民权利的诏书。棣莫弗是一个新教徒，为追求他的信仰而被打入监狱。两年后获释，出狱后他从法国逃亡到了英国。而在英国，1688年的“光荣革命”之后，法律剥夺了那些天主教徒的权利。棣莫弗定居在英国，却无法获得一个学术职位。因此他主要靠教数学来维持自己的生活。几乎每天下午，在他讲完课之后，都能在圣马丁巷的斯劳特咖啡馆找到他。他在这里向那些掷骰子、玩牌和卖保险的赌徒们卖弄他在概率问题上的专长。

棣莫弗对赌徒们急于想知道的一个问题非常感兴趣：如何鉴别一枚硬币是否公正？一枚公正的硬币落在地上时正面向上的可能性和正面向下的可能性应该是一样的。抛100次硬币应该发生50次正面向上。但那只是一个平均值，有时可能是43次向上，有时可能是62次。事实上，介于0到100之间的任何结果都是可能的，但是有些结果是不太可能的。判断是否公正的关键是要知道各种结果的可能性。在汤姆·斯托帕德（Tom Stoppard）的话剧《罗森克兰茨和吉尔登斯特恩之死》[①]中，两个主角用掷硬币来赌，这枚硬币也许是公平的也许不是。吉尔登斯特恩赌反面向上，当硬币连续85次正面向上落在地上时，可以理解吉尔登斯特恩沮丧的心情。他质问罗森克兰茨，但对方看起来并不觉得有什么不妥。

---

① 这是荒诞派剧作家斯托帕德的成名作，将名著《哈姆雷特》中的两个小人物截出侧写这出悲剧。两人在回丹麦的路上遇到了很多怪事。——译者

吉：没有问题吗？不停一下吗？

罗：是你自己掷的呀？

吉：没有一点疑问吗？

罗：哦，我赢了——不是吗？

吉：但是如果你输了呢？如果它们反面向上，就像刚才那样，一个接着一个，连续85次反面向上？

罗：连续85次反面向上？

吉：是的！你会怎么想呢？

罗：嗯……嗯，那我首先要仔细看看你的硬币！

涉及自身利益时，数学发挥了作用。吉尔登斯特恩说："抛硬币时平均结果的稳定性依赖于一个原理或者毋宁说是一种趋势，或者让我们说是一种概率，无论如何，它实质上就是数学上可以计算的机会，能确保你不会输得太多而使自己沮丧，也不会赢得太多而使对手灰心。"棣莫弗的正态分布也许可以解释吉尔登斯特恩关于硬币被扭曲的怀疑，它给出了当一枚硬币被多次抛掷时各种期望结果的概率分布。

借助于他的朋友牛顿最近发现的微积分知识和帕斯卡（Blaise Pascal）的计算技巧，棣莫弗发现了连续抛很多次硬币的每种可能结果的概率。正如所预料的，方程描绘了一条曲线，正面向上次数和反面向上次数相等处为曲线的峰点，而在峰点的两侧对称地下落。峰点任意一侧的正态曲线形如一座适于滑雪的小山。最初下落很陡，然后渐渐变得平缓。正面向上的次数介于30到60之间的概率，很简单，就是两个上下限间的曲线以下的面积。

从正态分布曲线很容易看出，几组硬币的结果都集中在中央峰点周围的一个狭窄区域，峰点代表期望值。抛一枚硬币100次，平均期望值或者说中间值是50次正面向上。但是偏离这个中间值的各种结果也可能出现，为了使这种偏离定量化，棣莫弗发明了度量这些偏离的可能范围的一个概念，即所谓标准差。在正态分布中大约所有观察结果的2/3——68%——落在中间值的一个标准差范围内，95%落在两个标准差范围内。对于一枚公正的硬币来说，标准差等于次数平方根的一半。因此，抛一枚硬币100次，标准差是5，或者是100的平方根的一半。正面向上次数的2/3介于45与65之间；正面向上次数的95%介于40与60之间。

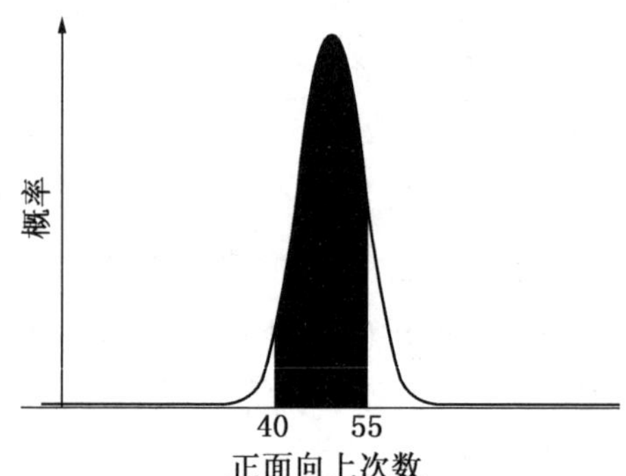

图6–1　抛一枚硬币100次，正面向上的次数介于40与55次之间的概率是钟形正态曲线下面所给的面积。

达尔文的外甥高尔顿（Francis Galton）[①]贴切地把正态分布描述为“不合理的最高法则”。确实，概率论历经3个世纪仍旧不遵守甚至最伟大的数学家的推理。在爱多士最后一次和朋

① 实际上高尔顿是达尔文的堂弟。——译者

友瓦佐尼在加利福尼亚州的圣罗沙停留时，瓦佐尼“不知出于什么原因”决定用当时流传的一个谜题考考爱多士的概率直觉。在当时，爱多士已是概率论方面的世界权威。他最大的成就之一就是“概率方法”，经常简称为“爱多士方法”。因此从某种意义上来说，爱多士的名字已成为概率论的同义语。瓦佐尼认为爱多士很快就会抓住蒙蒂·霍尔（Monty Hall）问题的核心，就像他解决许多更难的问题一样。但是瓦佐尼错了。

当自称世界上最聪明的女人萨万特（Marilyn vos Savant）1991年9月把这个难题刊登在《大观》（*Parade*）杂志她的每周专栏上时，它在数学界已经流传几年了。这个问题是“公平交易”（Let’s Make a Deal）游戏节目主持人蒙蒂·霍尔喜欢玩的那些善意恶搞戏法的翻版。

假设你是表演嘉宾，蒙蒂·霍尔让你从三扇门中任选一扇。其中一扇门的后面是丰厚的奖金——100万美元的金条，或者轻松的月球旅行，抑或你心里想要的随便什么东西。而另两扇门则是安慰奖——比方说一只山羊，不值多少钱。在蒙蒂·霍尔打开你选择的那扇门之前，他先打开另一扇藏有山羊的门。因为有两扇门的后面是山羊，所以无论你选择哪一扇门，蒙蒂·霍尔总可以牵出一只山羊。然后他再给你一次机会：你可以坚持最初的选择，也可以改变主意换到另一扇未打开的门。这时你怎么做呢？

瓦佐尼告诉爱多士正确的策略是应该换：“我以为我们可以进行下一个话题。但是令我惊讶的是，爱多士说不，无论换与不换都一样。”爱多士也掉进了曾使许多数学家上当的陷阱。这些数学家给萨万特发来一些措辞尖刻的信，他们后来也许会后悔。其中一位数学家甚至极为尴尬，在这里我们不提他的名字，他写道："你别胡说八道了，让我解释一下吧：如果打开的门后是一只山羊，那么这个信息使余下任何一个选择的概率——没有理由认为这两个概率是不一样的——变为1/2。作为一名职业数学家，我对公众缺乏数学能力的状况十分忧虑。拜托你承认错误吧！以后要加倍小心。"其他数学家却不像这位数学家这样有礼貌。

尽管教授对大众数学能力的忧虑是合理的，然而换一扇门确实是最好的选择。也许理解这个策略最容易的方式是要注意，你最初选择正确的门的概率是1/3，即使在蒙蒂·霍尔向你展示山羊之后，这个概率也不会变。由于你选择的门后有奖金的概率是1/3，因此另一扇门中奖的概率就是2/3。[①]这样转移将使你中奖的概率增加一倍。爱多士和所有给杂志写信的那些愤怒的数学家都没能理解，展示山羊其实提供了重要的信息。

瓦佐尼用数学语言向爱多士解释了这个策略，但是爱多士仍旧不相信，像给萨万特写信的那些数学家一样，爱多士变得心烦意乱。"在这一点上，我感到很抱歉给爱多士出了这样一个问题。"瓦佐尼回忆道。他的解释令爱多士感到沮丧，爱多士终于拂袖而去。一小时后他又回来了，大声对瓦佐尼嚷道："你根本没有告诉我为什么要换！你这是怎么回事？"当瓦佐尼在他的计算机上显示了模拟过程[②]，爱多士才深信这个策略的智慧。

---

① 一些人发现如果将问题稍做改动，就很容易理解这个策略了。假设不是三扇门而是 1 000 000 扇门供你选择，在你选完一扇之后，蒙蒂·霍尔打开余下的藏有山羊的 999 998 扇门。这样问题就变得很清楚了，转移确实是最好的策略，毕竟，你最初选择有奖金的门的概率是 1/1 000 000。现在你明白，要么你极幸运，在几乎是天文数字中选中了正确的，要么奖金在剩下那扇未打开的门的后面。——原注

② 对于那些仍然不相信并且还不熟悉计算机的人（瓦佐尼使用一个 Excel 表单），用玩纸牌模拟蒙蒂·霍尔问题是一个好想法。仅经过 12 次试验后，转移策略的高明之处就显而易见了。——原注

但是他仍旧为自己不能直觉地理解这个策略而感到沮丧。几天后爱多士亲密的朋友格雷厄姆——一位在贝尔实验室的数学家——向他解释了这个问题，直到他满意，这样他的心情才缓和下来。

如果连爱多士这样伟大的数学家都被随机法则给愚弄了。那么可怜的吉尔登斯特恩还有什么希望呢？在一枚公平硬币的行为和蒙蒂·霍尔问题解法的背后是所谓的统计学独立的概念。像许多表面上很普通的英语单词一样，单词“独立”有一个精确的数学定义，词典的定义顶多只能给出一个近似的解释。像“群”、“域”和“信息”这些词汇，对于数学家和史学家来说，指的是不同的事物。这也许会导致很糟糕的一词多义，但也能引出非常精确的表述。当一个结果不影响另一个结果时，我们说两个事件是独立的。一枚硬币正面向上是独立于它先前有一次甚或连续85次正面向上。乐观一点看，吉尔登斯特恩可以把他的坏运气看作“对原理的一个宏观证明，即独立地抛一枚硬币出现正面向上或反面向上的可能性都是一样的，因此每一次都出现相同的结果也没有什么值得惊讶的”。

要想知道两个独立的随机事件同时发生的概率，只需把这两个事件单独发生的概率相乘就可以了。这个规定就是对独立性的数学定义。因此，连续抛两次硬币正面都向上的概率为1/2 × 1/2=1/4，因为一枚硬币正面向上的概率为1/2，吉尔登斯特恩连续抛币85次正面向上的概率为1/2 × 1/2 × 1/2……（共85次），或者为$1/2^{85}$，大约等于$1/(4 \times 10^{25})$，这是一个如此巨大以致可以看作无穷大的数。即使他每秒钟能抛上兆次硬币，到所有星星都燃成灰烬时，吉尔登斯特恩也不能合理地预料会出现这样一连串的正面向上。要么是硬币不可靠，要么吉尔登斯特恩中了巨彩。

当卡茨还在波兰时，他已经开始意识到，独立事件在数学这样的有序世界中也会发生。因此概率论的技巧也许适用于许多领域，没有人会怀疑机会在这些领域中所起的作用。例如，在数论里，整数的可整除性可以用概率的眼光去看待；因为一半的整数能被2整除，因此，任一数被2整除的概率是1/2。同样地，一数被3整除的概率是1/3，一数被6整除的概率是1/6，卡茨把这个简单观察写成这样的算术等式：

$$\frac{1}{6}=\frac{1}{2}\times\frac{1}{3}$$

这个等式不过是说一个数若被6整除，那么它一定能被2和3整除。但是写成这样的等式则提示了卡茨独立事件的概率乘法法则，与斯坦因豪斯一同工作时，卡茨已经知道“有独立事件的地方必有一个正态法则”。他开始感到，在整数的除数之间某处，必定隐藏有一条钟形曲线——正态分布的标记。但是在哪呢？

理论家发现一个数值得研究的、有用而且有意思的性质是，看这个数有多少个独立的素因数，因为这能估计出它与素数有多接近。素数是指仅被1和它本身整除的数，它只有一个独立的素因数。10不是素数，因为它有两个独立的素因数，2和5；9只有一个独立的素因数，3；而30有三个独立的素因数，2，3和5。卡茨觉得就像抛硬币一样，正面向上的概率与先前抛币的结果无关。一个数被一个素数整除与它能否被另外的素数整除也无关。因此抛掷很多次硬币后，正面向上和反面向上的期望值遵守正态分布原理。对卡茨来说，独立素因数的个数也遵守同样的原理。换句话来说，卡茨猜测到如果检查小于1000 000的所有数，将会发现它们大多数都有相同个数的素因数，如同抛一枚硬币100次将大约发生50次正面向上。当然了，有时100次中可能会发生60次正面向上，仅发生5次的情况还是很少见的。与期望值的偏差遵守正态分布原理。同样的，卡茨推断出，一些数会有很多独立素因数，而另外一些却只有很少的几个，这些与平均值的偏差也遵守正态分布原理。

问题是卡茨对数论了解很少，不久就遇到了他无法解决的困难。于是，他就把这个未完成的问题放在一边，直到1939年3月他从巴尔的摩乘车到普林斯顿做报告。爱多士也在听众当中，但是当他发现卡茨谈论的是概率论时，他对这个学科知之甚少就像卡茨不了解数论一样，他开始打瞌睡。报告快结束时，卡茨说了一个词“素因数”，爱多士就像一个恋人突然听到他爱人的名字一样，立刻清醒了。爱多士打断卡茨，要求他再说一遍困难所在。“不到几分钟，甚至报告还没结束，他打断了谈话，并宣布问题已经解决了。”卡茨写道，爱多士给出的证明是正确的。

这个偶然合作的结果就是众所周知的爱多士–卡茨定理，这个定理阐述了小于N的整数所含独立素因数的个数与一枚硬币抛N次正面向上的个数遵守同样的曲线分布。或者就这个问题而论，它和苏格兰士兵胸围的分布曲线相似。后来在《机会谜题》(*Enigmas of Chance*)这部迷人的回忆录中，卡茨写道：“亲爱的读者，如果我说这是一个美丽的定理，请原谅我的不谦虚。它标志着正态分布原理自此进入了数论领域……这门古老的学科产生了一个新的分支。”

这个“新的分支”在随后的10年中一直没能建立起来。尽管爱多士和卡茨的文章在1940年就发表了，但是10多年来并没有引起注意。二次大战的混乱毫无疑问使人忽略了这篇文章，但是这篇文章的新奇性或许起了更大的作用。爱多士–卡茨定理是很少见的交叉学科联姻的一个结果，这是爱多士的专长；新诞生的分支就是概率数论，10年前它看起来也许就像是一个矛盾的修辞。正如哈代所写的："317是素数并不是由于我们这样认为，或者我们以这种或那种方式来形成我们的思维，而是因为它本来就是这样的，因为数学实在就是以这种方式建立的。"正如数学家乔尔·斯潘塞所解释的："数219没有两个素因数的概率是0.93——然而它绝对地确实有两个素因数，3和73。这确实有些让人惊讶——从统计上来说，答案似乎像是'最高法西斯'在抛硬币。"在以后的多次合作中，爱多士总是以他广博的知识和开放的头脑起到了关键的催化剂作用。卡茨感到除了爱多士或许没有人能帮助他实现他的想法。"当然不是必须在1939年，但仅把一个数论学家和一位概率论专家放在一起是不够的。必须是我和爱多士：因为爱多士在他的领域几乎是独一无二的，他完全理解[挪威数学家]布朗（Viggo Brun）的数论方法，这个方法起了决定性作用，它融合了许多深刻的因素，而我则通过斯坦因豪斯[卡茨的导师]的眼睛看出了独立事件和正态原理。"

爱多士在作为研究所成员期间曾与卡茨在约翰·霍布金斯大学的导师温特纳合写了一篇很有潜力的文章，后来成为概率数论的基础。他还通过通信与图兰合写了一篇关于插值论的论文，插值理论就是通过已给的几个点来估计函数值的方法。尽管创造力喷涌而出，但爱多士从没有与研究所的数学家们共同发表过一篇论文，这也许是他后来在研究所前景不佳的一个重要的先兆。

爱多士经常与杰出的逻辑学家库尔特·哥德尔交谈。他们两人都是虔诚的柏拉图主义者，完全认为数学的对象——点、素数、多项式和其他一切——就像金鱼或胶子一样真实。哥德尔说道："对于我来说，关于这些对象的假定如同关于物质世界对象的假定一样是合法的，有很多原因使我们相信它们的存在。"在哥德尔看来，数学之书尽管没有装订，却和国会图书馆的任一卷书一样真实，虽然几年以前他已经证明了这本书的某些页必然是空白或缺失的；在任何公理系统中一定存在这样的命题，它既不能被证明也不能被证否。哥德尔定理的意思是：甚至在数学学科——确定性的最后避难所里——也不是所有的真理都是可知的，不是所有的问题都能解决的。并非所有问题都值得爱多士费心，因为他知道总是会有很多问题，足够他忙的了。对于哪个问题是可能解决的，他有一定的直觉。他喜欢引用以色列一位最优秀的数学问题高手谢拉赫（Saharon Shelah）的一句名言："我是一位机会主义者，我尽我所能而已。"这种态度也可以说明爱多士对那些相对新而未被开发的领域如组合数学的偏爱。"如果数论中有我能做的，我一定会去做的，"有一次他解释道，"但是你看，数论中的一些问题是极其难的，许多经典问题是非常非常难以取得进展的。组合数学是一个比较新的领域，有许多问题我们还是可能解决的。"

哥德尔的逻辑思维差点使他不能成为美国公民。在准备美国公民资格的考试时，哥德尔比任何高等法院的法官更关注美国宪法的逻辑。他发现了一些自相矛盾之处，并得出结论说，按照美国宪法——民主的标准公理——可以将美国合法地转变为一个独裁国家。他的朋友警告他在考试时不要说出这个结论。

然而，当考官同情地说哥德尔曾经是“一个魔鬼独裁统治下的公民，但幸运的是，这事在美国不会发生”，哥德尔跳起来纠正他。“相反，”他说，“我知道这事将会怎样在美国发生。”幸亏他的朋友竭力制止他，直到考官让他宣誓成为一名美国公民。

哥德尔对自己要求很严，发表的文章很少。这惹恼了爱多士。“他本来能做更多的事情，”爱多士说道，“他已经有了选择公理具有独立性的证明［这是集合论中的重要问题］，但他不喜欢这个证明。”他们共同研究哲学家莱布尼茨（Leibniz），莱布尼茨对牛顿创造微积分所使用的无穷小的批判在今天的数学家中间仍旧能引起共鸣。爱多士欣赏与哥德尔的谈话，同时又发现这些谈话使自己恼怒。爱多士训斥哥德尔说：“你成为一名数学家，是为了让人们来研究你，而不是要你去研究莱布尼茨。”

毫不奇怪，爱多士一直认为他的同胞，活泼而文雅的冯·诺伊曼，是他所遇到的最出色的数学家之一——每个人都会这样认为的。在冯·诺伊曼6岁时，他就能用古希腊语同他的父亲开玩笑，并能心算8位数的乘除法。为了显示他非凡的记忆力，他看一眼布达佩斯电话簿中的一页，然后就能说出上面每一个人的名字、电话号码和地址。一次，他的朋友问他是否看过《双城记》，几年前他曾看过，为了证明这一点，他就开始背诵第一章，直到他的朋友不想再听为止。他刚刚20岁时，就在可靠的数学基础上建立了物理学的新量子理论，并发现了这样一个事实：原来似乎截然不同的两个理论——薛定谔（Erwin Schrödinger）的波动方程和海森伯格（Werner Heisenberg）的矩阵理论——实际上是同一个理论。冯·诺伊曼后来发明了数字计算机、博弈论、自复制自动机和大量开创性的数学理论，既有纯粹数学又有应用数学。

每位数学家都记得一个关于冯·诺伊曼思维敏捷的生动故事。例如，有一次，冯·诺伊曼在晚会上，女主人勇敢地向他提出一个谜题：两列火车在同一轨道上以每小时30英里的速度相对而行，且相距1英里，这时栖在一列火车前面的一只苍蝇以每小时60英里的速度朝着另一列火车飞去。当它飞到另一列火车时，它又迅速地飞回来。它一直这样飞过去飞回来，直到两列火车不可避免地发生碰撞。现在问这只苍蝇共飞了多少英里？

大多数人，尤其是懂得一点数学的人，都是先计算出它每一来回所飞的路程，然后把这些结果累加起来。这会涉及无穷级数求和的问题，做起来并不难，但就是麻烦，费时——大多数人只需笔和纸就够了。实际上这里有一个技巧。首先计算出两列车要经过多长时间才能碰撞。因为每列车的速度是每小时30英里，因此它们各自行驶半英里后就会发生碰撞，这也就是说，1分钟后碰撞就将发生。而苍蝇每小时飞60英里，1分钟飞行1英里。太容易了。

几乎在女主人刚解释完问题的同时，冯·诺伊曼就答道："1英里。"

"太让我惊讶了，你这么快就算出来了，"她说道，"大多数数学家都没能看出这里面的技巧，而是用无穷级数去计算，这花费了他们好几分钟。"

"什么技巧？我也是用无穷级数算的。"冯·诺伊曼回答道。

更令人为之倾倒的是，除了具有火星人的智慧，冯·诺伊曼还是一个很风趣的家伙——迷人，穿着时髦，而且总是派对的中心人物。在一本关于高等研究所的有趣的小册子《谁将入主爱因斯坦的办公室？》中，雷吉斯（Ed Regis）写道："他举办过无数次派对，全都是研究所最出色的派对。他喜欢女人和跑车。他爱开玩笑，喜欢写打油诗，说一些灰色小故事。他喜欢噪音、墨西哥食物、美酒和金钱。你不可能不喜欢这样一个人。”

“冯·诺伊曼的反应速度和理解力当然是非同寻常的，”爱多士承认，“他能很快领会一个证明，即使那不属于他研究的领域。”一次爱多士告诉冯·诺伊曼他关于插值论方面的一个定理的证明。爱多士说道：“这确实不是他搞的方向，他对此并不感兴趣。”然而冯·诺伊曼彬彬有礼地听着，最后说：“这个证明好像有错。”冯·诺伊曼离开后，爱多士又仔细检查一下证明，令他惊讶的是，冯·诺伊曼是正确的。尽管爱多士很尊敬冯·诺伊曼，但是两位数学家从未合作过，因为无论是在数学兴趣还是个人风格上两人实在是太不相同了。

在这极为多产的一年之后，爱多士震惊地得知，他在研究所的职位不能续聘了。爱多士把这一拒绝当作对个人的侮辱接受下来。实际上在研究所续聘取决于很多因素，甚至地位极高的权威人士也无法控制。例如，因费尔德（Leopold Infeld）——爱因斯坦的助手，一名出色的物理学家——也没有获得续聘。尽管爱因斯坦在研究所具有神圣的地位，他还是无法为因费尔德争取到1937—1938学年哪怕600美元的薪金。“我尽了最大的努力，”雷吉斯引用爱因斯坦当时对因费尔德所讲的话，“我告诉他们你是多么的优秀，并说我们正在做一项很重要的科学工作。但是他们争辩道他们没有足够的资金……我不知道他们的理由有多少是真的。我用了很强硬的言辞，以前我从未这样说过。我告诉他们按照我的想法，他们正在做一件很不公平的事……但没有人帮助我。”

爱多士的一个亲密朋友和合作者内桑森（Melvyn Nathanson）回忆道，爱多士声称他是唯一一位被研究所解雇的人。在那时，爱多士感到几乎每一个人都至少被续聘一年。至于他未被续聘的原因还不得而知。部分原因也许与内桑森所谓的“怪癖名声”有关。可以想象爱多士平时的形象，有时精力旺盛，胳膊在空中飞舞，但紧接着，他也许会在讲座时打瞌睡，为解出某道题不停地擦黑板，或者沉溺于围棋之中——并不十分适合弗莱克斯纳的超脱乐园。

爱多士所喜欢并搞得很出色的那类数学也不适合研究所的风格。爱多士对数学上近期的发展趋势并不感兴趣：他年轻时所精通的数学现在在他的手里仍然蕴涵着无穷的宝藏，那么为什么不去继续开采它呢？内桑森总结道：“他年轻时仿佛就已经成为数学某一部分的精通者，而这部分也是数学中最为美丽的一个篇章，他在这些领域的技巧和想象力是如此深刻，不用走出太远，就能开辟出一条永不干涸的溪流。对于其他人而言，他们的想象力不够深或者技巧不够精，因而需要学习更多的数学，才能产生想法和新的定理。”

也许真的是因为钱。1939年10月30日，研究所数学部主任维布伦（Oswald Veblen）给研究所的理事马斯（Herbert Mass）写了一封措辞诚恳的信，希望国家协调委员会提供资金支持爱多士直到他找到一个长期职位。在他的信中，维布伦把爱多士描述为“一个高尚的人”。“我们本来预计他在这里任命结束时会回到英格兰，但由于战争这已经不可能了，尽管莫德尔教授和其他英国数学家急于想为他做一些事。”维布伦写道。如果把这种期望与不断增加的优秀逃难者联系起来，也许可以解释爱多士未被续聘的原因。维布伦说爱多士在研究所和在约翰·霍布金斯大学一样都是一个受欢迎的人，他曾被约翰·霍布金斯大学授予荣誉成员。“不幸的是，”维布伦在他的信中解释道，“无论高等研究所还是约翰·霍布金斯大学都不能为爱多士提供这一年的薪金。”维布伦要求协调委员会提供1 000美元支持爱多士，这比爱因斯坦为因费尔德争取的还要多。维布伦认为这些足以使爱多士维持到其他单位为他提供一个新的职位。

国家协调委员会设法提供了750美元，足以维持爱多士在1939—1940学年第二个学期的费用了。爱多士非常珍惜这一有可能使他在今后10余年里成为研究所长期成员的机会，但一场关于本来应该是爱多士最大胜利的激烈争论使他不得不承认，这已永远不可能。当乐园的大门在他身后关上时，爱多士很不情愿地重新开始了他的数学之旅。

第七章　集合的愉悦

这是爱多士一生中第一次身无分文。在高等研究所的客座研究员期满与维布伦为他办的从1940年开始的半年延期之间的几个月里，爱多士依赖于“朋友对他的无限信任”，正如瓦佐尼曾向爱多士的母亲所保证的：在爱多士需要的时候，朋友们决不会袖手旁观。爱多士靠50元或更少的借款来维持生活，所以他没有钱来帮助朋友或家里的亲戚。爱多士总感到如果他能寄钱去打点并负担旅费，那么他在斯洛伐克的最爱的姑母是可以从纳粹的魔掌中解救出来的。

在他抵达美国不到一年，爱多士对张伯伦绥靖政策的怀疑已被证明是正确的。1939年9月1日，希特勒入侵波兰，第二次世界大战爆发。爱多士直言不讳的朋友奥尔帕尔由于其政治活动，曾在布达佩斯被捕10次。他逃往法国，希望能平静地继续其研究工作。但法军逮捕了包括奥尔帕尔在内的左翼外国人，并把他们送到韦尔内（Vernet）俘虏收容所。奥尔帕尔被迫用法文给他的父母写信。奥尔帕尔回忆道：“爱多士的父亲把我写给父母的信从法文翻译成匈牙利文，同时又帮助他们把信译成法文寄给我。”奥尔帕尔也从爱多士的父亲那里知道了爱多士的下落，于是朋友间开始了通信。

爱多士寄给奥尔帕尔一些包裹以及他尽可能省下的钱。更关键的是，爱多士为奥尔帕尔写信给法国政府，最终使奥尔帕尔得以从韦尔内转到了勒米莱（Les Miles）移民营。不幸的是，奥尔帕尔未能得到去美国的签证，只好留在勒米莱，直到德军占领了法国，然后他被押解到米拉麦斯（Mirames）劳工营。1944年，他从那里逃出来，参加了法国的抵抗组织。

由于匈牙利与德国结盟，从战争一开始美国与匈牙利之间的邮政服务就中断了。但美国与法国及法国与匈牙利之间仍然可以通邮。所以爱多士通过奥尔帕尔与他的父母及朋友保持联系。通过这种途径，爱多士于1942年得知他的父亲63岁时死于心脏病突发。这一噩耗是他在战争期间收到的关于他家庭的最后消息。

1940年夏天，当爱多士在研究所的最后半年期满时，在研究所同事的帮助下，他得到了1940—1941年度宾夕法尼亚大学的一个哈里森讲座职位。研究所所长艾德洛特（Frank Aydelotte）将这一好消息写信告诉爱多士的一个朋友："看来他眼下已得到了照顾，而且有望在这个国家里找到一个真正的位子。"

可能是由于战争，或由于他对自己的朋友及家庭命运的担忧，爱多士在1941年只发表了4篇论文。很多数学家会认为这已是一个丰收之年，但对爱多士来说，这样的产出只能说是极度灰心状态的表现。用爱多士语言来说，不再产生创造性的数学就等于死亡。按爱多士自己的标准，1941年对他来说就是接近于死亡了。在他一生中，只有1934年他写了很少几篇论文，这一年是他首次发表作品的年份。

波兰数学家乌拉姆（Stanislaw Ulam）回忆他1941年第一次会见爱多士的情景，那时爱多士到位于麦迪逊的威斯康星大学演讲。尽管已小有名气，乌拉姆当时在大学里还只是一个低级的讲师，在他自称的流亡生活中等待着战争的结束，靠为陆军通讯学校批改作业来补充自己的工资。

乌拉姆是一个爱交际的人，30岁出头，颇有些自负。他立即注意到了这位年轻的匈牙利数学家。“爱多士是当时为数不多的比我年轻的数学家之一，”乌拉姆写道，“1941年，他27岁，思乡情切，闷闷不乐，并时刻忧虑着他仍在匈牙利的母亲的命运。”

爱多士与乌拉姆很快就建立了深厚的、虽说有些时断时续的友谊。在其1976年写的引人入胜的自传中，乌拉姆对他这位朋友做了一个生动的描述：“爱多士是一个中等身材、极度神经质且容易激动的人。那时，他甚至比现在更为多动——几乎不断地上下跳动或挥舞胳膊。他的眼神表明他总是在不停地思考着数学，这种思考过程只有当他非常悲观地谈论到世间事物、政治或人类事件时才会中断，他对所有这些事情都觉得前景暗淡。如果他有了某些令人高兴的想法，他会跳起来拍手，然后再坐下。就他对数学强烈的奉献精神和对问题的不倦思考而言，他很像我的某些波兰朋友——甚至可能更有过之。”

当爱多士访问麦迪逊时，他们俩在一起做了大量数学研究工作，“只是在看报纸或收听关于战争或政治分析的广播时才间断”。他们合作的主题是集合论，这可能是数学中最抽象的领域。爱多士后来对集合论做了许多重要贡献。但在1941年，他尚未在这一领域发表过任何东西。说也奇怪，尽管他们在美国数学会的会议上宣布过他们的一些共同发现，直到1968年爱多士与乌拉姆并未发表过一篇合作的文章。

在20世纪60年代的美国，中小学生都要学习集合论的基础知识，作为“新数学”（New Math）这一理想计划的一部分。

新数学背后的想法是：如果学生能学到隐藏在表面之下的本质，他们就能最好地把握数学。没有其他东西比集合论更为本质了。但不幸的是，在中小学校教授的集合论是经过删改的，被削去了所有被认为对中小学生的思想引起过多困惑或过于困难的概念。新数学中的集合论不包含无穷大概念，而没有无穷大的集合论就如同没有诗歌的莎士比亚和没有色彩的塞尚[①]一样。童年的爱多士从他父亲那里学习了集合论，这是一种没有删去无穷大的“少儿不宜”版集合论。爱多士始终未能从这段经历中完全恢复过来。事实上，数学本身至今仍在集合论的撞击下摇摆。

19世纪末，德国数学家康托尔决定要尝一尝无穷大这只禁果。1831年，高斯表示了他对“实无穷大的恐惧”，这也代表了当时大部分数学家的态度。高斯的疑问不在于无穷大本身，而是在于将无穷大看成一个实物而不是一个永远达不到的极限。“我坚决反对把无穷量当作某种已完成的东西来使用，这在数学上不能允许的”，他写道，“无穷大仅仅是一种说法。”对高斯来说，无穷大仅仅作为永远达不到的极限而存在。

高斯对无穷大的排斥，反映了以往实际上已普遍存在的一种意见——至少亚里士多德在2 000多年前就已拒绝了无穷大和无穷小的存在性。康托尔摧毁了亚里士多德的逻辑，他在1886年写道：“所有否定实无穷大数可能性的所谓证明都是错误的，这不仅可以在每一种特殊情况中得到阐明，而且在一般情况下都可以得到这样的结论……如果纯粹从形式上考虑，则无穷数必定（与有限数相比）构成一个全新类型的数，其性质完全依赖于事物的性质，它们确实是一种研究对象，而非武断与

① 塞尚（Paul Cezanne，1839—1906），法国印象派画家，对运用色彩有新的创造。——译者

偏见。”

康托尔证明了不仅无穷这一概念具有数学意义，而且无穷是作为不断增大和永无止境的等级序列而存在的，这也许有点像布莱克的幻想曲。但康托尔的天才是在于证明了塔式的无穷大序列来自清醒的与不可辩驳的集合论数学。

按新数学教员的解释，一个集合是一些事物——任何事物的全体。议会中的民主党员，海里的鱼，波音747飞机的各个部件，等等，全都形成集合。如果一个集合的元素可以与另一集合的元素构成一一对应关系，则称这两个集合有同样的大小。求证火枪手集合与一个丑角集合有同样大小，你需要做的全部工作就是：证明每一个火枪手必有一个丑角与之对应，且反之亦然。一种对应的方法是：

穆厄（Moe）⟷阿拉米斯（Aramis）

拉里（Larry）⟷波尔托斯（Porthos）

卷毛（Curly）⟷阿托斯（Athos）[①]

一个集合的元素个数称为它的基数。火枪手集合的基数为3，而丑角集合的基数也为3。

对于无穷集合同样可以用这一方法来处理，由此可以导出奇妙的结果。所有正整数的集合{1，2，3，…}似乎是所有偶数集合{2，4，6，…}的两倍大小，而实际上，它们具有同等大小。这不难从它们之间建立起来的一一对应关系中看出：

① 右列实际上是大仲马名著《三个火枪手》中三个火枪手的名字。——译者

$1 \longleftrightarrow 2$

$2 \longleftrightarrow 4$

$3 \longleftrightarrow 6$

$4 \longleftrightarrow 8$

等等。所有奇数的集合与所有平方数的集合或所有素数的集合亦是大小相同。稍微做一点推导，即可以证明所有有理数——分数的集合与正整数集合有同样大小。这就是说，对于每一个分数可以确定唯一的一个整数与之对应：有理数是可以数的。康托尔称每一可数集——一个可以与正整数一一对应的集合——的基数为$\aleph_0$，读作“阿列夫零”（Aleph-null）。“阿列夫”是希伯来字母的第一个字。在过去，数学家还从未使用过希伯来字母。数学家在征求新的数字符号时多多少少已把拉丁字母与希腊字母用尽了。

乍一看来，人们可能会认为既然整数可以无穷供应，那么任何集合都将是可数的。但康托尔证明了情形并非如此。例如在0与1之间所有的十进位数——数学家所说的实数——表示数轴上一个不间断的线段。正如我们将要证明的，任何把所有实数与整数一一对应的企图都是注定要失败的，不管你怎样努力去做，总会有无穷多个实数找不到它们的对应者。康托尔关于这一断言的简单证明所用的方法就是他著名的“对角线法”。这是所有数学中最美妙与令人惊奇的方法之一。当爱多士的父亲告诉他这一证明之后，爱多士就爱上了无穷大，而康托尔则成为他心目中的英雄。按照塞凯赖什的说法，爱多士把康托尔的证明看成“直接来自天书的最惊人范例”。在那些日子里，他常常在信末写道：“愿康托尔精神与您同在。”或当他很忙时就写道："愿C.与您同在。"

康托尔的证明利用了他所偏爱的反证法技巧，现在这一技巧已变得很普遍了。他假定有某个天才千方百计试图穷举0与1之间的所有实数，并产生了一张如下形式的表：

$1\longleftrightarrow .13493358\cdots$

$2\longleftrightarrow .85195719\cdots$

$3\longleftrightarrow .14159265\cdots$

$4\longleftrightarrow .17283845\cdots$

$5\longleftrightarrow .04146492\cdots$

$6\longleftrightarrow .71582381\cdots$

对于每一个整数，在0与1之间有唯一的实数与之对应，且对于每一个实数——每一个可能的十进位无穷小数——都有一个整数与之对应。

按这张表，康托尔按下面的程序构造了一个数：表中第一个数的第一位小数取作这个数的第一位小数，表中第二个数的第二位小数取作这个数的第二位小数，表中第三个数的第三位小数取作这个数的第三位小数，如此等等。换言之，用表中对角线上的数来构造一个新数。

$1\longleftrightarrow .\underline{1}3493358\cdots$

$2\longleftrightarrow .8\underline{5}195719\cdots$

$3\longleftrightarrow .14\underline{1}59265\cdots$

$4\longleftrightarrow .172\underline{8}3845\cdots$

$5\longleftrightarrow .0414\underline{6}492\cdots$

6 ⟷ .71582$\underline{3}$81…

在这种情况下，康托尔构造的这个数开头几位是.151863…。然后把这个数的每一位小数都换成另外一个数。无论怎么换都可以，只要不同就行。例如，除了9之外，可以把小数每一位上加一个1，而9则换成0。按这一规则，则新构成的数就是.262974…。[①]

这个新数显然是0与1之间的一个小数。由于已假定我们的表是完全的，所以这个小数一定在某个地方出现过，而且与某个整数对应。换言之，它已被数过了。但在哪里呢？它又对应于哪个数？它绝非第一个数，这是因为按规则它的第一位小数与第一个数的第一位小数不一样，这个新数也不会是表中第二个数，这是由于它的第二位小数与第二个数的第二位小数不同。一般说来，我们构造出来的数与表中的第n个数不一样，这是由于它的第n位小数与第n个数的第n位小数不同。因此我们构造出来的这个实数与表中任何实数都不一样。记住：这张表已被假定包括了0与1之间的所有实数，但我们找到了一个实数，借戈尔德温[②]式语言来说，它被“包括在外”（included out）。尽管我们假定了表是完全的，但利用表中列举的所有实数的对角线，我们构造出了一个不在表中的实数。这就证明了，不管我们怎么去尝试，在实数与整数之间建立一一对

① 为了完全精确起见，必须注意避免一个小问题，这问题是由于例如.2499（有无穷多个9）和.2500（有无穷多个0）实际上是同一个数而引起。这问题可以这样来避免，即不要把任何数字变成9或0。——原注

② 戈尔德温（Samuel Goldwyn，1879—1974），波兰裔犹太人，著名美国电影制作人和导演，代表作《黄金时代》获奥斯卡最佳影片奖。戈尔德温式语言指一些词语的怪诞用法，如“be included out”（=be not included in）之类。——译者

应的企图都是注定要失败的。实数的无穷大——所谓连续统（continuum）——比整数的无穷大更大！

康托尔继续阐明怎样建立一个包含有更大的无穷大的等级序列。对于数学来说，这是一个需要探索的无比丰富的世界。集合论的发展也为悖论（paradoxes）的发现铺平了道路，这暴露了数学基础中的裂缝。

格劳乔·马克斯（Groucho Marx）一次说，他不愿加入任何愿意让他做会员的俱乐部。集合却不是那样挑剔；一个集合可以是它自身的成员。例如，“所有能用不超过100个字来描述的事物的集合”，其本身就是一个可以用少于100个字来描述的事物，因此它也是该集合的一个成员。到目前为止一切顺利。一些集合是它们自己的元素，而另一些则不是（例如，全体匈牙利数学家的集合并不是一个匈牙利数学家）；二者必居其一，所有的集合都不例外。然而20世纪初，伯特兰·罗素却证明了这一表面上无例外的命题是怎样导致一个悖论，从而使整个数学面临被摧毁的危险。

考虑一个特殊的集合，为表示对罗素的尊敬，我们称之为R。由定义，R包含所有不以其自身为其元素的集合。那么R是其自身的一个元素吗？显然不是，因为根据定义R是所有不以自身为元素的集合的集合。但是如果R不是其自身的元素，那么（同样根据R的定义）它必须是R的元素。[①]正如罗素所评述的那样：“两种情况无论哪一种都导致其相反的命题，从而产生了矛盾。”逻辑是无懈可击的，结论却是灾难性的。

罗素说道：“对于这些矛盾，我的感觉就如同一个虔诚的天

① 罗素悖论的本质来自乡村理发师的著名谜题：一个小镇上，每一个人都要理发，理发师给每一个不能给自己理发的人理发，那么谁来给理发师理发呢？——原注

主教徒遇到了邪恶的教皇。”他写信把他的悖论告诉了一位名叫弗雷格（Gottlob Frege）的逻辑学家，后者正在完成关于算术基础的一部巨著。弗雷格在他的书中任意地利用了集合的概念，包括把自身作为元素的集合在内。按照数学史家贝尔的说法，最尴尬的是书中包含了“对算术基础以往的作者们的许多讽刺抨击，以说明他们的明显失误及种种愚笨”。无论如何，弗雷格的诚实是无可指责的。在这部巨著的第二卷之末，他写下了对罗素炸弹（罗素悖论）的震撼反应：“一个科学家在一项工作完成的时候，很难遇到比得知其工作的基础已经坍塌更令人失望的情形了。当我这部著作付印之际，罗素先生的一封来信正好将我置于这样的境地。”

罗素的生命基础亦受到他自己的发现的强烈震撼。正如前文提到过的，在罗素7岁第一次看到欧几里得的《几何原本》时，他就宣布：“数学始终是我的主要兴趣和我的欢娱的主要源泉。”当他16岁并身处不幸时，仅仅是为了多学一些数学的愿望阻止了他的自杀。由此不难理解他现在所感到的幻灭与绝望。罗素发现的破坏性悖论将永远与他的名字联系在一起。后来他“非常厌恶地把数理逻辑放到一边”，而把清除他自己所创乱局的重任留给了他人。

伟大的德国数学家希尔伯特把康托尔的集合论看作“数学天才的最佳作品及人类纯粹智力活动的最高成就”。虽然他不像罗素那样易于灰心，但他仍感到不安。1925年，在关于无穷大的著名演讲中，希尔伯特承认：“事情的现状……是不能容忍的。只要想一想，数学中人人都在学习、传授和使用的那些定义与演绎方法，一向被当作真理和确定性的完美典范，现在竟然导致荒谬！如果数学的思维存在缺陷，那么我们又将到何处去寻找真理和确定性呢？”希尔伯特告诫听众们鼓起勇气，增强自信。“让我们记住，我们是数学家。作为数学家将经常处于危险的境地。”他大声高呼，“没有任何人能将我们从康托尔为我们创造的这个乐园中驱赶出去。”

希尔伯特是对的，尽管胜利的条件未必能使他完全满意。数学家们现在已解决了集合论中的悖论，康托尔的乐园亦未失去。代价则是，在某种程度上，通过哥德尔定理，允许不确定性溜进数学的园地。运用康托尔对角线方法的天才变体，哥德尔证明了某些数学问题在它们被表述的系统中是不可判定的，这样的消息既让人失望（一些问题不能解决），又令人振奋（数学系统可以不断地扩大，这就意味着数学永无止境），全依赖于看待的角度。爱多士从未直接从事过数理逻辑的研究，虽然他十分赞赏哥德尔的证明。据塞凯赖什回忆：“当不可判定的命题在现实的图论问题中出现时，爱多士感到非常震惊。”

爱多士是通过拉姆齐理论的推广以及对所谓的不可达基数的研究而对康托尔的集合论乐园做出重要贡献的。早在布达佩斯的年代，爱多士就与塞凯赖什共同开辟了拉姆齐理论这一领域，现在要将它推广到超限数的范围（超限数是数学家用来表示康托尔无穷多个无穷概念的术语）。这项工作贯穿了他一生，其中绝大部分是与拉多及早在20世纪50年代就于布达佩斯认识的数学家豪伊瑙尔（Andras Hajnal）合作完成的。

对于爱多士来说，发表论文只是一种礼貌的形式，是分享成果的最后行为。但有时候，如与乌拉姆合作的情况中，不知是什么原因，他的一些有趣的结果并未能付印。爱多士非常了解高斯的消极例子。高斯只发表他自以为完美的杰作，他说：“不完善的解答不能使我愉快，而不能使我愉快的工作对我来说就是痛苦。”高斯甚至引用果树的比喻，这棵果树果实不多，但每只果子都硕大肥美；他还喜欢引用座右铭“*Pauca sed matura*”（少而精）以及保罗·梅森[①]的自诩：“不到时候不卖酒。”在高斯去世多年后发现的笔记本上随意摘录的一些东西，如果发表出来，或许都会将数学推进几十年。更令人恼怒和具有破坏性的是高斯的这种习惯：当有数学家告诉他新结果时，他会说他几十年前就得到了同样的结果，赞扬他们就等于赞扬自己，而他高斯，作为一个谦逊的人，是不会这么做的。亚诺什·鲍耶（János Bolyai）是非欧几何的先驱，当高斯告诉他说自己已探索过同样的领域时，就深深受到了伤害。因此，当一个年轻的印度数学家告诉爱多士他的最新发现时，爱多士只字未提自己多年前与乌拉姆一起得到但没有发表的同一结果。相反，爱多士赞扬了这个年轻人的工作，并鼓励他尽快发表。几年以后，这位印度数学家（爱多士声称已忘掉了他的名字，但考虑到爱多士非凡的记忆力，这可能只是一种托词）发现了爱多士早年的结果并问他：“为什么不告诉我呢？”

爱多士回答道：“在这方面，我不想模仿高斯。”

在纯数学家中具有解决真正世界难题这等非凡才能的乌拉姆于1942年被他的朋友冯·诺伊曼邀请去参加曼哈顿计划，这是一个在新墨西哥州洛斯阿拉莫斯研制原子弹的秘密计划。乌拉姆被指派进行炸弹内向爆炸的流体动力学计算，内向爆炸使裂变物质压挤形成临界质量，因此这是一个十分关键而又棘手的问题。冯·诺伊曼与其他优秀的数学家和物理学家们企图找到一种巧妙的理论简化，从而使他们能够仅用笔和纸来计算。

① 保罗·梅森（Paul Masson，1859—1940），法国勃艮第区移民，美国加州葡萄种植先驱及“香槟之王”。——译者

尽管具有抽象的理论背景，乌拉姆却认识到解决问题最好的途径还是用“笨办法蛮干，即进行大量更实际的数值计算”。乌拉姆请他的朋友爱多士到洛斯阿拉莫斯来投入这一工作。爱多士愿意前来并按照乌拉姆的建议写信给“爱德华教授”（这是他对爱德华·特勒的称呼）。不幸的是，爱多士告诉特勒战后他可能想回匈牙利，这对特勒来说，已有足够的理由拒绝爱多士加入这项可以显示其能力的计划。

正如乌拉姆感觉到的，爱多士无论对于个人的还是政治的事务永远是那样直截了当。1945年，战争刚刚过去，乌拉姆接受了位于洛杉矶的南加利福尼亚大学的一个职位。到达南加州大学不久，乌拉姆突然遭受强烈头疼的袭击，伴随着从胸部蔓延到下巴的可怕麻木。乌拉姆回忆说：“我突然想起了柏拉图关于苏格拉底服毒后的描写。”他的妻子请来了医生，乌拉姆被急忙送进了医院。

由于某种医生们无法解释的原因，乌拉姆的脑子开始危险地膨胀。一项紧急的手术解除了压力。几天后，乌拉姆显然好了一些。为了检查他智力的恢复程度，医生问他：“13加8是多少？”乌拉姆写道：“他居然问我这样的一个问题，这使我感到如此难堪，我只是摇了摇头。”医生不太放心，于是又问他20的平方根是多少。回答：“大约是4.4。”医生沉默不语。乌拉姆担心地问：“不对吗？”医生笑着说：“我也不知道。”简单的算术使医生相信，乌拉姆已经恢复了。但是乌拉姆比绝大多数人都更离不开健全的大脑，所以需要更多的信心。

在乌拉姆出院那天，爱多士出现在病房里，手中提了一只箱子，他说：“斯坦，我真高兴看到你还活着，我以为你会死去，那我就得给你写讣告和我们的合作论文了。”由于爱多士对他还活着而表现出来的明显快乐，乌拉姆非常高兴，但仍有点担心他的朋友们会认为他没希望了。由于并没有即刻的安排，又看到乌拉姆就要出院，爱多士说："你要回家吗？很好，我可以跟你一起回去。"

在到巴尔博亚岛乌拉姆家的整个旅途中，爱多士一直在谈论数学。据乌拉姆回忆："我做一些说明，他问我一些问题，我答完后，他说：'斯坦，你跟过去一样啊！'"乌拉姆很高兴但仍缺乏信心。一到乌拉姆家，爱多士就提出要跟乌拉姆下棋。连胜了爱多士两局，乌拉姆开始觉得他的脑子没有受损，而他的大脑在手术台上有几个小时比爱多士的大脑敞得更开。经过爱多士两个星期的挑战之后，乌拉姆终于相信自己的智力并未减退。

他们在海滩散步时进行的数学讨论，完全证明了乌拉姆的康复。在一次散步中，爱多士像往常一样停下来向一个小孩打招呼："斯坦，看呀！多好玩的埃泼西龙。"孩子的母亲就站在不远处，她是一个年轻美丽的妇女。乌拉姆不禁回答说："请看看大埃泼西龙吧！"弄得爱多士面红耳赤。

爱多士为了挣钱而做一次访问一点也不会使乌拉姆感到奇怪。那些年里，爱多士是依靠最多不超过一学年的客座教授的报酬来生活的，例如在普渡大学、密歇根大学等；或是依靠菲薄的演讲费及同事们的善意帮助。在哪里访问对爱多士来说真无所谓，他也像爱因斯坦一样可以带着实验室随时随地工作，而毫不顾及周围环境。有一天午夜以后，爱多士在离普渡大学校园不远的地方被一些警察叫住了，他们觉得他有些可疑。"你在干什么？"他们问。"我在思考。"他解释说。"你是在思考。"警察还算通情达理，说完就走开了。

但官方并不总是那么通情达理或那么好说话的。1941年8月，爱多士到纽约访问一些数学家，在那里，正如《费城问讯报》所述，他成了“一场间谍恐慌的中心人物”。为了消磨时间，爱多士决定与英国数学家阿瑟·斯通及日本数学家角谷静夫（Shizuo Kakutani）一起去长岛做一次短途旅行。他们驱车到岛的东端并住进一家小旅馆。那天晚上，爱多士注意到远处有一束奇怪的亮光向他闪烁。第二天，在他的提议下，三人一起去寻找这个发光地点。他们从高速公路下了支路，翻越一处叫作巴伦希尔的山地时，道路变得越来越窄，这本应是个警示。而这里本应有一块“禁止入内”的牌子。

角谷静夫拍了一些斯通与爱多士的照片，背景就是那座神秘的建筑物，它是一个秘密的雷达站。两个无线电报务员后来报告说，这些非法闯入者中有一人给那座200英尺高的发射塔画了一张草图。一个警卫截住了他们，让他们离开，于是他们回到汽车里并驶往一家小店吃了午餐。当他们付账时，有两个身材高大的警察走近这些数学家，将他们拘捕并带到了警察局接受讯问。那警卫报告说“三个日本人对这个装置拍照之后仓皇离去”。三个不同种族的外国人本已足以引起最冷静的警卫的警觉了。那些年里守法的公民都被教导要保持高度警惕；甚至在斯塔滕岛轮渡站的围栏旁拍摄纽约港的照片都被禁止。渔船在长岛南岸水域垂钓需持特殊的许可证，乘客需携带海岸警察厅颁发的特别身份证。

联邦调查局（FBI）传唤了他们，这三个间谍嫌疑犯被分别审讯。高等研究所的维布伦当了爱多士的担保人，其他同事则帮助斯通与角谷静夫澄清事实。警察在那天夜里释放了他们并向他们表示了歉意，但同时婉言指出整个事件是可以避免的。

他们为什么没有注意到“禁止入内”的标记呢？

爱多士解释道：“你看，我在思考数学定理呢。”

作为一个日本公民，角谷静夫深感战时在美国工作十分困难，他的一篇文章曾被《杜克数学杂志》（*Duke Mathematical Journal*）退稿。原因是“作者是一个日本人，且并未表明他已跟日本政府划清界限”。对角谷静夫来说，日本政府对于将实数分解为哈默尔基（Hamel bases）这一事实大概不太可能会发表任何意见，或者即使发表了，也可能与美国大不相容。像爱多士一样，饱受思乡的折磨，惦记着病中的老母，角谷静夫于1942年登上一艘瑞士轮船返回日本。他后来又比较容易地回到美国，可能是长岛事件后，他已被FBI证明是清白的了。

没有得到他在匈牙利的朋友与家庭的命运的任何消息，爱多士只能做最坏的打算。1944年3月，德国占领了匈牙利，随即开始了系统灭绝匈牙利犹太人的暴行。艾希曼成为纳粹分子的首脑后，立即建立了犹太人定居点。在战争的最后一年里，几乎所有生活在布达佩斯之外的匈牙利犹太人都在奥斯威辛集中营被处死。而留在布达佩斯城内定居点的匈牙利犹太人则至少有一半幸存下来，其中很多人是由于瑞士外交官瓦伦贝格（Raoul Wallenberg）的调解而得救。

1945年，爱多士收到了他在罗马尼亚一个朋友的一份电报，告诉他，他的母亲还活在世上。这时爱多士最大的担忧终于解除了。几个月后，他直接收到了他母亲寄来的第一封信。

爱多士为他的母亲还活着而欣喜若狂，但又不能不为其余的家庭成员及朋友们在纳粹迫害下悲惨地死去而痛苦哀伤。五个姑妈与舅舅中的四个，以及唯一幸存的姑妈的丈夫均死于大屠杀。爱多士的无名氏小组中的两个亲密朋友格林瓦尔德与德若·拉扎尔（Deszo Lázár）亦死于纳粹的魔掌。*KöMal*杂志的编辑法拉戈（Andor Faragó）和他的儿子都遭到了同样的厄运。这份杂志将他们聚集在一起。曾教过爱多士图论的德奈什·柯尼希，在接到去集中营的命令后立即自杀了。直到1948年，在发表了40多篇论文之后，爱多士才重新回到了布达佩斯和他挚爱的母亲身边。

第八章　保罗·爱多士博士的素数

战争开始后的一些年里，爱多士的论文涉及的学科在不断地增加。他认识卡茨时，对概率论了解甚少。但几年之后，他就变成了这个领域中的一个领袖专家。他撰写了组合数学、图论、几何与插值法方面的论文。插值法是关于用少数函数值来估计函数的学问。但爱多士的大部分论文仍献给了他的第一爱好——数学皇后数论。

当爱多士只有10岁时，他的父亲就曾将两相邻素数间的距离可以任意大这一事实证明给他看，爱多士对素数分布的无规则性感到惊讶。素数看来几乎是随机分布的，就像一片片绿洲分布在广大的复合数的沙漠中一样。它们不遵循任何已知的公式。寻找新素数是一件要用穷举查勘法来进行的艰苦工作，最好用国际电脑网络来完成。同时，如果个别素数可以被忽略，则素数总体服从一个简单而完美的定律，即所谓素数定理。

素数定理的证明在19世纪最后的几年里已告完成。这是数学的最高成就之一。在他还是一个年轻学生时，爱多士就学习了这一定理，但他并不觉得这个经典的证明十分令人满意。这一证明非常难懂，这本身并不构成问题。更严重的是这不是一个“初等”证明。对数学家而言，所谓“初等”与证明的难度无关，初等证明是指仅用经典数论及整数与实数的性质所做的证明。已知的素数定理证明都依赖于诸如连续函数及复数这样的概念。这些概念很难直观地与整数的性质相关联。爱多士甚至在少年时代就已感到难以接受这样的事实：写进天书的素数定理的证明竟然不能依赖于那些整数性质。待他长大后，爱多士告诉他的朋友说，他梦想有一天能给出很多人认为不可能做到的素数定理的一个真正初等证明。1948年，爱多士给出了这本天书中的初等证明，实现了他少年时的野心。这是他一生中最辉煌的成就之一，给他带来了荣誉与名声。同时，这一证明也使爱多士陷入了一生中唯一的一次论战旋涡。

编制出第一张素数表的人是厄拉多塞（Eratosthenes），他生活在公元前3世纪的希腊。不同于一个数一个数进行的烦琐检验，他发现了一个快捷地筛去大批数的聪明办法，即所谓的厄拉多塞筛法。例如你要构造一张不超过50 的素数表。首先写出前50个整数如下：

1	2	3	4	5	6	7	8	9	10
11	12	13	14	15	16	17	18	19	20
21	22	23	24	25	26	27	28	29	30
31	32	33	34	35	36	37	38	39	40
41	42	43	44	45	46	47	48	49	50

由定义，1不是素数，所以划掉1，2是一个素数，将它留下来。表中其他2的倍数都不是素数，所以都划掉：

~~1~~	2	3	~~4~~	5	~~6~~	7	~~8~~	9	~~10~~
11	~~12~~	13	~~14~~	15	~~16~~	17	~~18~~	19	~~20~~
21	~~22~~	23	~~24~~	25	~~26~~	27	~~28~~	29	~~30~~
31	~~32~~	33	~~34~~	35	~~36~~	37	~~38~~	39	~~40~~
41	~~42~~	43	~~44~~	45	~~46~~	47	~~48~~	49	~~50~~

上表中，2以后第一个未被划去者为3，它必定是一个素数。保存它而将表中其他3的倍数都划掉：

~~1~~	2	3	~~4~~	5	~~6~~	7	~~8~~	~~9~~	~~10~~
11	~~12~~	13	~~14~~	~~15~~	~~16~~	17	~~18~~	19	~~20~~
~~21~~	~~22~~	23	~~24~~	25	~~26~~	~~27~~	~~28~~	29	~~30~~
31	~~32~~	~~33~~	~~34~~	35	~~36~~	37	~~38~~	~~39~~	~~40~~
41	~~42~~	43	~~44~~	~~45~~	~~46~~	47	~~48~~	49	~~50~~

如此反复，再下一个首先未被划去者为5，所以它是一个素数。保存它而划去其他5的倍数。你可以连续采用这一做法，直至达到的数已超过表中整数个数的平方根。对于我们的例子，表中共50个数，由于50的平方根大于7，而小于8，所以将7留下，而将7的其他倍数去掉即可终止。这样做的理由在于任何一个复合数一定是两个或以上的素数之积。在这些素因数中不能有两个大于该复合数的平方根，否则这两个素数之积就大于该复合数了。例如100不能有两个素因数皆大于100的平方根10，这是由于两个任意大于10的数之积必定大于100。所以除1之外，任何复合数至少有一个素因数不超过表中整数个数的平方根。当你按上述做法将不超过表中整数个数的平方根的素数倍数都划去后，就已经划去了表中所有的复合数。下面就是前50个数经厄拉多塞筛法筛选后的最后结果：

~~1~~	2	3	~~4~~	5	~~6~~	7	~~8~~	~~9~~	~~10~~
11	~~12~~	13	~~14~~	~~15~~	~~16~~	17	~~18~~	19	~~20~~
~~21~~	~~22~~	23	~~24~~	~~25~~	~~26~~	~~27~~	~~28~~	29	~~30~~
31	~~32~~	~~33~~	~~34~~	~~35~~	~~36~~	37	~~38~~	~~39~~	~~40~~
41	~~42~~	43	~~44~~	~~45~~	~~46~~	47	~~48~~	~~49~~	~~50~~

在厄拉多塞之后，编造素数表几乎成为对数学皇后虔诚奉献的一项活动了。1776年，费尔克尔（Antonio Felkel）为了流芳百世而编纂了2 000 000以内所有复合数的素因数表。该表的第一卷发表了，它包含了小于408 000的所有整数的因数，但在印刷方面却不像作者所期望的那样成功。除了少数的几卷，费尔克尔的大部分工作成果在以后的土耳其战争中都被用作制造弹药筒了。维也纳帝国财政部曾资助费尔克尔第一卷手稿的印行而未成功，又似乎并非出于善意地扣留了其余未出版的书稿。但这并未阻止费尔克尔重新计算了被没收的部分并将先前的结果扩大至2 856 000。

波兰数学家库利克（Yakov Kulik）肯定是最英勇同时也是最悲壮的素数迷了。本着人人都应有一个嗜好的理论，库利克花费了20年的业余时间编纂了一张1亿数字内所有整数的素因数表。库利克去世后，他毕生工作的遗稿交给了维也纳皇家科学院图书馆保存，共八卷4 212页，其中除第二卷（从12 642 000到22 825 800）已遗失外，其余各卷今天尚能见到。虽然书稿的丢失对个人来说是一个悲剧，但从数学上看却并不重要。第一卷经检查后发现了太多的错误，致使库利克的努力变得没有价值。

当高斯还是一个15岁的孩子时，他检查了一张兰伯特（Johann Lambert）编制的102 000以内的素数表，以便观察素数的规律。数学经常被说成是纯推理的最高表现，但高斯却强调它同时也是一门眼睛的科学。这就是说，数学来自对数字、形状与结构的性质的缜密观察。数学家花费了大量时间来观察和探寻规则性与奇异性，并以此为基础建立起他们的猜想与证明。印度数学家拉马努詹花费了大量时间来进行算术计算以使其理论更充实，更具有启发性。他的传记作者卡尼格尔写道："他与数建立了密切的关系，出于同样的理由，画家们不停地调配着各种颜料，音乐家们反复试验着不同的音阶。"

年轻的高斯决心要摆脱素数表面的混沌，去看看他是否能找出较大范围的规律。就像一个画家离开他的画架去评估一下自己手头的工作一样。高斯将自然数分成每1 000个数构成的区间，再利用兰伯特编的素数表来计算每个区间中的素数个数。这一技巧还真管用，人们见到在一定的区间以后，素数的分布显得有规律起来了。请看看显示不超过x的素数个数——数学家们称其为函数π（x）——的两张图。第一张图比较密集地考察了从1至100的整数，第二张则比较粗疏，表示1 000之内的数的情况。

函数π（x）的第一张齿形图，远看时是相当光滑的。利用兰伯特的表上搜集到的数据，高斯得以猜出一个用来描述素数分布的异常简单与精确的定律。高斯的公式精确地刻画了素数稀疏出现的缓慢性与必然性。在100以内的正整数中，素数占25%。在1 000以内的正整数中，素数约占17%。在前100万个正整数中，素数仅占了8%。这一百分比在继续缓慢地与必然地下降着，在不超过10 000亿的正整数中素数的比例已降为4%。最后这个数当然不是库利克的某个狂热继承者一辈子工作的成果，而是运用一个非常有效的计算素数的程序在高速电脑

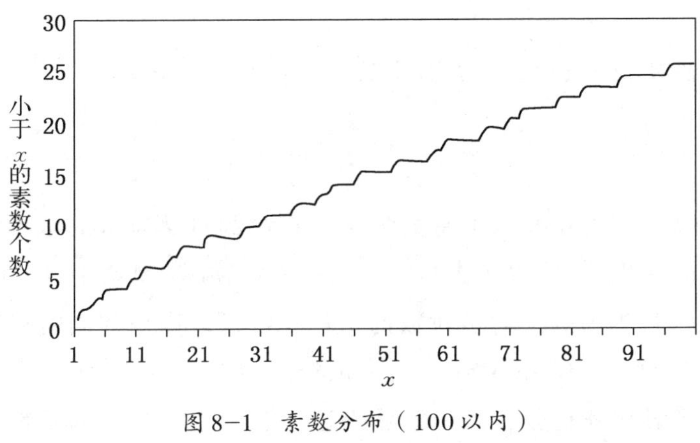

图 8-1　素数分布（100 以内）

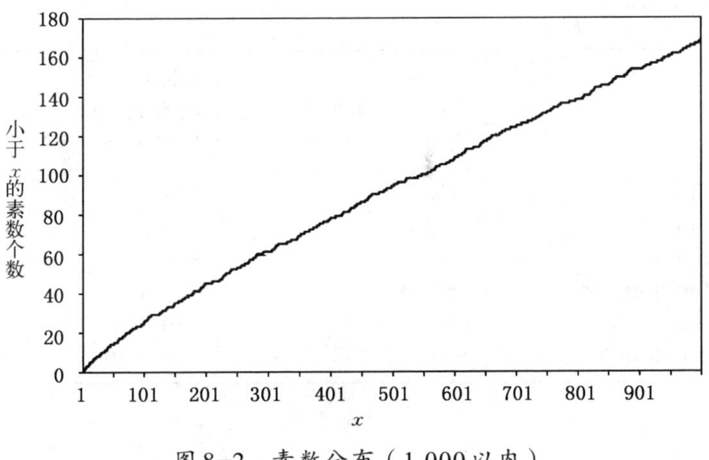

图 8-2　素数分布（1 000 以内）

上算出来的。

高斯猜想所谓的对数函数可以用来描述素数出现缓慢下降的百分比。对数是指数增长的反函数：1 000是10的三次方（10^3），所以1 000以10为底的对数为3；由于2^4 =16，所以以2为底的16的对数为4。用来测度地震强度的里氏（Richter）级就是用对数度量的；里氏5级地震的强度为里氏4级地震的

10倍。

高斯猜想x以内的素数个数可以粗略地用公式

$$\pi(x) \approx x/\log(x)$$

来估算，其中log（x）是数学家们喜欢的自然对数的记号，它对应的底为e，略等于2.718（大多数人在中学里都学过，以10为底的对数约等于自然对数的0.434 3倍）。高斯的同时代数学家勒让德（Adrian-Marie Legendre）也独立地猜出了这一定律。经过快速比较，就可以看出这一公式很好地刻画了素数的实际行为。

x	π（x） 小于x的素数的 实际个数	x/log（x） 用素数定理 估计的π（x）
1 000	168	145
10 000	1 229	1 086
100 000	9 592	8 686
1 000 000	78 498	72 382
10 000 000	664 579	620 420
100 000 000	5 761 455	5 740 304

图 8–3

高斯在他一生中，只要有可能，就会去检验他所观测到的这条定律。他有时从最新的素数表中寻找数据，但更经常地则是依赖他惊人的计算能力。1849年，高斯向天文学家恩克（Johann Franz Encke）说起他年轻时关于素数分布的研究：“我经常利用我闲下来的一刻钟去研究某1 000个数的区间里的数（因为我缺乏耐心去系统地研究所有的区间）；最后我终于完全放弃了这种研究，没能完成头100万个数的检验。”这种业余时间的零散研究使高斯能够告诉恩克："兰伯特的表格里，在101 000与102 000间的1 000个数中有很糟糕的错误；我去掉了7个数，它们不是素数，另外又加进了2个被漏掉的素数。"

对他关于给定数以内的素数个数的猜想公式，高斯并未给出证明。在很多年后仍无人能给出证明。1852年，俄国数学家切比雪夫首先在素数定理的证明方面获得了一些进展，素数定理是人们对高斯猜想的称呼。切比雪夫定理是他关于贝特朗假设证明的延拓，而爱多士19岁时第一项创造性工作也正是贝特朗假设的证明。让我们回想一下，切比雪夫定理可以用下面的史诗式（至少在精神上，如果不是从诗体学意义上来说）对句来概括：

切比雪夫说过的，我再说一遍，
在n与2n之间恒有一个素数！

换言之，任何数与它的倍数之间必定有一个素数。切比雪夫定理给出了素数分布的一个线索。事实上切比雪夫还可以得到比贝特朗假设更多的东西，但他却未能证明素数定理。切比雪夫的一个同时代人也未能证明素数定理，因而宣称："我们或许要等待这样一个人降临于世，他的洞察力与智慧较切比雪夫更胜一筹，正像切比雪夫在这些方面远超凡人一样。"

高斯最有名的学生黎曼在素数定理的证明方面迈出了重要的一步。在授予黎曼博士学位时，高斯称赞了他"无比丰富的创造性"。在他短暂的一生中——他仅活到40岁——黎曼证明了他是名副其实的高斯继承人。他发展了今天所称的黎曼积分，探索了弯曲空间的几何学，后者成为爱因斯坦引力理论的一个要素。在1859年的一篇文章里，黎曼证明了本质上属于算术问题的素数计数问题可以用检验所谓黎曼ζ函数（Zeta function）的性质来处理。这是直觉的光辉飞跃，但为了处理这件事，黎曼从其他领域中引进了一些概念，而这些领域在过去认为是与数论无关的。黎曼的ζ函数不是一个初等概念。爱多士相信在素数定理的证明中用到它并不是必要的，且会使关于素数分布的基本推理变得模糊不清。为了理解爱多士这一信念的理由，需要对黎曼独特的创造进行仔细的考察。

黎曼ζ函数是被数学家称之为复变函数的最著名例子之一。函数就像一架数学机器，将一个数当成一个输入物输入并咀嚼后，就会输出另一个数。像黎曼ζ函数这样的函数，其输入与输出的数都是所谓的复数，复数含有两部分，其中之一为熟知的实数，另一部分则是所谓的虚数。

实际上，所有数都是复数。我们会送给真正的爱人5个金戒指，但却不会送“5”这个数。爱多士完全有理由为自己能在童年时就发现负数而感到骄傲；毕竟，说一次孵出了负3只鹅是什么意思呢？希腊人是不相信负数的，对于他们来说，方程

$$x+3=0$$

是无解的。几百年之后，人们才接受了负数是有意义的，当人们求解方程

$$x^2+1=0$$

时，就类似地产生了虚数。换言之，什么数的平方等于−1？一个正数乘一个正数为正数，所以不是正数。一个负数乘一个负数仍为一个正数，所以也不是负数。那么既不是正数也不是负

数，它是什么呢？这才勉强地承认需要一类新的数。可能主要出于感情而不是存在主义的理由，这一类新的数被称为虚数。随着虚数及复数——它是实数与虚数之和——被加进数系，上述的方程就可以求解了。大量优美而有用的数学随之产生。当今复数已被最现实的工程师熟练地用来设计从电话到吊桥的每一样东西。

除了在数学其他领域的广泛应用外，令人惊奇的是复数也渗入了整数的领域。黎曼证明了对ζ函数性质的全面了解将导出素数分布的结果，它比任何已知的结果更强。黎曼的文章给出了关于ζ函数的6个猜想，它们所显示的对复数域的深刻观察力至今仍使数学家们惊叹不已。黎曼猜想中的5个已被证明了，但最后一个仍未得到证明，它已成为数学中最重要的未证明问题了。

希尔伯特将这一猜想列为数学中最重要的问题之一。有一次，他曾说，如果他睡了1 000年醒来后，他将要问的第一个问题就是："黎曼猜想解决了吗？"希尔伯特的传记作者里德（Constance Reid）重述了这一轶事，虽说真伪不明，或许可以表明希尔伯特对黎曼猜想着迷之深。希尔伯特有一个学生，带了一个黎曼猜想的证明去找他。希尔伯特为他的努力深受感动，但经仔细检查后，发现了一个致命的错误。在这个学生去世后不久，他的朋友要求希尔伯特为他致悼词。希尔伯特开始讲些一般事情，表示对失去这样一个年轻有为的学生深表遗憾。他提到这个学生尝试的黎曼猜想证明虽存在缺陷，却有可能在某一天导致这一著名问题的解决。面对已故学生的茔墓，淋着雨，希尔伯特兴致勃勃地说道："说实在的，让我们来考虑一个复变数的函数……"

哈代尽管未能解决黎曼猜想，但对这一猜想的解决做出了重大的贡献。他甚至别出心裁地用黎曼猜想来与上帝开玩笑。哈代担心海上航行的安全，因此每当访问他在丹麦的数学之交哈拉尔德·玻尔（Harald Bohr，著名物理学家尼尔斯·玻尔的弟弟）并即将登船横渡北海回国之前，作为一种旅行保险，他总要写一张明信片给玻尔，宣称他已证明了黎曼猜想。里德说，哈代深信“上帝是不会让哈代——他们之间在进行一场个人战争——带着这样的荣誉而死去的”。

为了证明素数定理，数学家们几乎花了40多年时间来掌握这个棘手的ζ函数，1896年阿达马（Jacques Hadamard）与瓦莱·普桑（Charles Jean Gustave Nicolas de la Vallée Poussin）终于证明了高斯年轻时提出的敏锐猜想——素数定理，以后的数学家则致力于改进阿达马与普桑的困难的证明及阐明黎曼ζ函数的性质，虽然黎曼猜想仍悬而未决。但始终没有找到素数定理的一个初等证明，很多数学家都认为这样的证明是不可能的。“关于理论的逻辑，我们有某些成见，”哈代写道，“我们认为有些定理，如我们所说的那样‘很深刻’，而另一些则比较肤浅。如果有人能给出素数定理一个初等证明，他就会知道这些看法是错误的；这一课题并不像是我们所预料的那样结合在一起的，而现在是抛弃旧有的著作和重写理论的时刻了。”

爱多士及其他一些数学家把哈代说的话更多地看作挑战而不是警示。1931年爱多士给予切比雪夫定理卓越的证明后，他宣称他将致力于初等方法，并将为此奋斗终生。在许多数学家看来，爱多士掌握的初等方法已用尽了，但他却继续发表出可以留在“天书”中的、意想不到的美丽结果与证明。他的许多定理是关于素数分布的，但他寻找素数定理初等证明的目标却依然很渺茫。

在第二次世界大战期间，欧洲的数学家们无法跟他们的美国同行通信。当战事结束后，那些可以旅行的人便前往欧洲，去看看他们的同行在干些什么。图兰是战争浩劫的幸存者，并留在了布达佩斯。他被高等研究所邀请去那里访问6个月。爱多士为能与他的老朋友重逢而欣喜若狂，他从锡拉丘兹大学——他正在那里当客座教授——到纽约来会晤刚刚抵达的图兰。此后的6个月间，爱多士经常到研究所访问图兰并在一起研究多项式根的分布，他们在这方面的论文至今仍不断被人引用。

战后，研究所的一位教授魏尔[①]去欧洲做调研性的长途旅行。他得知有一个年轻的挪威数学家塞尔伯格（Alte Selberg）在一家不出名的挪威杂志上发表了一些漂亮的解析数论论文。魏尔一定感到自己像是一个棒球教练，发现了一名能在乡村沙地上投出每小时1英里快球的棒球手一样。他很快与塞尔伯格签了约，并将他这位新徒弟带回新泽西州的普林斯顿，让他在一个大舞台上去表演较量。

塞尔伯格没有使魏尔失望，在研究数学的风格上，塞尔伯格与爱多士迥然不同。他是一个文静的人，甚至有些孤僻，很少与他人合写论文。与爱多士一样，他也是一个善于用初等方法去攻克数论难题的高手。1948年5月，塞尔伯格写了一篇论文，其中给出了狄利克雷[②]定理的一个初等证明，狄利克雷定理

① 魏尔（Hermann Weyl，1885—1955），德国数学家，因纳粹迫害，移居美国，任普林斯顿高等研究所研究员，美国科学院院士。——译者

② 狄利克雷（P. G. L. Dirichlert，1805—1859），德国数学家，柏林大学、格廷根大学教授，解析数论的创始人。——译者

仅次于素数定理，是对初等方法威力的巨大挑战。狄利克雷定理涉及算术数列中素数出现的情况。算术数列是指等差整数列，例如3，5，7，9，11，……在这一数列中，3，5，7与11都是素数。1837年，狄利克雷证明了任何一个算术数列，只要其各项没有一个公因子，则它必定含有无穷多个素数。因此算术数列17，22，27，32，……中含有无穷多个素数，而5，10，15，20，……中则不可能有无穷多个素数，这是由于这一数列中每个数都是5的倍数。

塞尔伯格认识并喜欢图兰，他将自己关于狄利克雷定理的证明告诉了图兰。塞尔伯格计划7月份到加拿大去旅行，图兰知道，当塞尔伯格返回时，他自己大概已经离开普林斯顿了，所以他要求看看塞尔伯格的手稿。塞尔伯格后来在给魏尔的信中写道："我不仅同意这样做，而且对图兰感到很留恋。我花了几天的时间将证明详细告诉了他。"塞尔伯格还抛出了一件小小的礼品，给图兰看了一眼他3月份刚发现的一个意味深长的方程，即现在所称的"塞尔伯格公式"。塞尔伯格写道："我没有告诉他这个公式的证明，也未告诉他这一公式的可能推论及我在这方面的想法。"

塞尔伯格踌躇未定且没有告诉图兰的一个事实是：他的基本公式可能是得到素数定理的一个初等证明的关键。不难证明塞尔伯格公式是素数定理的推论，当然这公式并不是这样被发现的，塞尔伯格完全是用初等方法推导出他的公式的。由于基本公式能够由素数定理导出，塞尔伯格认为很可能反之亦然，即从基本公式可能导出素数定理的一个初等证明。关于这一点，塞尔伯格对图兰只字未提，他离开了研究所9天。

在塞尔伯格离开期间，图兰在研究所举行了一次关于狄利克雷定理证明的非正式小型研讨会，他的听众包括爱多士、乔拉（Saravadam Chowla）及后来成为爱因斯坦助手的斯特劳斯（Ernst Straus）。乔拉与斯特劳斯后来都是爱多士的合作者。斯特劳斯写道："在演讲结束后，接着有一段简短的讨论，内容是关于塞尔伯格不等式（即基本公式）的意想不到的力量。"爱多士立刻看出塞尔伯格公式可能暗含着素数定理，他感到第一步要证明一条中间定理，而直觉告诉他这定理将是塞尔伯格公式的推论。粗略地讲，这条中间定理即是，当素数增大时，两相邻素数之比趋于1，这使他接近于证明素数定理的最终目标。如同往常一样，他一头栽进了工作。

当塞尔伯格回到研究所后，听说图兰举办了一次关于狄利克雷定理工作的研讨会，他感到很吃惊，但并没有表现出不高兴。"对这样做我当然没有表示反对，因为从我这方面来说，这仅涉及已完成的部分工作，尽管它们尚未发表。与此相关的是，图兰至少已将基本公式告诉了爱多士，我同样也没有表示反对，因为我事先并未要求图兰对此保密。"

塞尔伯格可能是意识到他无权反对图兰的做法，但他对爱多士如此热情地抓住他的研究结果感到不悦。对于爱多士来说，数学的目的——也即生命的目的——就在于证明与猜想，并且要尽可能快地去证明与猜想。一条数学定理，一旦被发现了，就成为每一个人的财富。爱多士认为自己有责任去探寻这些定理的推论，而无论它们会将你引向何方。他传奇式的合作岁月仍摆在他的前面，但即便如此，在1948年以前，他发表的133篇论文中就有52篇是与他人合作的。很多数学家对爱多士这种研究数学的活跃的社会化方式很欣赏。但同时也有像塞尔伯格这样的一些数学家，他们宁愿按自己的步调孤军奋战；对于他们来说，爱多士进攻性的数学研究方式可能是粗鲁的和野心勃勃的，或者至少是出格的。

在塞尔伯格从加拿大回来后不久的一个星期四下午，爱多士在研究所富尔德楼外碰到了塞尔伯格。爱多士告诉了塞尔伯格他想要证明的中间定理。在这次偶遇后不久，塞尔伯格写信给魏尔说："我开始关注爱多士在这些事情上的工作了。"塞尔伯格试图给爱多士泼冷水，他对爱多士说他怀疑基本公式能否导出爱多士想要证明的中间定理，且很可能无法导出素数定理的初等证明。塞尔伯格甚至告诉爱多士说，他已构造出一个反例，一个破坏性的数学等式。但是，正如塞尔伯格后来承认的，他所设想的反例是一种有意的误导；塞尔伯格没有告诉爱多士某些基本假设，这些假设将消除反例的破坏性效果。塞尔伯格在将近50年后的一封信中解释道："这一欲将爱多士引入歧途的做法（显然没有成功）在当时的情绪下多少是可以理解的。"

第二天，爱多士告诉塞尔伯格他已证明了中间定理，塞尔伯格的怀疑于是变得没有根据。事实上，爱多士证明了一条比他的定理稍强的结果，这就更严重地妨碍了塞尔伯格自己来证明素数定理——而他已告诉过爱多士，他相信这样一个证明是不可能的。塞尔伯格急忙赶回家去拼力一搏，并在星期日利用爱多士的定理完成了素数定理的证明。爱多士非常高兴，并设想他与塞尔伯格可以联名发表一篇关于他们的成功合作的论文了。或许塞尔伯格最终会允许爱多士跟他商讨联名发表文章的事。但在这一切发生之前，塞尔伯格对锡拉丘兹大学做了一次短暂的访问，在那里他听到一些谣传，这些谣传彻底打消了他与爱多士分享荣誉的意向，甚至排除了与爱多士讨论数学的可能性。

正如爱多士每当获悉有趣的数学消息后通常所做的那样，在他与塞尔伯格发现素数定理的初等证明后，爱多士立刻向他分布广泛的通信者寄发明信片，告知这一消息。塞尔伯格这时只给他兄弟中的一个人写了信。当他对锡拉丘兹的夏季访问快结束时，塞尔伯格因得知这一消息已传播甚广而感到吃惊。在锡拉丘兹，有一位教授天真地告诉塞尔伯格：爱多士已找到了素数定理的一个初等证明，按塞尔伯格的说法，他所碰到的每一个人都将这个证明“完全地或至少是实质上”归功于爱多士。根据斯特劳斯后来变得众所周知的回忆，这一偶然事件甚至变得更使塞尔伯格感到丢脸。按照斯特劳斯的说法，有一个教授气喘吁吁地跑来向塞尔伯格询问道：“爱多士和某个斯堪的那维亚数学家搞出来了，这个大好消息你听说了没有？”

在1987年《大西洋月刊》刊登的一篇关于爱多士的文章里，霍夫曼（Paul Hoffman）又提到了斯特劳斯所述的故事。霍夫曼接着说塞尔伯格被谣传深深地激怒了，他立刻坐下来，匆匆写出一篇证明的单独文章，爱多士的功绩被一笔勾销。塞尔伯格确实是受到了伤害，但他从来就没有跟爱多士合写论文的热情；他在锡拉丘兹的经历已足以使他确信分开写论文的明智。塞尔伯格给爱多士写了一封简短的信，信中说：“我不能接受一篇合作论文的任何协议。”此时，塞尔伯格已发现了由他的基本方程去证明素数定理的另一途径，这一方法不需要依赖爱多士的贡献，他告诉爱多士，他将单独发表这一证明，并将“在序言里给出第一个证明简单的概述”，其中他会对爱多士的结果表示感谢。塞尔伯格然后说，爱多士可以写一篇自己的文章，详细论述他所得到的公式，但不应提及素数定理。爱多士见信后怒不可遏。

爱多士立即写信给塞尔伯格，提醒他，当他们谈到用塞尔伯格的基本公式去证明素数定理时，“你对成功是非常怀疑的，事实上，你说过你相信可以证明，基本引理［即爱多士从图兰那里得知的塞尔伯格的基本公式］不能推出素数定理……如果你能够告诉我［你所知道的一切］，我肯定当场就会完成素数定理的证明”。塞尔伯格的迷魂阵当时并未能使爱多士泄气，而现在却成了逆火。人们不可能来评判，如果没有爱多士开路，塞尔伯格是否一定能找到素数定理的证明。但有一点是清楚的，即爱多士将塞尔伯格的误导当了真，他确实以为他在解决一个已被塞尔伯格否定了的问题中起到了关键作用。

“我完全不同意仅发表［中间结果］的想法，”爱多士继续写道，“并如以前一样强烈地感到我完全有权在一篇合作论文上署名。”当他意识到，他已不可能指望塞尔伯格同意发表合作论文时，爱多士建议发表一篇他自己的文章，公布“我们的简化证明，当然给你应享有的全部荣誉［指出通过我的某些想法与定理，你首先得到了素数定理］”。为了防止对各人贡献的无意曲解，爱多士写道：“当然，我将乐于首先将这篇文章寄给魏尔，如果他愿意劳驾一阅以证明我对你是真正公正的。”

数学家们最后同意塞尔伯格将其论文投给有威望的《数学纪事》（*Annals of Mathematics*），而爱多士的文章则投到《美国数学会通报》（*Bulletin of the American Mathematical Society*）上。使人吃惊的是爱多士的文章被《通报》拒绝了，可能是由于魏尔的意见起了作用。

魏尔在1948年2月给论文审稿人的一封信中写道：“我提出异议，爱多士是否有权发表公认是塞尔伯格的东西……我确实认为爱多士的行为是不讲理的。如果我是责任编辑，我就绝不怕拒绝他这种形式的文章。”当爱多士得知文章被拒绝之后，他立即将其改投《全国科学院学报》(*Proceedings of the National Academy of Sciences*)，并被接受发表了。

50多年来，关于素数定理初等证明的争端一直是数学界的传闻和猜测的一个热点。直到爱多士去世以后，有关的档案才得以公开供人查阅。它们揭示的是这样的故事，其中既无英雄，亦无败寇。实际上，这个故事突出地反映了数学研究方式的重大转变。

20世纪以前，数学的合作可以说是凤毛麟角，那个时代的重大结果绝大部分都只与一个人的名字有关。而今天，联名的定理已不足为奇。同样的倾向在所有的科学领域都能看到，这可能是由于科学界规模的急剧膨胀——过去的绝大多数科学家至今还活着——以及交通与通讯的日益便利。不管是什么原因，总还有一些科学家宁愿单干，保持着他们的想法直到完善圆满为止。有些科学家的大脑永远是敞开的，而另一些科学家则总是紧闭着。为了保证能独自证明费马大定理，怀尔斯一个人关在他的顶楼里工作了7年，即使是对最亲密的同事，他也未透露自己在干什么。这或许是他从爱多士与塞尔伯格的故事中吸取了教训。

数学家们所下的赌注也将使他们把关于优先权的战斗继续进行下去。“数学的荣誉，”哈代写道，“如果你愿意为它付账，那将是一种最可靠、最稳固的投资。”数学真理是永恒的，超越文化的。毕达哥拉斯与欧几里得的一些定理在今天仍然与他们被创造出来时同样地新鲜与受到关注。“当埃斯库罗斯[①]被人们遗忘时，阿基米德会依然被铭记，”哈代写道，“这是因为语言

① 埃斯库罗斯(Aeschylus)，古希腊悲剧作家，有“悲剧之父”之称。——译者

会失去生命力，而数学思想却能够永葆青春。”正如爱多士喜欢说的那样，数学是流芳百世最可靠的途径。对于爱多士来说，与人分享的流芳百世仍然是流芳百世。归根到底，全部数学都是合作的成果，因为按牛顿的话来说，所有数学家都是站在巨人的肩膀上。（曾与爱多士一起工作过的卢森特技术学院的一位数学家温克勒尔［Paul Winkler］喜欢诠释牛顿的语言，他把这句话改说成：“如果我能够看得远一些，这是由于我站在匈牙利人的肩膀上。”）

1950年，由于素数定理的初等证明及著名的塞尔伯格筛法的发展，塞尔伯格获得了诺贝尔奖的数学版菲尔兹奖（Fields Medal）。菲尔兹奖每隔4年颁发一次，最多4个数学家被授奖。爱多士赞成这一做法：“只要（每4年）都有2个或最多4个菲尔兹奖章，就不会有人真正感到生气，即使他自己没有获奖，只要是优秀的数学家得到了它就行。”1952年，由于素数定理的证明，爱多士获得了与菲尔兹奖荣誉相近的柯尔奖（Cole Prize）。

虽然从未公开说起过，但爱多士在与塞尔伯格的冲突中却感到受了伤害。爱多士总是毫不犹豫地乐于与别人分享发现的荣誉，并且常常将自己的贡献降到最低限度。但一家匈牙利杂志上登载的他与老朋友奥尔帕尔的长篇访谈清楚地表露了爱多士的感情：“在1948—1949年，我最重要的贡献是给出了素数定理的初等证明……同时，一个挪威裔美国居民塞尔伯格也获得了类似结果。”在40年后的这次追述中，塞尔伯格的作用变成了一个脚注。即使在今天，这个证明在匈牙利仍被称为爱多士–塞尔伯格证明，而在普林斯顿则叫作塞尔伯格–爱多士证明。

素数定理初等证明只是一颗昨夜星辰，现在它本身已差不多成为一个脚注了。这个证明很美，但并没有产生如哈代所预料的革命性效果。没有哪本书因此要被抛弃，也没有一种理论因此而需要重写。尽管黎曼的ζ函数与素数定理之间有着密切的联系，但初等证明并未能阐明黎曼猜想的神秘。“回顾一下，这并非数学中如此重要的作品，”作为同是爱多士与塞尔伯格亲密朋友的内桑森说道，“一些匈牙利人到处说塞尔伯格不应该获得这个菲尔兹奖……而爱多士才应该得到它。这种说法显然是无聊的废话。这对塞尔伯格与爱多士都是不公平的，因为除了素数定理的初等证明，他们两人在其他方面都做了非常重要的工作，他们中的任何一个都可以轻易地摘取菲尔兹奖的桂冠。”

素数定理的初等证明是爱多士童年梦想的实现，同时也是他一生中最痛苦的插曲的起因。据朋友们回忆，爱多士有时感叹道，塞尔伯格的偶然事件永远剥夺了他在研究所中的一个位子，塞尔伯格将在那里度过一生的其余时光，而他却在全世界流浪了40年，既没有职位，也没有家庭。这肯定是夸张的说法，但多少也反映了一些事实。1948年，爱多士抑郁地离开了美国，这是10年来的第一次。他还会回来的，但不会在任何国家再度过这么长的时间了。

第九章　山姆、乔和保罗叔叔

在美国的10年里，爱多士从未放弃过有朝一日回到匈牙利的希望。他关于山姆与乔——爱多士语言对美国与苏联的称呼——行径的观察，使他对这两个大国都不信任。在他居留美国的10年间，爱多士并未采取任何步骤去获得美国公民资格。在那些年代里，爱多士从未想方设法去更换他的学生类签证。因此1948年当他想离开美国到欧洲包括匈牙利旅行时，就碰到了非常头痛的行政麻烦。最后，爱多士总算获得了一张必要的绿卡，这使他能自由地往返美国。

他旅行的第一站是荷兰。在那里他与荷兰的第一流数学家一起就组合论、数论与分析方面的问题进行了合作。在阿姆斯特丹，他碰到了早在布达佩斯就已认识的一个年轻数学家奥尔弗雷德·雷尼（Alfréd Rényi）。在布达佩斯知识分子的小圈子里，爱多士是通过他的父母知道雷尼的，他们与雷尼一家相识多年。在大学里，爱多士的父母听过雷尼的外祖父、哲学家与文学评论家亚历山大（Bernat Alexander）所开设的美学课。雷尼的父亲是一个工程师，他的儿子得到了他家庭所赋予的两方面的才能与兴趣。雷尼是希腊古典语言与哲学的优秀学生，他对天文学也很着迷，这就很自然地引导他去攻读物理，而最终落脚于数学。

1939年，当雷尼高中毕业时，他成了种族歧视法规的受害者。按这一法规，犹太人进入大学的人数受到限制。为此他在甘茨造船厂劳动了半年，直到他在希腊文与数学方面均赢得名次后，他才被允许进入大学。雷尼跟图兰一起学习数学，后来在这一领域中成了名。

1944年毕业后，雷尼被拘留从事强制性劳动。在他所属的一群人被撤到西部之前，他设法逃出了劳动营，并利用假文件住在布达佩斯。按照爱多士的说法，雷尼是一名抵抗运动的英雄，他从箭十字党（Nyilas）——匈牙利的纳粹分子，他们折磨和屠杀了布达佩斯与西部地区成千上万的犹太人——手中救出了许多可能的受害者，为此他曾大胆地用箭十字党的制服来伪装自己。“在那些日子里，无论什么时候遇见他，”图兰写道，“我都对他的镇定自若与机智勇敢感到惊奇。”正是在这样的情况下，雷尼完成了他在塞格德大学的博士学位。这所大学位于离布达佩斯不远的一个镇上，是匈牙利第二大的大学。1946年，雷尼的生活已趋于安定，这使他能前往列宁格勒，在那里平静地工作与研究了8个月之久。图兰写道:“他在这几个月中的进步（这是他一生中第一次可以完全集中精力于数学）是非常惊人的。”他只懂得一点点俄文；却领会了顶尖数论学家维诺格拉多夫与林尼克（Yuni Linnik）工作的实质；掌握了概率论，这将成为他最重要工作的基础；并撰写了一些突破性论文。图兰写道:“靠着坚强的意志，他已从记忆中抹去了战争年代和劳动营苦难生活的阴影，用他年轻旺盛的精力与特殊的理解天赋全力以赴地投身于他的工作。”

在1948年，爱多士遇到雷尼时，雷尼已不再是一个前途有望的学生，而是一个成名的数学家了。他的名声主要来自他对数学中最大名鼎鼎的难题之一哥德巴赫猜想所取得的惊人进展。

1742年，一位名叫哥德巴赫（Christian Goldbach）的德国数学家给欧拉写了一封信，信中提出了一个猜想：每一个大于2的偶数都可以写成两个素数之和，例如：24=19+5及72=19+53。从表面上看，这猜想似乎是足够合理的，并且几乎是显然成立的。总之，每一个偶数都可以用很多不同的方式表示为两个素数之和，而每一个大于2的素数都是奇数。人们很容易会想到去寻找一个反例。但是不管用了多少笔算的与电脑的时间——直到1993年，4×10^8之内的偶数都已被检验过了——始终未能找出一个反例，也没有人确信可能找到反例。爱多士喜欢指出，实际上，这一猜想已先由笛卡儿比哥德巴赫大约更早100年提出过。“但我认为哥德巴赫猜想的名字仍应保留，”爱多士解释道，表明了他强烈的公正感，“首先，哥德巴赫写给欧拉的信使这一猜想获得了普及。同时，哥德巴赫是那样贫穷，而笛卡儿又是那么富有，这很像是要从婴儿手里抢走一块糖果。”

在过去的两个半世纪里，哥德巴赫猜想已被证明是一块难咽的糖果。哥德巴赫猜想的奇数版是说，每一个大于或等于9的奇数总是三个素数之和；这一猜想已由维诺格拉多夫在1936年部分地解决了。①爱多士总是回顾起他的朋友乔治·塞凯赖什与埃丝特·塞凯赖什结婚的日子，因为这是他得知维诺格拉多夫证明的次日。但是关于偶数的猜想仍未解决。根据数学家公

① 维诺格拉多夫实际上证明了，每一个充分大的奇数可以表示为三个素数之和。在此维诺格拉多夫的“充分大”之含义为一个真正的大数$3^{3^{15}}$。将此数写出来共6 846 170位！——原注

认的但有时不太可靠的直觉来看，这一猜想将在历史上存留很长时间。但在1947年，雷尼证明了每一个偶数均可以表示为一个素数及一个殆素数之和，这一结果使哥德巴赫猜想的证明变得可望而仍不可即。这里所谓殆素数是指只有很少素因数的数，“很少”一语可以在数学上弄精确。雷尼的结果后来被陈景润改进为每一充分大的偶数可以表示为一个素数及一个最多有两个素因数的整数之和，这不是真正的素数而是最靠近素数的数。

雷尼是爱多士最重要的合作者之一。直到他1970年英年早逝，雷尼已与爱多士合作写了32篇论文。雷尼去世时，离49岁生日还差几个星期。在他们长期合作的过程中，无数杯的浓咖啡是他们共同的燃料。咖啡因是世界上绝大多数数学家选择的药物，而咖啡则是提供咖啡因的最佳来源。雷尼无疑非常嗜好蒸馏浓缩咖啡（espresso），他总结了一条几乎总是归于爱多士名下的名言：“数学家是将咖啡转变成定理的机器。”引理是一种小定理，通常被用来帮助证明一条更为重要的定理。图兰在大口喝完一杯美式咖啡之后，发现了一条推论：“弱咖啡只适合于引理。”

当他们在阿姆斯特丹相遇后，爱多士与雷尼在数论方面进行了合作，并合写了一篇关于相邻素数的文章。他们合作的文章最后遍及几乎所有的数学领域，这反映了他们的折中主义。他们两人都喜欢概率论，并将其应用于范围极广的问题之中，这又常常导致了现实世界的应用。他们的纯粹数学发明往往至少具有一种现实世界的应用情趣。例如，他们有一篇文章考虑这样的问题：一个国家n个容量有限的机场，到底要开多少航班，才能使旅客的换机次数不多于1。这个问题可以变成一个纯粹的图论问题，现实世界似乎不会引出形式完全相同的问题，但这些问题所给出的结果却与真正的交通和通信网络问题密切相关。

爱多士-雷尼最有创造性和最影响深远的合作是1959年撰写的归于神秘的标题“随机图论进展”之下的一系列经典论文。他们合写这些论文只是为了满足他们纯粹的数学好奇心，但这些文章可能掌握着解释一大类现实世界现象包括生命起源的钥匙。

1947年，为了证明有关拉姆齐的一条定理，爱多士产生了研究随机图的奇异想法。顾名思义，随机图不是通过细心的设计而是由随机事件来构造的。试想有个神经错乱的土木工程师要决定在哪些城市之间铺设连接道路，他用的方法是投钱币，例如：如果出现正面，则在阿尔巴尼与波士顿之间建一条路，否则就不建。这样偶然得到的道路网络就是一个随机图。爱多士用拉姆齐理论中的随机图去解决一个推广的派对问题——有多少人参加派对才能保证这个派对有N个人互相都认识或N个人彼此都不认识？如我们此前讨论过的，当N为5或更大时，就没有人知道答案是什么了。利用随机图①，爱多士发现了一个天才方法，可以求出所需要人数的下限。例如，我们试图确定一个派对究竟要多大才能保证至少有7个客人彼此都相识或7个客人彼此都陌生。爱多士计算了G个客人的随机派对不具有上述性质的概率。如果概率大于0而小于1，那么一个随机选取G个客人的派对的确具有这一性质的可能性就大于0，因为该派

① 回顾一下第四章介绍过的派对问题，它可以转换成图论问题。这只要将人变成点就行了。两个点之间有一条连线（即边）的充要条件为这两个点代表的人彼此是认识的。N个人的集合，如果彼此都认识就相当于N个顶点的集合，其中每一个顶点与任何一个顶点之间皆有边相连接；N个人的集合，其中都互不相识就相当于N个顶点，其中任何两个顶点都不相连。——译者

对或者具有或者不具有这一性质。例如，如果爱多士的计算已确定了200个客人的派对不具有这样的性质即有7个客人皆互相认识或皆相互陌生的概率为0.99，或者说99%（这个数未必是实际的真正概率）。那么这一集合具有这一性质的机会就是0.01，或者说1%。爱多士的合作者斯潘塞解释道："这意味着必定——而不是可能——存在具有这种性质的图。"

利用概率论来证明一个数学结果，即如爱多士在1947年文章中所做的那样，完全是新的想法。在爱多士、斯潘塞及其他许多数学家手里，概率方法——经常被称为爱多士方法——变成了一个解决以往难以处理的问题的有力工具。斯潘塞承认："它有一种魔术般的魅力。"创造了概率方法的爱多士就像是一个魔术师，他向读者证明了他的帽子里有一只兔子，然后就转身去变新的戏法。扯起耳朵把小兔子提出来是举手之劳，爱多士把它作为习题留给别人去做。

爱多士帽子里的兔子常常被证明是对现实世界问题的解答，诸如电脑设计与信息网络。爱多士的概率方法保证了解答是存在的，但要具体找出解答来，那又是另一回事了。已经知道一堆干草里藏着一根针，这并不意味着翻动每一根干草去找针的办法是实际可行的。为了保证能在合理的时间内把针找出来，必须发明某些技巧，例如用磁铁来吸针。在数学中，这种技巧称为算法——解决问题的系统过程，这经常需要用电脑来完成。斯潘塞说："最近20多年来一个非常有趣的话题就是所谓'从爱多士到程序'。"从20世纪70年代以后，理论计算机科学家与数学家已发展了一套方法，将爱多士的柏拉图式思考转变为可以解决现实问题的算法。爱多士也是图论与组合理论的先驱，这两个数学领域一度被看成一潭死水，但现在已成为计算机科学的主要工具了。爱多士本人并未接触过计算机；当因特网变成数学文化的重要部分时，他常常要朋友帮他收发电子邮件。斯潘塞说:“讽刺的是，他对理论计算机科学的发展却有如此巨大的影响。”

贯穿爱多士许多工作的一个主题是有序与混乱之间的微妙关系。对这一主题最清楚的陈述可在他关于拉姆齐理论的著作中找到，拉姆齐理论表明完全的无序是不可能的。1959年，爱多士与雷尼通过寻找混乱的随机图中的有序现象来研究这一问题，随机图是有意构造的无序结构。使他们感到惊奇的是，即使在最随机的情况下，有序的结构仍会自发地产生出来。

爱多士与雷尼分析的情况是前面提到的土木工程师狂想曲的变奏。假定土木工程师现在的任务是要修筑连接一大批（譬如说10 000个）城市的道路。他首先忽略距离，随机地选择两个城市并在它们之间筑一条路。然后再随机地选择两个城市并筑另一条路。工程师按这一方法进行下去，但当两个城市之间已经有路连接，就不再在它们间筑路。

起初只有少数城市之间有路相连，但当工程师逐渐加筑一些路后，就会形成一些小的相互连结的城市圈。生活在这些圈中的人可以沿一系列路驱车到圈内的其他任何一个城市去。爱多士与雷尼发现，开始时出现的城市圈是小规模的和分散的。当工程师加修了更多的路时，圈的规模将缓慢地变大，圈中的城市更多地相互连接起来。直到路的条数增加到使半数城市连接起来之前，情况尚无太大变化。但此后，只要再添加极少数几条路，奇迹就会突然出现。很多原先孤立的圈子将会变得相互联结而形成一个几乎包括了所有城市的巨大圈子。

由各个孤立的小圈向单个大圈的迅速转变在许多自然现象

中有惊人的类似。例如，水的突然结冰或交通的堵塞。这类现象，即所谓的相变，长期以来一直使科学家们迷惑不解。爱多士与雷尼出于纯粹的数学好奇心而进行的随机图研究，提供了一个可以阐明相变机制的简单模型。“这篇文章开辟了整个领域，”爱多士的弟子斯潘塞评论道，“回过头来看看，你就会明白，所有的发展都源于这样一个想法，即随机地增加边之后会发生什么。”自从爱多士与雷尼关于随机图的文章发表以来，已有数百篇其他文章、众多专著以及国际会议致力于这一领域的研究。

作为纯粹数学家，他们并不是完全不了解他们研究的应用意义。在他们的原始论文中写道，研究随机图中结构的突然变化“不仅仅是纯粹出于数学上的兴趣。实际上，图的变化可以当作一国或其他某个单位的一个交通网络（铁路、公路或电子网络系统等）大为简化的模型……似乎可以这样说，通过对较复杂结构的随机增长的考虑，我们可以得到复杂的现实增长过程的相当合理的模型（例如，由不同类型的联系组成的复杂交通网络，以及甚至生命的有机结构，等等）”。

40多年之后，这一论点被证明是非常有远见的。圣菲研究所的考夫曼（Stuart Kauffman）很大程度上依赖随机图的演化建立了他那令人信服的生命起源理论。在考夫曼的模型中，生命起源于混乱的原始分子群，这与爱多士–雷尼随机图的演化模型中“圈”（cluster）的出现有着相同的必然性。

考夫曼开始想象有一锅随机的分子汤，即某种化学混合物，类似于科学家们在实验室里对地球形成早期的状况所做的模拟。这锅汤里可能包括一些随机的分子对，借助于被称为催化剂的第三个分子，它们可以相互结合起来形成一个新分子。这些新分子又将找到各自的舞伴，借助于另一个催化剂，用类似的方法产生另一个分子。如果运气好，那么这一过程就可以不断地进行下去，即新的分子可以找到它的同伴及适当的催化剂，如此等等。其结果是一个很长的相互作用的分子链。如果更走运，这条链将绕回它自身，就像一条蛇用嘴咬住自己的尾巴一样，形成自持的化学反应网，即一个封闭的化学系统，换而言之，即生命。

这样一个复杂而自持的化学反应网络——考夫曼称之为自动催化网络——的出现依赖于一系列纯粹偶然的运气，因此似乎不可能发生。但考夫曼注意到可能的化学反应网络与一个随机图很相像，只要将分子看成端点而将催化反应当成边。考夫曼证明了正如一个只有相对少的边的随机图可以经历从不相连到相连的相变一样，一团随机的化学混合物也可以经历由不相关的分子到生命系统的跃变。“最大圈的尺寸的突然改变”，在一个随机图中，考夫曼写道，“我相信就是导致生命起源的那种相变的有趣模式……当一个化学反应系统中有足够多的反应被催化，就会突然形成一个巨大的催化反应网。这样一个网几乎肯定是自动催化的——几乎肯定是自足的，活性的。”随机图演化的数学证明了表面上看来不可能的自动催化系统的出现事实上是不可避免的。有了足够多的分散的分子，“一个自复制的化学系统……就可能突变为生命存在”。

在阿姆斯特丹消磨了几个月后，爱多士于 1948年12月回到了布达佩斯，这是10多年来第一次由教育部为他的签证做出特殊安排，使他能获准再度离开匈牙利去西方。爱多士说：“在当时，这是一个例外的处理。”爱多士惊喜地发现他的许多亲密朋友在纳粹屠刀下虎口余生。当然，爱多士在美国已见过图兰。

现在他很高兴能与曾在布达佩斯城市公园无名氏雕像下认识的一些年轻数学家，如高洛伊、奥尔帕尔——作为一名政治犯其行动受到限制——及其他人重新相聚。但对爱多士来说，最大的欢乐是又能跟他的母亲在一起了。他后来愉快地回忆说："在我们的老家里，我找到了我的母亲，她看来精力充沛，身体健康。"但重逢的欢乐由于众多的亲友遭受纳粹的迫害以及父亲的去世而被大大冲淡。在他最亲密的六七个亲人中，只有他母亲和一个姑母幸存下来。

爱多士也因日趋恶化的政治形势深感苦恼。和同他绝大多数童年时代的朋友一样，爱多士是一个自由主义者。对他来说，"自由主义"的意义主要就是指对平等的强烈信念，对人性与个人需求的永久关注。这些原则与对政治权力的深刻怀疑结合在一起，使爱多士与山姆及乔都终生不和。从1949年开始，乔进行了一系列恐怖的公开审讯。如果说爱多士当初曾怀有回匈牙利的良好愿望，他很快就改变了主意。"因为政治局势的新变化，我感到远离匈牙利是明智的。"在对布达佩斯访问了3个月后，爱多士收拾起他那简单的行装，重新踏上了漂泊的旅途。爱多士最大的担忧很快就被证实了，几个月后他的朋友奥尔帕尔再次被捕。这次是由于他与内务部长拉伊克（László Rajk）有牵连。拉伊克在第一批公开审讯后即被当作间谍处决了。奥尔帕尔在一个铜矿里艰苦劳动了4年，直到斯大林死后的解冻期，他才重获自由。

在此后的几年里，爱多士将他的时间分别花在美国与英国，靠借债和短期讲学的酬金度日。1950年，在布达佩斯召开了所有共产主义国家的数学家参加的大型数学会议。因为害怕来访后不允许他离开匈牙利，爱多士在匈牙利的朋友们没有给他发邀请，尽管爱多士的老师与朋友费耶尔将被授予荣誉。同年，按苏联模式建立了匈牙利数学研究所，以雷尼为所长——他担任这一职务直到1970年去世——这个研究所后来成为东欧国家的一个数学领导中心和爱多士在东欧最重要的避难所。

1953年，美国看来将成为爱多士的永久居住地了。位于印第安纳州南本德的圣母大学数学系主任罗斯（Arnold Ross）邀请爱多士去工作一年，条件优厚。罗斯只安排爱多士教一门高级课程，并给他安排了一名助手，当他不得不外出旅行时，助手会给予帮助，接替他上课。

爱多士自称是一个无神论者。他在圣母大学的朋友喜欢嘲弄他居然到一所罗马天主教大学工作。“他很认真地说他非常喜欢待在那里，”他当时的一个同事亨里克森（Melvin Henriksen）回忆道，“他对于跟‘牧师’一起讨论特别感到愉快。”只有一件事使他感到烦恼，“这儿加号[①]太多了”，爱多士莫名其妙地评论道。

亨里克森喜欢回忆他仅有的一篇与爱多士合作的论文是怎样产生的。亨里克森与吉尔曼（Leonard Gillman）一起在搞拓扑学方面的一个问题，这是爱多士没有兴趣的一个领域。在研究过程中他们偶尔碰到了一个集合论问题，而在集合论这一领域爱多士已是公认的权威，于是他们便带着问题去找爱多士。爱多士很快地解决了这个问题，从而使他获得了又一次合作机会。当这两个拓扑学家企图向爱多士解释他们问题的背景时，他听得眼睛都直了。亨里克森说道：“我常常说爱多士并不了解我们的论文，但他却做了困难的部分。”这篇文章成了非标准分

① 加号指基督教的十字架图案。——译者

析这一领域的开创性工作之一，而按照不公正的字母排名法，它常常被归功于爱多士等人。

在圣母大学待了一年之后，罗斯以同样优厚的条件延长爱多士的聘约，爱多士似乎不可能拒绝这一聘任。但据亨里克森回忆，爱多士却彬彬有礼地谢绝了罗斯的邀请。他的朋友们认为他发疯了。他们问他："保罗，你作为一个旅行数学家的生活还能维持多久呢？"不用怀疑，他的答复是，还有40多年。不过，爱多士是否决定留在圣母大学很快被证明是无关紧要的了，一个叫约瑟夫的人使爱多士改变了他的整个计划。

参议员约瑟夫·麦卡锡歇斯底里的让美国摆脱"红色恐慌"运动当时正达到疯狂的顶峰。1953年6月6日，爱多士第一次尝到了麦卡锡主义不愉快的滋味。当访问住在洛杉矶的一个朋友时，爱多士要用一下电话向在布达佩斯的母亲祝贺73岁生日。爱多士的朋友通常总是替他付长途电话费，至多提醒一下把话说得短一点。但这一次他的朋友却拒绝让他使用电话，不是为了节省，而是出于害怕。他不愿意在他的电话账单上出现打往共产主义国家的电话记录。

拒绝可能是胆小的，但并不全然是愚蠢的。自从1950年通过了麦卡锡的"内部安全法案"后，外国科学家如果希望访问美国，则必须经过带有侮辱性的审查才能获得签证。1954年，《星期六晚邮报》的一个记者为法案辩护道，除非"他是一个真正的坏蛋"，没有一个科学家会被禁止入境。很显然，在美国政府的眼睛里，伟大的英国物理学家，诺贝尔奖获得者狄拉克（Paul Dirac）就是符合这种描述的"坏蛋"。天文学家斯特鲁韦（Otto Struve）愤怒地说，这一错误政策将使美国科学家丧失从狄拉克的访问中获益的机会。他总结道，无论如何，如果狄拉克是一个坏蛋，那么“我们将会毫不迟疑地在家宴桌上添加数打这样的蛋”。

很多科学家不愿去申请美国签证，若遭拒签将导致他们自己的政府给他们戴上“红色”或“粉红色”的帽子。美国科学组织开始将会议挪到国外召开，以便于外国人参加。美国心理学学会希望于1954年在纽约召开心理学国际会议，但最终决定改在蒙特利尔召开，“因为按外国科学家的经验，想要得到这个国家的短期签证将遭遇拖延与麻烦”。不幸的是在美国以外举行会议，像爱多士这样的住在美国的外国科学家同样会遇到问题。

1954年，爱多士希望去参加阿姆斯特丹的国际数学家大会，这是一个每四年举行一次的重要集会。爱多士不是一个美国公民，所以他要再回美国，就必须持有返签。爱多士最近几次离开美国办理返签时，多半是写几封信，做一些官样文章。但这一次，由于约瑟夫·麦卡锡及麦卡锡法案，移民归化局（INS）需要与他作一次面谈。

移民归化局派了一个官员专程从底特律到圣母大学爱多士的办公室来会见他。爱多士对这一番好意表示感谢，但却被随后的会谈激怒了。这个官员告诉爱多士美国对爱多士的活动是密切监视着的。例如他曾与另外至少两人一起在长岛的雷达装置附近游荡而被捕过。而且他曾经与中国数学家华罗庚通过信，华罗庚已于1950年回到共产主义中国。正如亨里克森指出的：“爱多士一封典型的信件是这样开始的：亲爱的华，命p为一个奇素数……”爱多士也给他的母亲写信。为了保住她在匈牙利科学院的工作，爱多士的母亲加入了共产党。根据社会关系定罪是那时的规则，爱多士的许多关系看来对他都很不妙。

爱多士以他通常的诚恳回答了这位官员的所有问题。如果他相信匈牙利政府会允许他自由出入境，他会回匈牙利吗？爱多士答道："当然会的，我的母亲在那里，那里还有我的许多朋友。"审查官又问：你对卡尔·马克思怎么看？爱多士说他只读过《共产党宣言》，因此"我没有资格来做评判。但毫无疑问，他是一个伟人"。

按照他朋友的说法，爱多士永远是一个左翼人士，但却不是共产党员。为了生存，爱多士对政治有浓厚的兴趣，当他不做证明与猜想时，他总喜欢"话说山姆与乔"（Sam-ing and Joe-ing），也就是谈论政治。但爱多士本人并不属于任何党派。亨里克森解释道："他强烈地信仰个人自由，只要它们不构成对任何人的伤害。"任何不遵循这一原则的国家，爱多士都当作帝国主义而予以蔑视，并以数学家强烈的符号意识，用小写的名字来表示。这样美国便变成samland（山姆的领地）而苏联则成了joedom（乔的王国）。爱多士还开玩笑地虚构了一个组织，他称之为fbu，是将美国联邦调查局（FBI）与苏联克格勃（KGB）的前身（OGPU）缩写交叉而成。爱多士不能成为匈牙利公民，但他一生浪迹天涯，却从未试图做任何一个"小写国家"的公民。

爱多士相信马克思是伟大的，以及他拒绝谴责自己的家庭与朋友，这一切足以让政府认定他是一个对美国构成威胁的旅客。他申请的返签被拒绝了。爱多士请了一名律师，写信申辩，向朋友们求助，但移民归化局无动于衷。爱多士有一张绿卡，他可以留在美国。但一旦离开，则绿卡将被没收而且不允许再回美国。自然，爱多士离开了美国。"因为我不想让山姆和乔告诉我应该到哪里去旅行，我选择自由，"他解释说，"我始终感到我的行为符合美国最好的传统：不要听任政府的摆布。"

在他前往阿姆斯特丹的前夜，他与朋友夏皮罗（Harold Shapiro）共进了晚餐。如同爱多士所有的美国朋友一样，夏皮罗试图劝告爱多士留下，等与政府之间的麻烦过去后再说。夏皮罗向他喊道："我要敲你的脑袋并把你捆起来阻止你离开！"爱多士又喊回去："好啊，把我捆起来吧。"阻止他离开简直就等于把他捆起来。

怀着能够获得荷兰与英国签证的信心，爱多士参加了阿姆斯特丹会议。令他失望的是荷兰只给了他几个月的签证，而英国则干脆拒签。爱多士只好去以色列避难，以色列的回迁法规定所有的犹太人，即使是非教徒都有权移民和取得公民资格。迫于环境，爱多士很勉强地接受了以色列的公民权，尽管他多少将以色列当成另一个"小写国家"。他最终成为位于海法的工业大学的"永久访问教授"，在他访问期间给以少量薪金。为了感谢以色列，他将1984年获得的50 000美元沃尔夫奖金的大部分捐赠给了海法工业大学，设立了一个纪念他母亲的教席。

爱多士在美国的朋友为他写信及请愿，显然所有这些努力均无结果。鲍鲍伊（László Babai）在纪念爱多士80大寿时发表过一篇回忆录："在以后几年里，他作为到美国开会的访问学者的签证申请均遭到拒绝。"山姆的决心只动摇过一次。1959年3月25 日，锡拉丘兹大学的数学家皮尔斯（William Pierce）为爱多士发起了一个写信请愿活动，收到了两封电报：

> 国务院今天下午通知我的办公室，已向驻布达佩斯的领事发了电报，指示他们给爱多士颁发访问学者签证，知道你会为此感到高兴的。
>
> 国会议员　迈耶

豁免爱多士的提案已于今天获得批准，这对声援者无疑是好消息。

汉弗莱

不到一个月，圣母大学数学系主任罗斯，就为“我们最不寻常、最有天才与最有帮助的同事”写信给美国驻布达佩斯的领事，要求尽快给爱多士颁发签证。罗斯已经邀请爱多士到圣母大学度过1959—1960学年，来“协助我们的学术训练计划及训练中学教师的专门计划。我们普遍认为爱多士教授除了是一位有能力的研究人员外，还具有做教师的非凡才能”。

然而，圣母大学想要招纳爱多士的心愿再次遭到拒绝。汉弗莱获得的豁免只允许爱多士做一次短暂的访问，让他有足够的时间参加在科罗拉多的波尔多举行的美国数学会会议并做几次演讲。亨里克森回忆，当他访问普渡时，在机场偶然遇到了爱多士，而且很惊奇地看到他拖着一个小行李箱。“许多年来，他仅仅带一只小皮手提箱旅行。箱子里装着换洗用的袜子和内衣，一件洗了又洗的衬衫，以及一些论文和预印本。”

这次访问结束后，爱多士又继续他的流浪生涯。鲍鲍伊写道，大约在1962年，爱多士写信给朋友说，显然“美国的对外政策有两点不可动摇：不许红色中国进联合国，以及不许爱多士进美国”。

加拿大显然没有它南面邻居的那种恐慌症，爱多士是加拿大一些大学的常客，而且他在美国的朋友们也常常来这里看望他，就像忠臣拜见流亡的君主一样。但爱多士很少在一个地方长时间停留。爱多士是布朗运动与微观粒子随机跳动数学的第一流专家。他自己就很像是一颗布朗粒子，无法预测地从一个地方转移到另一个地方。一位朋友回忆说，他被告知可以到不列颠哥伦比亚大学去会见爱多士。一到那里却发现爱多士已经离开了，于是又追寻而去。在一系列横跨加拿大的失联后，最后追上了爱多士。

爱多士的处境引起了新闻界的关注。加拿大有一份报纸以头条消息报道爱多士宣布受到了“美国铁幕”的排斥。另一篇报道说，有30位美国数学家举行了一次非正式的爱多士会议，密歇根大学的数学教授皮拉尼安（George Piranian）推测爱多士“引起了某个小官员的疑惧，因为后者的母亲受到了威斯康星一名参议员的威胁”。最近发射的苏联人造卫星使美国害怕，并觉悟到数学与科学教育的重要性。“我们希望苏联人造卫星能引起我们的政府对自身利益的深刻觉醒，”皮拉尼安嗤之以鼻地说，“这是一个愚蠢的孩子，他割去鼻子以惩罚自己的脸。”

这些年来反共狂潮已有所减弱，爱多士朋友们的努力开始产生结果，移民归化局决定重新审查爱多士的案子。按照鲍鲍伊的说法，他们仍然怀疑爱多士参加过“非法组织”。借他在剑桥大学的老朋友达文波特的帮助，爱多士写了一份答辩，说明他唯一参加过的组织是美英公民自由联盟。爱多士于1956年当选为匈牙利科学院院士，在对他跟匈牙利科学院的联系做了进一步的澄清后，爱多士最终于1963年得到访美的许可。从此以后，他再没有碰到签证方面的麻烦。在他演讲时，爱多士喜欢宣称:“山姆终于接纳了我，因为他认为我已经太老了，不再能推翻他了。”

在美国以外流亡的岁月，爱多士大部分时间是在匈牙利度过的。匈牙利人为爱多士的国际声望感到骄傲，并授予他一份领事护照，这使他可以随意出入往返。爱多士对待他当选为匈牙利科学院院士这件事是很认真的，他总是安排时间到布达佩斯参加院士大会。但他对待这一荣誉却不太认真。当他的朋友当选为科学院院士时，他总是这样祝贺他们说："我很高兴你变成半神了。"

爱多士很愉快地跟他的老朋友图兰、雷尼以及其他人合作，他更致力于培养年轻人。战后，1948年他第一次访问匈牙利时，他的朋友高洛伊将一个优秀的高中学生薇拉·绍什（Vera Sós）介绍给他。在那次见面8年以后，即1956年，他们第二次见面时，绍什已与图兰结婚，生了她的第一个孩子，并取得了学位，开始了作为一个优秀数学家的生涯。她成了爱多士最重要的合作者，最亲密的朋友和最强烈的支持者之一。

爱多士经常关注新的人才。在1956年的那次旅行中，他访问了塞格德大学，在那里遇见了一个年轻的研究生豪伊瑙尔。与许多年轻人一样，豪伊瑙尔听说过爱多士，但由于旅行限制而未曾谋面。豪伊瑙尔是爱多士的老朋友卡尔马的学生。卡尔马当年曾重新改写过爱多士的处女作，即关于切比雪夫定理的论文。卡尔马向爱多士介绍说豪伊瑙尔是一个正在学习集合论的"有希望的年轻学生"，然后就离开了，留下他们两人，"面对面地坐在咖啡桌两边的大扶手椅里"。

开始豪伊瑙尔有些紧张。他回忆道："我感到非常荣幸，但跟这位名人单独待在一起，有些惶恐不安。我当时并不知道他以类似的方式会见他的大多数年轻合作者。"爱多士问到豪伊瑙尔的博士论文，该文涉及集合论与逻辑学边界上的一个主题，爱多士对前者感兴趣，对后者却没有兴趣。豪伊瑙尔解释道："他对逻辑学毫无感觉，他相信绝对真理。因此这种相对主义——可能真也可能不真——似乎使他感到困扰。”这是指哥德尔及其追随者发现的奇怪的不可判定性。

豪伊瑙尔对自己的工作颇感自豪，他开始热情地进行解释。听了一会儿，爱多士打断了他的话：“你对真正的数学有兴趣吗？”他这个问题提得很得体，并未使豪伊瑙尔生气。豪伊瑙尔说：“很明显，他并没有伤害我的意思。”

豪伊瑙尔终于使爱多士感到他也对“真正的数学”感兴趣。他还提出了另一个问题，使他感到欣慰的是，爱多士对此也感兴趣。于是，拘谨而有礼貌的谈话忽然变得有生气和活跃起来。不久他们证明了几条引理并给出了一些猜想。就在这创造性的思绪喷涌之际，爱多士想起了他到塞格德大学来还有别的事要做。在数学楼附近有一座在豪伊瑙尔记忆中是“很丑的”30年代建成的教堂，顶部有两个并立的高塔。只要来到这里，爱多士总是坚持要爬到这座建筑的最高处，尽管只能见到一些单调的景观。豪伊瑙尔说：“我在塞格德住了2年，这塔对我没有丝毫吸引力，特别是周围的乡村，完全平坦。”但是他不能对爱多士说不，并且很快就跟着他去攀登那300级梯阶了。豪伊瑙尔回忆说：“这是很有趣的，因为那时他总感到眼花。他一抱怨自己眼花，我们就直担心这位老人会绊倒［当时爱多士已43岁，而豪伊瑙尔只有25岁］。”但爱多士身板挺直，在不抱怨眼花的时候，滔滔不绝地讲述更多的结果与猜想。那天晚上，他们在卡尔马家一直工作到晚饭以后，然后就像老朋友一样分手，这时他们的第一篇论文已完成了一半。

早年，爱多士每次访问布达佩斯，总是跟他母亲一起住在她的公寓里。豪伊瑙尔经常来这里拜访，但在搞数学之前他必须得执行两项小任务：给“安优卡”解字谜和为爱多士解决弈棋问题。尽管爱多士在气喘吁吁眼花缭乱地爬塔时可以解决最困难的数学问题，但他却经常为简单的弈棋问题而头疼。“他看着棋子，显得很不耐烦，想去做数学了。”豪伊瑙尔解释道。当然那是在豪伊瑙尔向他指出怎样可以在四步内将死对方之前。

他们终于静下心来转向数学，这时爱多士几乎可以无限制地工作。为了自我保护，豪伊瑙尔订了一条规则：晚上7点以后不再搞数学。豪伊瑙尔说：“当我疲倦时，我坚决拒绝做数学。我想跟他下棋，但这不能使他满意。”在两盘棋之间摆子时，爱多士便试图将谈话内容变成数学。豪伊瑙尔总是坚决地说：“不，保罗，我累了。”过一会儿，爱多士就去他的卧室了。直到深夜，他都在那里写他的数学日记。在他的一生中，爱多士始终坚持写详细的数学日记，其中记录了他的数学思想及他与在白天遇到的许多数学家共同讨论得到的证明与猜想。爱多士能够恰好在几个月前一次谈话中断的地方，重新开始这次谈话，这种惊人的能力在很大程度上可能得益于那些笔记本。

匈牙利科学院院士享有一些特权。科学院建造了一些小的休养场所，供院士们到那里安静舒适地工作和休息。每年有两三次，爱多士和他母亲喜欢到马特劳哈扎去休假，这是科学院的一处休养地，位于马特劳山的丛林之中。在马特劳哈扎，爱多士常常跟图兰及其夫人绍什、雷尼及其夫人凯瑟琳（Catherine）——她也是一位数学家，以及豪伊瑙尔和其他一些人待在一起。到马特劳哈扎来的其他院士大多是年老的学者与作家，他们安安静静地用餐，对爱多士与他的朋友们围着一张大桌子谈笑风生，投以羡慕的眼光。

爱多士很高兴会见其他院士以及他们的客人，其中常常包括匈牙利艺术界与科学界的一些头面人物。他对那些高贵客人的"失礼"常常成为朋友们的笑料。一次有人给他介绍一位著名的歌剧歌唱家，爱多士问道："您在哪里叫喊？"还有一次，他被介绍给一位诗人，此人的大名连匈牙利的每个小学生都知道。爱多士天真地问："您都在做些什么呢？"在诗人向他解释之后，爱多士问："您能以此为生吗？"鉴于爱多士作为长期无业数学家的状态，这真是老鸦说猪黑了。

当绍什的侄子保奇还是孩子时，他常和父母一起访问马特劳哈扎。保奇很喜欢回忆他在山上与爱多士及其他数学界的朋友一起度过的时光。他称这是一个"黄金年代"。保奇常常跟三个保罗——保罗·爱多士、保罗·图兰和他的父亲著名历史学家保罗·保奇——一起翻越周围的丛岭。爬山，与研究数学一样，图兰的箴言是："要勇于走没有走过的路！"他们就这样体味漫长有趣的旅行，享用迟到的午餐。保奇还回忆说，保罗们都怀有"同样不可抗拒的、年轻人的冲动，要登上他们能见到的每一座山峰"。即使在他最后的岁月，当他已真正变得像他自己描写的那样"年老体衰"，爱多士每次访问马特劳哈扎时，都坚持要沿着陡斜摇晃的钢梯拾级攀上附近的一个瞭望塔顶。

但最令保奇难忘的是他看着爱多士与图兰一起工作的情景，尽管当时保奇对数学还一窍不通。雷尼与绍什也常常参加进来。保奇记得，每当涌现出新的想法，爱多士就会又蹦又跳。他的脑子"快得惊人"，而他说话也企图跟他的思维一样快，往往使别人难以跟上。图兰会对爱多士的"胡话"越来越生气并严加驳斥。绍什总是更有耐心地将爱多士思考的碎片拼凑在一起，然后打圆场。雷尼机智幽默的旁白"连埃泼西龙都能欣赏，更增添了观看他们争吵的兴趣"。

保奇默默地坐在一旁，直到成人们去休息时，他才悄悄穿过已经变得安静的房间，走到已没有人在工作的桌子旁。保奇敬畏地看着零乱的彩纸，上面写满了晦涩难懂、高深莫测的数学，这就是争吵的焦点，一种严肃的游戏。“当我第一次看到他们工作的最后成果：奇怪的字母、数字、符号、箭头，一片涂鸦……我毫不疑惑：宇宙的规律就是用这种神秘的语言写成的。否则，数学问题怎么会在这些卓越著名的人物中燃起这样的热情呢！”保奇决定自己总有一天也要去读写这种神秘的语言。通过爱多士的鼓励与激发，保奇终于成为一个数学家和爱多士合作大军中的一员。

加入爱多士大军的唯一要求是数学才能。至于年龄，从来不是障碍。当爱多士在匈牙利时，他常到青年数学家俱乐部去作热情的演讲。博洛巴什（他认为自己不是神童）生动地回忆起1958年他参加过的这样一次集会，那时他只有14岁。他说：“我完全被迷住了。”爱多士能将他的演讲定在这样的水平上，使他的年轻听众都能听得懂。他提出的组合学、几何与数论问题都是有趣的，易于理解并且常常由于尚未解决而具有格外的魅力。博洛巴什解释道：“这都是一些不需要其他数学背景的问题。”它们所需要的仅仅是“独立思考与天才”。

在那次演讲几个月之后，爱多士听说了有关博洛巴什的一些情况。他是他那个年龄段的所有数学竞赛的优胜者。作为他对优秀的埃泼西龙的通常做法，爱多士邀请巴什跟爱多士的母亲一起到一家漂亮的布达佩斯旅馆去共进晚餐。爱多士与博洛巴什谈数学，而安娜阿姨——这是所有埃泼西龙对爱多士母亲的称呼——则得意地听着。当爱多士出访时，他和博洛巴什保持通信。而当爱多士在布达佩斯时，他们两人就定期会晤。博洛巴什的第一篇论文就是在他17岁时跟爱多士合作写的。博洛巴什回忆说："这是一个很小的结果。"这是爱多士建议的一个小问题，非常适合博洛巴什的能力及他当时的技巧水平。博洛巴什说"他非常了解什么问题对谁最合适"。他常常说："不同的马，需要不同的训练。"博洛巴什在爱多士开创的领域极值图论与随机图论方面写了许多重要专著。当爱多士65岁时，博洛巴什在剑桥大学组织了一个会议向他致敬，以后每隔5年，他总是做这件事。

爱多士培育过的许多神童之中，最使他感慨与遗憾的是波绍（Lajos Pósa）。1959年爱多士访问匈牙利时，他听说"有一个小孩，他的母亲是一个数学家，他知道高中生需要知道的所有东西"。爱多士立即很感兴趣，并安排与这个神童及他的数学老师彼得共进午餐。

当波绍喝汤时，爱多士给他出了一道题："当你在1至2n中任意选择n+1个整数时，求证必有两个是互素的。"如果两个整数没有大于1的公因子，就称这两个数互素。例如7与15互素，而15与25则不互素，因为它们有一个公因子5。为了弄清爱多士的问题，我们选取一个特殊的n，例如5。在这种情况下，2n是10而n+1是6。按这个小定理所说，爱多士要求波绍去证明，如果你从1至10中选取6个数，则其中至少有两个是互素的，但如果你仅选取5个数，则结论就不对了。这是因为你可以选取偶数2、4、6、8与10。由于每个偶数都是2的倍数，所以没有两个偶数是互素的。

波绍凝固了片刻，盛满汤的匙子悬在空中，然后说出了证明："有两个数相连"。在那一瞬间，波绍已经认识到，当你在

1至2n选取了多于一半数时，其中必有两个数是相连的。[①] 而相连的整数都是互素的。当爱多士早些年发现这个简单结果时，他用了10分钟找到了一个证明。“无须多说，”爱多士写道，“我已深受感动……我想他与高斯处于同等水平。”高斯常回忆起当他还是小孩时，很快求出1到100间所有整数之和的事。每当爱多士在演讲时告诉听众关于波绍早熟的才能，他总喜欢引用一位加拿大数学家的话说：“在这种场合，香槟酒可能比汤更合适。”

从那以后，爱多士就常跟波绍一起工作，他在旅途中给波绍写许多提问题的信，而当他在布达佩斯时，就与波绍面谈。当波绍13岁时，爱多士向他解释了拉姆齐定理的无穷情形。“只花了大约15分钟，波绍就明白了，然后他回家去，一直思考到临睡，即得到了一个证明。”按爱多士的回忆，波绍14岁时，“已经可以把他看成一个成熟的数学家了”。爱多士打电话跟他讨论数学，并发现如果一个问题不需要很多波绍还来不及学习的复杂数学知识，“就非常可能会得到他切中要害的聪明评论”。当波绍14岁时，他发表了与爱多士合作的第一篇文章。不久波绍单独发表了一些含有创造性结果的文章。很奇怪的是波绍从未真正掌握微积分，爱多士也未能使他对几何学发生兴趣。爱多士带着既骄傲又恼怒的心情说：“他总是只喜欢做他真正有兴趣的事，在做这些事时，他是非常出色的。”

恪守雷尼的名言：数学家是一部将咖啡变成定理的机器，爱多士给14岁的波绍几杯研究所自制的浓饮。当爱多士的母亲

① 为了有助于了解这一事实，可以想象10个篮子排成一排，你有6个球放到篮子里去，每个篮子只能放一个球，而且没有两个球允许被放在相邻的篮子里。开始5个球可以很好地被放好，你可以隔一个篮子放一个球，但第6个球就只能放在已经有球的篮子之间的篮子里了。——原注

得知此事，她埋怨儿子不负责的行为。“我回答她，波绍可能会说，‘夫人，我做数学家的工作，喝数学家的饮料’。”爱多士说道，他这是改用了几年前从一个年轻的西部牛仔和威士忌酒鬼那里听来的一句话。

当波绍进入九年级时，他就读于福泽考什高级中学，那里正在开始一项培养具有数学天赋的学生的特别计划。该校以拥有一批才华卓绝的年轻数学家而自豪。其中最出色的包括洛瓦斯（László Lovàsz）与佩利坎（Józef Pelikán）——波绍将他们介绍给了爱多士。此外，爱多士还与塞格德来的一个年轻神童马特（Attila Máte）通信。马特每年要访问布达佩斯几次，参加年轻数学家俱乐部的聚会。一次，他给爱多士的住宅打电话，当“安优卡”问他是谁时，答曰：“从塞格德来的埃泼西龙。”

爱多士想教他的埃泼西龙们比数学更多的东西。一次，洛瓦斯与波绍问他为什么女性数学家这么少。爱多士列举了他的合作者中许多妇女之后，解释道，问题不在于天赋。“我告诉他们，假使奴隶孩子（男孩）有这样的想法——如果他们太聪明了，老板（女孩）就会不喜欢他们——那么是否还会有这么多男孩来做数学呢？”这些年轻的奴隶想了一下之后说：“是啊，可能不会有那么多啦。”

当波绍上大学后，这个“只喜欢干他真正感兴趣的事”的人发现自己喜欢教书更甚于研究数学。波绍停止研究创造性的数学而成了一名教师，这令爱多士失望。爱多士抱怨说：“他甚至不愿在大学教书，而到一所高中去教书。”爱多士就像一个骄傲而受挫的父母，他聪明的孩子是从哈佛大学法学院毕业的高才生，却选择了公设辩护律师的职业。“他干得很好。”爱多士承认道。

然而，在以后的年月里，每当爱多士谈到波绍时，他总是摇摇头并且说："很遗憾，他这么年轻就死了。"尽管波绍还活着，而且活得很好。

第十章　六度合作

他是一个天才，一个哲学家，一个抽象思想家。他有一流的大脑。他坐着的时候，静谧不动，就像一只蜘蛛趴在蛛网的中央，但是那个网却有着成千条放射线，他能够洞察放射线上的每一次颤动。

——歇洛克·福尔摩斯对莫里亚蒂博士的描述

《最后的问题》（亚瑟·柯南道尔）

到20世纪50年代末，爱多士的生活开始变得像好莱坞旧电影中的蒙太奇，接连不断地乘火车坐飞机，连他的旅行箱都糊满了来自不同国家的标贴。例如，1960年，爱多士迅速地从布达佩斯赶到莫斯科，接着到列宁格勒，又返回莫斯科，然后取道伊尔库茨克和乌兰巴托去北京会见他的老朋友柯召——他们在曼彻斯特相识——和华罗庚——他的来信曾使爱多士被贴上共产主义者的标签，接着爱多士登上飞机赴上海，然后乘火车去杭州。另一次航行把他送到了广东，从那里他又登上火车，这次的目的地是香港；最后爱多士经新加坡赴澳大利亚去拜访乔治·塞凯赖什夫妇。而且那还不是他特别忙碌的一年。正如贝尔曼（Richard Bellman）所写的："无人知道爱多士在哪里，甚至不知他在哪个国家。然而，唯一可以确定的是，爱多士一年到头哪儿都去。他是人类所能达到的、与各态遍历的[1]运动粒子［最终能造访所有可能的物理状态的基本粒子］最相似的事物。”爱多士的一个朋友曾经意外地在大街上碰到了他，并问：“保罗，你是在这儿吗？还是在别的什么地方？”

爱多士总是精力充沛，不断地从一地转到另一地；会见几十位数学家，聆听上百个新的定理和猜想。这一切鼓舞着他，使他更加多产。“不管我走到哪里，总有一群老少数学家围绕着我，我向他们提出问题，这些人的研究我也能够参与，我可以和他们一起工作，”爱多士说，“除此之外，我带着大量从别处听来的未解决的问题。这种交流方式比通信更快捷更有效。”

爱多士不是一个被动的通信者，每一年他都用其歪歪扭扭但又分辨得出的潦草笔迹写上几千封信和明信片，以同等的迅捷和礼貌回答来自世界知名的数学家或名不见经传的学生的问题。他对名字、电话号码以及数学参考文献的记忆力是具有传奇色彩的。数学家们常常会向爱多士透露他们正在研究的秘密问题，爱多士沉默片刻，大脑飞快地旋转，然后精确地会指出与此问题相关的参考文献。

爱多士把名字与面孔对上号的能力却不那么完美。施文克（Allen Schwenk）和许多数学家都有着同样的经历：“在我们相识的前六七年，保罗总是用同样的方式向我问候：‘你好，你现在人在哪里？’那段时间里我一直在海军科学院，我想这个问题问得真怪，但我终于明白，尽管他从面孔上认出我是个数学家，却叫不上我的名字。这个问题给了他认出我所需要的线索。后

① 各态遍历的（ergodic），又译“各态历经的”，系物理学概念。——译者

来，当我的身份被确定后，问候变成：‘你好，你的老板和埃泼西龙怎么样？’”在另一个场合，爱多士遇到一个数学家并问他从哪里来。“温哥华。”这位数学家回答。“啊，那么你一定知道我的好朋友门德尔松（Elliot Mendelson）了。”爱多士说。这位数学家回答说：“我就是你的好朋友门德尔松。”

在数学会议上，爱多士在大厅里忙个不停，就像一个象棋大师参加同时与几个人对弈的表演赛一样。他从一个小组挪到另一个小组，聆听并讨论片刻问题，给出一些建议后就转移到下一群人。所讨论的问题经常是属于数学中完全不同的领域，需要不同的思维方式，但爱多士几乎总是能立即转入讨论。不管是过了几分钟，几个月还是几年，当爱多士返回时，他往往显示出某种令人惊奇的能力，即正好从曾经中断的地方重新开始讨论。借用计算机科学的语言，爱多士的大脑是多线程、多任务系统。

正如拉多所说：“不管［爱多士］到哪里参观，他都会留下看得见的印记：从他的爪，能分辨出一头雄狮。不管爱多士把目光投向什么目标，定理都会雨后春笋般地在那里冒出来。”随着不断增多的旅行，爱多士变得比以前更加多产，合作者的数量也从一小群增长到一大批。似乎每一个人都要么曾与爱多士本人、要么至少和曾与爱多士合作过的人合写过一篇论文。除了经常移动，爱多士与柯南道尔笔下的莫里亚蒂教授没有什么区别。他所拥有的是一张错综复杂的巨大合作网络。

有人注意到，爱多士的合作网可以精确描述为他所喜爱的数学研究对象——图。从这样的观察出发，爱多士数的概念诞生了。每一个与爱多士合作写过论文的人被说成是有爱多士数1。任何与有爱多士数1的人合作过的人会得到一个爱多士数2，如此等等。一个数学家，如果没有任何合作链将他与爱多士连接起来，就被说成有一个无限爱多士数，这意味着这个数学家要么是单干户，要么无足轻重。实际上，任何与他人合写过论文的数学家，以及很可能不同领域的大多数科学家，都有一个有限的爱多士数。例如，爱因斯坦的爱多士数是令人印象深刻的2（他与斯特劳斯合写过文章，而斯特劳斯与爱多士合写过文章）。交流爱多士数和关于爱多士数的传闻在数学家中是一个流行的派对游戏。“你的爱多士数是多少？”这是数学家聚会见面时很好的开场白。

爱多士数的游戏与一个涉及演员培根（Kevin Bacon）的派对游戏相类似。电影迷们这样定义男女演员的培根数：那些曾与培根在同一部电影里出现过的人培根数为1，那些曾与培根数为1的人在同一部电影里出现过的演员培根数为2，如此等等。根据对“电影”的定义（按纯粹派艺术家的规定，一部电影至少应在剧场放映1次），爱多士有一个引人注目的培根数4。1993年，他曾与一位名叫帕特森（Gene Patterson）的数学家兼临时演员共同短暂地出现在一部关于爱多士的纪录片《N是一个数》中。帕特森曾与图尔图罗（John Turturro）在《月光宝盒》中搭档，图尔图罗又曾与汤姆·克鲁斯共同出现在影片《金钱本色》中，克鲁斯则与培根合演过《好人寥寥》。如果把定义放宽，培根可以说成拥有一个培根–爱多士联合数。一位名叫格罗斯（Benedict Gross）的数学家有培根数2，因为他曾经在克莱伯勒（Jill Clayburgh）的影片《轮到我了》中担任过数学顾问，他同时还有爱多士数3。这样，好莱坞世界和高等数学就有了共同语言。

即使是垒球也能通过爱多士的方法与数学联系起来。1974年，在阿龙（Hank Aaron）打破鲁思（Babe Ruth）的714本垒记录之前几周内，数字714与715几乎挂在每个人的嘴边上。波默朗斯（Carl Pomerance），这位来自佐治亚大学的数论学家和垒球迷，想弄清楚这些数字是否具有超出垒球场之外的意义。发现与日常生活中所遇到的数字有关的有趣事实，在数论学家中是流行的消遣。最著名的是有一次，哈代去探望正在住院的拉马努詹。在乘出租车去医院的路上，哈代记下了出租车号1729。走进拉马努詹的病房时，哈代说他乘坐的出租车有“一个相当乏味的车号数”，并希望这不是一个坏兆头。拉马努詹问清是什么数后立即说道：“不，哈代，这是一个非常有趣的数字。它是用两种不同方法把两个立方相加所得之和中最小的数。”换言之，10^3+9^3和12^3+1^3都等于1 729，而且没有比它更小的数能具有这个性质。“拉马努詹是怎么知道的？”他的传记作者卡尼格尔问，“那不是突然之间就洞察到的。几年前，他就已经观察到了这朵小小的算术花絮，然后把它记在笔记上，并以他那特有的驾驭数字的能力记住了这个事实。”

深入地研究了714和715之后，波默朗斯很快发现了它们有趣的秘密。[①]714的素因子之和恰恰等于715的素因子之和。即，

$$714=2\times3\times7\times17$$

$$715=5\times11\times13$$

$$2+3+7+17=5+11+13=29$$

波默朗斯立即决定称具有这样性质的数为鲁思–阿龙数对

① 实际上，这两个数有几个“有趣的性质”，其中最有意思的是714+715=1 429。这是哥伦布发现新大陆的年份，将其数码重新排列就得到一个“向前–向后–向侧的素数”，即：9 241，1 249，9 421和4 219都是素数。——原注

（Ruth-Aaron pair），并在一个不出名的刊物上发表了一篇论文，包含了对这种数对出现频率的推测。这篇与纳尔逊（Carol Nelson）和彭尼（David Penney）合写的论文或多或少是个数学玩笑，但不知怎么，这篇论文引起了爱多士的注意。爱多士看出了怎样去证明波默朗斯关于鲁思–阿龙数对的密度或频率的猜想，便决定给波默朗斯打个电话。

波默朗斯感到意外，爱多士居然看到了他的论文，当他接到这个著名数学家的电话时，绝对是受宠若惊。“那一学期，我在我的微积分学生中成了知名人士。”波默朗斯回忆道。这个电话的结果自然是——除了学到一些好的数学——波默朗斯现在可以夸耀说他有爱多士数1了。他后来又继续与爱多士合作了20余篇论文。

1995年，佐治亚大学授予爱多士和阿龙荣誉学位。爱多士邀请波默朗斯和他夫人参加了招待会。那里，阿龙正在往垒球上签名。波默朗斯把阿龙叫到一边并试图告诉他有关素因数的知识，鲁思–阿龙数对，等等。这个垒球高手“有点不知所措”，波默朗斯说，但不管怎样，阿龙还是为他在一个垒球上签了名。波默朗斯请爱多士也在这只垒球上签了名。把“联合发表”的定义放宽了一点，波默朗斯声明阿龙有爱多士数1。

爱多士数本身曾一度成为某种半严肃数学研究的焦点。1969年，普渡大学的数学家戈夫曼（Casper Goffman）发表了一个爱多士数的定义，很好地表明了模糊的概念如何转化成明确的数学对象：

令A和B为数学家，令A_i（i=0，1，2，…n）都是数学家，且A_0=A，A_n=B，其中A_i与A_{i+1}（i=0，1，2，…

n−1）至少合作过一篇论文。那么，A_0，A_1，…，A_n称为联结A与B的长度为n的一个链。B的A数记为v（A；B），定义为所有联结A与B的链中长度最短的链。如果不存在联结A与B的链，则v（A；B）=+∞。此外v（A；A）=0。则有v（A；B）=v（B；A）和v（A；B）+v（B；C）≥v（A；C）。

对特殊情况A=爱多士，我们得到方程v（爱多士；·），它的定义域就是所有数学家的集合。

随着所有东西的数学化，多年来，爱多士数的定义也越来越精炼。由于那些能够声明自己有爱多士数1的数学家越来越多，进一步区别这个精英团体的方法已发明出来。“现在已有了一个新的定义，”爱多士喜欢说，“如果我与某人有k篇合写的论文，则他的爱多士数就是k分之一。”爱多士数越小，离大师就越近。最小的爱多士数1/57属于沙尔克齐（Andras Sarközy），他以极小的差数险胜豪伊瑙尔的1/55。

密歇根奥克兰大学的数学家格罗斯曼（Jerrold Grossman）毛遂自荐，负责编制发布正式的爱多士数表。在格罗斯曼以前，每个人都谈论爱多士数，但实际数据却很难获得。在一个休假年，格罗斯曼“像一只云雀一样”开始编制爱多士的合作者及这些合作者的合作者的名单。利用各种类型的资料，包括卷帙浩繁的文献目录，“不胜枚举的讣告文章，还有个人通信”，格罗斯曼终于绘出了爱多士那巨大而不断增长的合作者网络。这项艰巨的任务全部是依靠手工完成的，因为没有一台计算机能可靠地区分同名同姓的数学家。“这是很有意思的工作，”格罗斯曼说，“所以，我把它继续下去。”

每年格罗斯曼都要发布最新的爱多士数表，并把它放到他的“爱多士数计划”网页上，网址是：http://www.acs.oakland.edu/ ~ grossman/erdoshp.html。爱多士去世以后他仍一如既往地继续刷新他的数表。由于爱多士数1的声望是如此巨大，数学家们纷纷掸去旧日案卷的尘土，争相发表与爱多士共同证明过的老定理。1998年，有485人被正式鉴定有爱多士数1，其中193人与爱多士合作写过一篇以上的论文。除此之外还有5 337人被确认有爱多士数2。而即使是像格罗斯曼这样精力充沛的人也难以完成编制具有爱多士数3的数学家大军名册的艰巨任务。按格罗斯曼的统计，爱多士总共写了1 446种书、论文和文章，到他留下的遗著全部出版和旧作陆续被重新发现以后，爱多士作品的总数目可望达到1 500种。

格罗斯曼异想天开的计划已经成为洞察数学合作社会学的宝贵原始资料。当爱多士刚刚开始发表作品时，只有很少一部分数学论文有两个以上的作者。按照格罗斯曼的数据，在1940年，大约90%的数学论文都是个人单干的结果；现在这个数目已经下降到50%左右。50年以前，两个人以上合写论文几乎是闻所未闻的，然而现在，多人合作的成果在所有正式发表的文章中所占比例已达10%左右。

爱多士的大部分早期著作也是孤军奋战的结果，但这种状态很快就改变了。爱多士以远远超越常规的速度，征募了新的合作者。他的总共将近1 500篇文章中只有1/3是他单独撰写的；其中8%的文章列有4个或更多位作者的名字。爱多士生命的每一年都会有新的合作者增加进来，这种趋势在1987年达到了顶峰，这一年他与35位此前从未合作过的数学家合作撰写了论文。

格罗斯曼不能解释20世纪后半叶数学合作趋势与日俱增的现象。主要的原因大概是有了更好的交流。部分原因则可能是那种要么发表要么发臭的心理在发展，爱多士曾有诗讽刺道：

一天一条定理
等于加薪晋级！
一年一条定理
那就让你出局！

爱多士的样板或许也起到了推波助澜的作用。对格罗斯曼数据的考查表明，与爱多士合作频率最高的那些人也经常与别人合作。爱多士的主要弟子们从他身上学到的社会化数学研究方式，如今已经成为一种学术规范。

爱多士也以其他方式向当代数学的形式倾向发起冲击。斯特劳斯曾指出，20世纪的数学已经被所谓“理论构造者”所统治，这些人建造起庞大而广泛的系统，以昭示数学的结构。爱多士则有着完全不同的数学研究方法，他将注意力聚焦于具体的问题，自信随着这些问题的解决，一般的理论就会逐渐展现出来。用一个朋友的话说，他是一个“苏格拉底式的牛虻”，通过一系列仔细选择的问题来揭示真理。也就是说，爱多士相信，考察几棵精选的树木，就可以揭示一片森林。

“理论就是你可以作为一门课程来教授的东西，”斯潘塞曾解释说，“单个的问题则属于较低的层次。但在这一点上，我相信爱多士是一个伟大的例外。”爱多士具有一种令人不可思议的本领，往往能选择利于揭示数学核心结构的问题。斯特劳斯的一个朋友曾向他抱怨说：“爱多士只给出伟大的元理论的推论，而这理论本身在他的脑海里还未有明确的表述。”爱多士也许在一定程度上已经知道了这个理论，但他只能通过具体的问题才能加以表述。在某种意义上说，爱多士将永远是一个出色的神童，永远是*KöMal*这份高中数学杂志热情的投稿者和孜孜不倦的问题解决者，而正是通过*KöMal*他开始了自己的数学生涯并结识了他最早的数学朋友。

并非所有的人都赞成爱多士研究数学的方法。桑德斯·麦克莱恩（Sanders MacLane）称那种认为“科学的发展并不在于给出好的回答而是在于提出难的问题”的看法是“匈牙利数学观”，一些人对这种匈牙利数学观嗤之以鼻，麦克莱恩正是他们的代表。麦克莱恩认为，爱多士对问题的强调正在促使一些数学家“忽视这样一个事实，即对一个问题来说，最重要的是能切中要害”。麦克莱恩未能认识到的是，与许多其他数学家不同，爱多士选择的问题通常都能切中数学思想之要害，尽管往往需要很多年人们才能看清这一点。

爱多士还具有判别哪些问题能解决和谁能解决的非凡直觉。几乎任何数学家都能提出无法驾驭的困难问题，或微不足道的简单问题，或得不到任何结果的问题。爱多士是在两个不同领域朦胧的边缘地带发掘交叉问题的大师，善于发现难度恰到好处而其解决能引出新问题、打开大门并产生新理论的这类问题。当你给一张图随机加边时将会发生什么呢？这是一个从未有人问过的简单问题。在爱多士和雷尼的手中，这个问题却孕育了一个全新的数学领域并产生了影响深远的硕果。

按照爱因斯坦从前的一位助手斯特劳斯所说，爱因斯坦认为，他没有成为一名数学家是因为这个领域充满了漂亮而困难的问题，“一个人可能会在这些问题上耗尽精力，却始终不能发现中心问题”。爱多士将自己全身心投入到爱因斯坦所惧怕的诱惑中，但好在他从未陷入不切要害的泥潭。“在我看来，这恰恰证明，”斯特劳斯写道，“在探索真理的征途中，唐璜式的爱多士和加拉哈式的爱因斯坦都各有用武之地。”[①]

1967年，斯潘塞结束了他在哈佛大学的研究生学业，起初是在贝尔实验室，后来转到加利福尼亚圣莫尼卡的兰德公司工作。当他在兰德公司时，他迷上了一个爱多士问题，其内容是锦标赛最佳排名方案。爱多士假设，在一场锦标赛中每个参赛者都与其余每个参赛者赛一场并且没有平局。在一个公平的排名方案中，如果参赛者A排在参赛者B之前，则参赛者A将确实击败参赛者B。不幸的是，没有一种排名系统能够保持完全公平，意外的情形——排名低的击败了排名高的——总是难以避免的。公平的排名系统就是要把意外情形降到最低。爱多士想知道最公平的排名系统能有多公平。

对斯潘塞来说，爱多士是一个传奇人物。“当你听说某个问题是爱多士问题，它就被自动打上了印记，”斯潘塞回忆道，“这个印记名副其实；他的问题不是随机挑选的。他的风格是，总是不断地提出问题，却永远不会向你说清楚提问的动机。但这些绝非随意提出的问题，事实上总是能成为与某些学科前沿真正相关的问题。为了抓住问题，你必须如保罗所说的那样‘有新想法’，你必须做更多的努力。至少你知道了他自己未能解决这些问题，这件事本身就把问题提到了极高水平。对我来

① 唐璜（Don Juans）是传说中的西班牙贵族，风流人物，许多文学艺术作品的主角；加拉哈（Galahad）是亚瑟王传奇中的圣洁骑士，完美典范，因品性高尚而觅得圣杯。——译者

说，一个爱多士问题就是一座大山，在遇见他之前我就有这样的感觉。”

斯潘塞设法提出了解决爱多士的锦标赛问题所必需的关键性“新想法”。在那些日子里，爱多士频繁拜访他的朋友、加州大学洛杉矶分校的斯特劳斯，其中有一次，斯潘塞安排在爱多士下榻的旅馆房间里与他见了面。“他非常欢迎我，”斯潘塞回忆，“如果你对数学感兴趣，那么他有这样的本事，即不管你是高中生还是像我这样的研究生，或是更高水平的人，他都一样接待；只要你言之有物，他就会聚精会神地听。”爱多士仔细地听斯潘塞阐明他对锦标赛问题的解。斯潘塞讲完后，爱多士微微点了点头，并立即开始讨论另外一个问题。“这就是他真正要做的事情，”斯潘塞解释说，“当他与某个人交谈时，他不会试图把此人拉进他自己的领域，而是寻找此人已经有兴趣的领域并努力发现一条共同的纽带。”斯潘塞带到旅馆房间去的爱多士问题的解，成为他的博士学位论文的核心，爱多士提出的新问题也促成了他们许多合作论文中的第一篇。“我以及我所认识的许多人的例子都说明了，爱多士能够把已经从事数学工作并表现出一定能力的人提携到一个全新的水平。”

斯潘塞带着许多要解决的新问题结束了第一次拜访。他确信在数学界中自己能有一席之地，而且对他的数学职业也有了新的感觉。斯潘塞回忆起他作为数学世界战战兢兢的入门者时的感受。“当你刚刚起步的时候，你看着这个世界，梦想成为它的一员，在那里，有一些人高高在上”，仿佛可望而不可即。“而他，不仅和我交谈，还和我一起做数学！我们一起证明，一起猜想，真是妙极了。直到我23岁，爱多士去世的前一年，情况始终如此，而且对所有人都一样。只要是有意思的数学，他就会坐下来与你侃侃而谈。就启发青年人来讲，这是一种迷人的品质。”

爱多士还鼓励斯潘塞和其他许多人像他自己一样献身于数学。“这个才华横溢的人将自己的全部身心奉献给了数学研究和数学之美，”斯潘塞回忆，“这里，我们正整装待发，我们已经瞥见了数学王国，我们能够看到，这个高贵的人站立在数学的高山之巅，正在为它献出自己的全部精力。去了解他和他的贡献，去与他切磋交谈——你会感到，这真了不起！这绝对是我想要做的！我渴望成为这项事业的一部分！我的意思是说，虽然我们原先已有这样的志向，但是他使我们变得更加热忱坚强。”

对斯潘塞和其他许多数学家来说，爱多士是现代的中世纪苦行僧。爱多士经常被称为圣人，而人们这样称呼他时并不带任何讽刺的意味。实际上，在爱多士的慷慨大度中，在他的诚实中，在他对个人权利的支持中，确有一种神圣的东西。但他的朋友们所谈论的这种神圣，其实质正是在于爱多士将自己的一切都献给了追求纯粹美的数学事业。爱多士常常说“财产是麻烦”。确实，在爱多士看来，生活的其他所有方面——职业、金钱、财产、亲密的个人依恋——这一切都干扰了他对数学的奉献，都是需要避免的麻烦。尽管很少有人会去效仿，爱多士的一生仍是普遍受人尊敬的例子。

爱多士心无旁骛专注于数学，唯一例外是他对于母亲的挚爱。战后，只要他回到匈牙利，母子俩不论何时总是形影不离。每次爱多士带着新埃泼西龙共进午餐，她几乎都在场，她陪伴他到常去的马特劳哈扎疗养院或其他地方。她是一个娇小、纤弱、高贵的女人。“年轻的时候，她是相当激进的，”博洛巴什回忆道，20世纪50年代末，当他还是一个埃泼西龙时曾见过她，“但那时正好相反，如果有人说她出身于贵族家庭，你也会相信的。”她为自己的儿子而感到无比骄傲。“爱多士夫人为他而活，”博洛巴什回忆，“她收集他的手稿，替他寄发单印本。”爱多士的侄子弗雷德罗（Magda Fredro）曾经对一个记者说，爱多士的母亲“将保罗看作整个世界。他就是她的上帝，她的一切”。

爱多士对他母亲的关爱也是同样无微不至。他经常挂念她的健康。“他照顾她就像她确实需要照顾一样，”博洛巴什说，“当我认识她时，她已80多岁，她虽有些瘦弱，但无疑仍有照顾自己的能力，爱多士并不是一个善于处世的人，尽管如此，他们非常融洽。”那真是一种奇怪的关系，博洛巴什认为，有许多喜剧性的时刻。在寓所吃完午饭后，爱多士总是要问：“‘安优卡’，你不想躺一会儿吗？”10分钟后，他的母亲已经就寝，爱多士会起身走进卧室问：“你睡得着吗？”“这不是仅仅发生一次，而是每次如此。”博洛巴什说。

在她独居布达佩斯的岁月里，“安优卡”哀叹“孩子变成了信件”。当爱多士远离时，渐老的母亲对儿子的思念与日俱增，所以在1964年84岁时，“安优卡”加入了他永无休止的旅行。印度是她唯一拒绝陪伴儿子一起前去的地方，因为她惧怕疾病。她向所有人表明，她决定陪伴儿子旅行不是因为她想看看这个世界。“我旅行不是因为喜欢旅行，而是为了陪伴我的儿子。”

“安优卡”实现了她的愿望。她与爱多士一起用每一餐，她经常列席他的数学聚会，安静地旁听。她努力改进她的英语——因为爱多士要花费许多时间在英语国家，不过她始终说不流利。尽管她不能听懂周围人所说的每一件事，她却乐于看到爱多士无论走到哪里人们对他的尊敬都溢于言表。“在爱多士身边，”博洛巴什说，“她简直就像是皇太后。”

“他们完全能够相互理解，”来自剑桥的爱多士老友的夫人安娜·达文波特回忆道，“他无条件地热爱她。看到他照顾母亲的方式确实令人感动。”一家杂志上刊登了一篇有关爱多士的故事说，每晚当他母亲入睡后他都要握着她的手。故事发表出来后爱多士感到受了冒犯，并向一个朋友抱怨。“那么，难道你没握她的手吗？”朋友问。“握的，”他承认，“但不是每天晚上。”

在一次去南加利福尼亚访问途中，瓦佐尼记得在韦斯特伍德为爱多士和他母亲租了一个套间。“有一间很好的起居室和一间卧室，”瓦佐尼回忆道。“经理解释说，女士可以睡在卧室，爱多士可以打开沙发。”爱多士的母亲变得极度不安，开始抱怨有灰尘并威胁要离开。爱多士问经理是否可以为他在卧室中放一张简易床。“问题解决了，”瓦佐尼说，“我猜测他们习惯于住在一个房间里，她不能忍受他睡在别的房间。”

1971年，爱多士和他的母亲访问卡尔加里，那是他们旅行中经常停留的一站。一向非常健康的“安优卡”突然患病，进了医院。当时也在卡尔加里的豪伊瑙尔回忆道：“爱多士完全不能接受她患病的事实。”爱多士拒绝相信年已90高龄的母亲会患重病，还到埃德蒙顿做了一个报告。“一开始他根本不相信他母亲会死，”豪伊瑙尔回忆道，“要么是可能缺乏与医生的沟通，要么就是爱多士根本听不进去。”

当爱多士从埃德蒙顿返回时，他的母亲病情仍未好转。豪伊瑙尔谈起了他与爱多士守候在医院走廊里的日日夜夜：“保罗老是想借讨论数学来逃避现实。在最后一天，我终于在一处打断他说，不，不，不要谈数学。”

爱多士一直未能从丧母的悲痛中恢复过来。他总是认为医生误诊了他母亲的病，否则她应该活得更长。爱多士变得更加孤独和沮丧。“奇怪，”他说，“我以前乘飞机时总是有些提心吊胆，但自从我母亲去世后，我失去了这种恐惧感。”爱多士开始称自己为PGOM——可怜的伟大的老人。一位名叫赫伯特·维尔夫（Herbert Wilf）的数学家朋友记得，在“安优卡”去世5年后的一个早晨，他遇到爱多士时问：“你好，保罗，今天如何？”

“赫伯特，今天早晨我感到压抑。”爱多士回答。

“我很难过，保罗，那是为什么？”爱多士对一个日常的礼节性问题的认真反应使维尔夫感到吃惊。

“我想念我的母亲。你知道她已经去世了。”

“我知道，”维尔夫说，“但那是5年前的事了。”

“是的，但我还是非常想念她。”

“安优卡”死后，图兰劝爱多士说：“别忘了，我们的数学是一座坚固的堡垒。”爱多士开始埋头于数学，一天工作19个小时。要使这样一部证明定理的巨大机器运转起来，浓咖啡还不是最好的燃料。许多年以来，爱多士时常服用苯丙胺来帮助工作。豪伊瑙尔回忆，早在1957年爱多士就接触过苯齐巨林。“这种药我也服用过一点，”豪伊瑙尔说，“当我服用这种药后，能连续工作18个小时。”与爱多士不同，豪伊瑙尔并不经常服用。

“对于这种药，爱多士过去是有控制的。”豪伊瑙尔说。只是在工作特别紧张的日子，他才服用小剂量药品。随着他母亲的故去，爱多士想把所有的时间都投入到工作中去，便开始每天都用浓咖啡冲服苯丙胺。现在，不管爱多士什么时候停下工作来逗埃泼西龙玩，他都会有新招：他会把手伸进衣兜掏出一个苯丙胺瓶子，攥在手里握在胸前。“瞧这儿。”他说，然后突然摊开手掌。瓶子向地面落下去，在落地之前的最后一刹那又被抓住，这证明随着年龄的增长，他的反应灵敏给人的印象却变得更加深刻。

爱多士的母亲健在时，替他保存了他所有的几千份单印本和大量的信件，将它们井然有序地排放在他们的布达佩斯公寓房间里，并将爱多士论文的复本分寄给所有来信索要的人。在她去世后，爱多士不愿再继续住进他和母亲曾共同拥有的公寓；当他回布达佩斯时，他就住在科学院的一所公寓里。自从他与“安优卡”一起旅行那几年开始，保管论文、处理财务以及他那漂泊生活的其他一切日常杂务几乎都落在了一位名叫罗纳德·格雷厄姆的美国数学家健壮的肩膀上。

格雷厄姆和爱多士是一对奇怪的数学搭档，他们俩是如此不同，也许他们的友谊是一种必然的互补。格雷厄姆1936年出生在加利福尼亚的塔夫特，位于洛杉矶西北的一个小镇。他在频繁穿梭美国的旅行中度过了他大部分的青年时代，因为他的父亲不断地辗转于加利福尼亚的船坞和佐治亚的油田之间。“我总是一个新来乍到的孩子，”他回忆说，“从来都不合群。”他跳过几次级，但也无济于事，因为他的个头和年龄总是比班上别的同学小。

这样格雷厄姆便把他的精力倾注于他的两大爱好：数学与天文学。星星依然使他感兴趣，但是多亏一些好老师，以及对“数学是便携款”这一事实的认识，他选择了数学。15岁时他获得了芝加哥大学的奖学金。

在那些日子里，芝加哥大学正在试验所谓芝加哥计划——

由哈钦斯（Robert Maynard Hutchins）提出的以阅读古典名著为基础的文科教育计划。当他进入这个大学时，格雷厄姆参加了一系列的测验，这些测验表明尽管他在数学和科学方面水平非常之高，但在文学、社会学、哲学和其他文科科目方面却有不足。格雷厄姆被要求弥补这些不足，且不得参加任何数学课程。这样，格雷厄姆阅读了许多古典名著并在闲暇时开始学习体操，对这项运动来说，身材瘦小并非不利，虽然后来他的身高长到了6英尺2英寸。格雷厄姆做事从来不半途而废：他成了专业的跳床运动员和能够述原三阶魔方的魔术师。但是在度过3年没有数学的生活之后，格雷厄姆感到了脱离数学的痛苦而进入了加州大学伯克利分校。

在伯克利，格雷厄姆注册为电机工程系的学生，并找时间与伟大的数论学家莱默（D. H. Lehmer）合作完成了一篇论文。不幸的是，格雷厄姆已经当了那么长时间的学生，他的兵役缓役期到那时已经期满，他必须应征入伍。为了逃避正式的征兵，他报名参加为期4年的空军海外服役并很快被派往阿拉斯加。"我可以夜间工作，白天上学。"格雷厄姆说，唯一的问题是阿拉斯加大学的数学没有获得官方认可的学位授予资格。于是格雷厄姆就攻读或者说是几乎攻读了一个物理学学位。就在毕业之前，格雷厄姆于1958年被空军的船舰载送到了海外。

4年的海外任务结束以后，格雷厄姆回到了伯克利并且终于能集中全部的时间去从事数学研究。在攻读博士学位期间，格雷厄姆向他的导师提出了一个自己感到困惑的小问题。导师建议他写信给爱多士，后者对这类问题感兴趣。格雷厄姆还从未听说过爱多士——"我与世隔绝；我一直待在阿拉斯加"——不管怎样我写了信。爱多士很快就写来回信，一封典型的短简，开头可能是这样的：“那是一个有趣的问题。请考虑如下的推广……”

在随后的两年里，格雷厄姆一直未能与爱多士本人会面。从伯克利获得博士学位后，格雷厄姆开始为贝尔实验室工作。格雷厄姆一生都待在贝尔实验室，最后成为AT&T实验室的首席科学家。与他恰好相反，爱多士则从未有过持续超过一个学术年的工作。到贝尔实验室工作不久，格雷厄姆参加了一个在科罗拉多博尔德召开的数论会议，这也是爱多士在山姆确定他不再是安全的威胁后到美国参加的第一个会议。“在接受贝尔实验室的工作之前，罗恩（即格雷厄姆）已经写了大约20篇论文，这次都和盘托出，”另外一位朋友和合作者塞尔弗里奇（John Selfridge）回忆道，“我们坐在那里听他报告所有这些材料，的确很精彩。”

格雷厄姆回忆起他与爱多士的第一次见面，最生动的不是什么优美的证明或诱人的猜想，而是一场乒乓球比赛。爱多士喜欢这项运动，在马特劳哈扎花费过无数小时与图兰和他的朋友们打乒乓球。矮小、瘦弱、戴着眼镜、心不在焉又经常头晕，当手里握着球拍时，爱多士不再是一个令人敬畏的权威。“爱多士一站到乒乓球桌后，马上就可以清楚地看出，他只是一个业余爱好者，而不是一个难缠的对手。”保奇回忆道。他小心翼翼地握着球拍，像是怕从它那儿传染病菌一样，他的发球方式“完全是可笑的，很容易反扣”。爱多士向格雷厄姆——身高6英尺2英寸，运动员出身，具有训练有素的杂技演员般的灵敏反应——挑战，要跟他赛一场乒乓球。这场比赛的结果是，格雷厄姆输了。

爱多士的胜利并不纯属侥幸。尽管他有明显的缺点，爱多士的反应速度却快得惊人。“你不禁会想，他的神经脉冲一定传播得很快。”保奇说。不需要过度的动作，爱多士就能反击大多数的发球，压住对手。“他防守得非常严密；他打得不赖，”格雷厄姆说，“我从此陷入了乒乓球，因为他能击败我。他击败了我而我却看不出为什么。他可是个老家伙。”

格雷厄姆不喜欢失败，特别是当失败可以避免的时候。他回到贝尔实验室后，雇了一位乒乓球教练并买了一台发球机，这台机器可以没完没了地发出高速的旋转球。不久，格雷厄姆就成了贝尔实验室的乒乓球冠军。通过同样系统的专一训练，格雷厄姆掌握了保龄球（他表演过几场很出色的比赛）、中文（在电话上会把他当成中国人）、钢琴和各种各样的玩球、钱币和纸牌的戏法——而所有这一切都没有妨碍他去完成他那极其繁忙的工作计划：除了在贝尔实验室的职务和撰写数学著作与论文（他总共写了200多篇论文外加好几本书）外，他还是40多家数学刊物的编委，他经常外出讲课，出席有声望的政府委员会会议，同时还担任国家科学院和国家研究委员会的司库，还有体操教练，等等。他做所有这些事情总是显得从容不迫。当有人问他是如何安排处理好这一切的时候，格雷厄姆用他缓慢而文雅的声音回答说：“嗯，一周有168小时呀。”

三十多年如一日，格雷厄姆总要从百忙之中抽出一些时间来为爱多士动荡不定的生活管理财务和日常杂事。“他从来没有支票账户，”格雷厄姆解释说，“我本人常常随身携带一些现金，当然不会太多，也就是500或1 000美元吧，只是为了旅行方便而已。这是个好习惯，爱多士很快就发现了我的这个秘密。”

“罗恩，借我一点儿钱。”爱多士会说。

“你要多少？”

“你能给多少？”

这样，格雷厄姆就会借给爱多士300美元。爱多士总是能够还上他借的钱，但是没有银行账户，他的现金流通就会有些麻烦。从格雷厄姆那里得到一笔借款后，有时候爱多士还会为他的匈牙利朋友从格雷厄姆那里再借100元。“那时，一些匈牙利人打算离开他们的国家，因此想在西方国家建立一个硬通货账户。这在当时是不合法的。”格雷厄姆解释道。爱多士设法取得格雷厄姆的帮助。

后来，格雷厄姆终于为爱多士开了一个支票账户，他把爱多士从世界各地赚得的各种各样的演讲酬金的支票全部存入这个支票账户。“看来那不是什么难事，过了一段时间就变成自动的了。”格雷厄姆说。因为爱多士大部分时间都在外奔波，为了在爱多士的支票上签名，格雷厄姆学会了模仿爱多士的笔迹。“我有他一些手稿的复印件，可以反复练习，”他说，“我自己揣摩着：想想那抖动的手。我终于把他的手迹模仿得惟妙惟肖。但过了几年之后，我们两人的手迹大有分道扬镳之势。我敢打赌，银行不会接受爱多士本人签名的支票。”

多年来，爱多士曾采取过这样一种做法：悬赏解决使他感到困扰的问题。他不在意谁能解决它们，他只是希望这些问题能够得到解决，并且认定奖金是获得结果的最好办法。“像年迈的国王一样，”斯特劳斯写道，“爱多士根据不同的难度提供不同的奖金，这样我们得到的不仅仅是问题的解决，还有他对问题难度的估计。”他的一些简单问题只值一两美元，但是对于爱多士认为“没有希望”的问题，他的悬赏额高达10 000美元。爱多士支付过的最大赏金为1 000美元。“有人曾问过我，如果所有的问题一下子都解决了怎么办？”爱多士说，“我能支付得起吗？当然我不能。但是如果所有的客户都要取回他们的存款，最强大的银行会怎么样呢？肯定要关门大吉。管理银行跟管理我所有这些问题的解差不多。”

虽说如此，爱多士不得不频繁地支付他的奖金。有好几年，格雷厄姆保存着一些支票本，爱多士用于支付奖金的透支账号实际上早已关闭。当然对于数学家们来说，支票是否有效并不重要，得到一张爱多士签发的支票比支票的面值本身要值钱得多。但不久人们就发现，从格雷厄姆那里兑现作废的签名支票似乎更好，因为他们可以既保存支票，又拿到现金。这样格雷厄姆不得不开始启用有效账户开具支票。

在其一生之中，爱多士共支付出三四千美元的奖金，但是他的许多问题仍悬而未决。格雷厄姆和爱多士的其他几个朋友许诺继续为攻克任何未决的爱多士问题的人支付奖金。“许多问题已经长时间未能解决，也许应该提高奖金数额。”格雷厄姆说，但考虑到他的财政负担已经很重，似乎不大可能再提高奖金。

爱多士成为位于默里山的贝尔实验室的常客，每年他都要在格雷厄姆和他妻子即爱多士的合作者金芳蓉两人的家中住上大约一个月。20世纪80年代后期，格雷厄姆和金专门布置了一个“爱多士房间”，房间里有独立的卫生间和电话，爱多士非常高兴，因为这使他能自由地与世界各地取得联系，当然这还多亏了格雷厄姆额外的法人津贴。爱多士还可以自由进出一个图书室，室内藏有各种最新期刊，并有一些格雷厄姆用来保存爱多士所有的论文单印本和大部分通信的公文柜。这样做与其说是慷慨，不如说是为了省事。爱多士是一个麻烦的房客。

爱多士是否真的没有从事哪怕最简单的家务的能力，或者说他这种无能是装出来的？人们对此有些争论。偶尔处之，爱多士的书呆子气还是招人喜爱的，但作为客人的魅力很快就会消失。任何与爱多士在一起住过的人都有一打关于他的故事：将容器中的番茄汁洒在冰箱架上，竟然打不开很容易打开的饼干袋，等等。“他不太喜欢独处，”金芳蓉说，“当他待在我们家的时候，我们不仅是多了一位客人，而且要一直扮演所谓‘保罗姆’的角色！”爱多士不会驾车，这样房东就成了他的车夫；他不会缝补，房东就成了他的裁缝；他不会整理衣箱，房东又成了他的跟班。他的房东会被他弄得疲惫不堪。“他来的时候我非常高兴看到他来，”波默朗斯说，“他走的时候我非常高兴看到他走。”唯一不同意的是爱多士房东的埃泼西龙们，他们总是期待着爱多士叔叔的来访。

爱多士在一个地方一般只逗留一周左右，在耗尽了当地所有数学家的脑力和耐心之后，他就要转移他方去寻找新的刺激。有一次，在访问斯坦福大学时，爱多士在他的朋友塞戈（Gabor Szego）家安营扎寨，待了很长时间还没有离开的迹象。一天晚上，塞戈的妻子在一个聚会上遇到了瓦佐尼，她绝望地说：“爱多士三周前来串门，现在还和我们在一起。我简直毫无办法。”瓦佐尼告诉她：“没问题，叫他搬走好了。”

“我不能那么做，”她说，“我们爱他，不能伤害他。”

“照我说的去做，”瓦佐尼坚持说，“他根本就不会受到伤害。”

一小时后，爱多士来见瓦佐尼，并要车到宾馆去。“怎么了？”瓦佐尼无辜地问。“哦，塞戈夫人请我搬走，因为我待得够久了。”他泰然自若地回答说，看来完全没有受到干扰。

“保罗姆”还需要照顾爱多士的健康。像爱多士的许多朋友一样，格雷厄姆关心爱多士每天的苯丙胺用量。1979年，格雷厄姆试图使爱多士戒掉药品，或至少使他明白这是一个问题，他跟爱多士打赌500美元，看他是否能戒药一个月。爱多士赢了，然后又立刻开始服药。“你证明了我不是瘾君子，”爱多士说，“但是我什么事情也做不了。我清早起床，整天盯着一片白纸，没有想法，就像一个普通人一样。你使数学倒退了一个月！”

除了那一个月，爱多士始终保持着他那非凡的工作速度，在白纸上写满了定理和猜想，充实地度过自己的时光，而在这样的年纪许多数学家却在忙于撰写他们的回忆录。多年来他年事渐高的唯一迹象是，他加在名字上的字母数开始缓慢增加：起初是PGOM，每过5年加上两个新字母，一直到75岁时，他已变成 PGOMLDADLDCD[①]。他在世界各地的讲座——他时常称为“布道”——上背诵这些首字母，双臂交叉放在胸前，两手托住双肘，站在圣坛之上，以机智的喜剧般的语调缓慢平稳地讲演着。“他是数学界的鲍伯·霍普。”他的朋友内桑森喜欢这样说。爱多士会给大家讲述关于古怪的希东和杰出青年波绍的故事，讲述他自己如何在3岁时发现负数的故事。他会开一些有关年龄的玩笑：明年，你将主持我的追悼会；我好像也年轻过，但那已经是很久之前的事了。他还会告诉大家他打电话给他的朋友波利亚祝贺他97岁大寿的情况。“我对他说：‘你将以伟大的辉煌庆祝你的百岁大寿。’他说，也许吧，我希望活到100岁，但不是101岁，因为年老和愚蠢毕竟是非常令人不愉快的。”于是他会说：“让我们不要再瞎扯过去，还是来讨论数学

① 可怜的伟大的老人，活死人，考古发现，法定死人，计作死人（Poor Great Old Man, Living Dead, Archaeological Discovery, Legally Dead, Counts Dead）。——原注

吧。”然后就开始认真描述他最喜爱的数学问题，以及他准备为其解决支付多少奖金。

到他75岁在他的签名上添加最后两个字母时，爱多士最好的工作已经成为他的过去。他的思想已不再能开拓诸如拉姆齐理论、组合几何学、极值图论、随机图论这样新的数学分支，也不再能导致像概率方法这样强有力的数学工具的发明。但是他发表论文的步伐并未缓慢下来。每一年他都要周游世界，像一只候鸟一样定期重访他的朋友，同时挑选出新的合作者。每一年他最喜欢的一站是位于卡拉马祖的西密歇根大学——世界图论领导中心之一。他在卡拉马祖时总是与阿拉维（Yousef Alavi）住在一处，阿拉维是一位数学家，他表达自己的恼怒时会高喊:“这是高度不规则的！”阿拉维老是想与爱多士合作写一篇论文，但一直没找到合适的题目。一天，阿拉维在爱多士、格雷厄姆和其他一些人都在场时，又使用了他的术语“高度不规则”。图论学家经常分析一种称为规则图的对象，所谓规则图就是在每一个顶点上有相同数目条边相交的图（正方形就是规则图，每个顶点有两条边相交）。受阿拉维表述的激励，数学家们想弄清“高度不规则”的图是什么样子。经过讨论，他们提出了一个合适的定义并开始证明定理。这个高度启发性的定义被证明是有意义的，结果是产生了一系列的合作论文并确定了一个新的研究领域。阿拉维也实现了自己的梦想——他获得了爱多士数1。

在20世纪80年代后期爱多士患上了心脏病。阿拉维把他介绍给心脏病专家盖勒特（Janos Gellert）。“他真是一个了不起的人，”盖勒特后来回忆爱多士说，“他对一切都感兴趣，你立刻感到你不是在与一个同事或一个普通人打交道。他是个天才，他的思想无处不在。我遇到过聪明人，但以前我还从未遇到过天才。”

无论是不是天才，爱多士都是一个糟糕的病人。他关于最新医疗技术和理论的知识使盖勒特感到惊讶。他能滔滔不绝地谈论药品几小时，但也像在其他方面一样，他似乎特别不喜欢听别人告诉他应该做什么。盖勒特试图劝说爱多士放弃服用苯丙胺，但未能奏效。他给爱多士开了抗心律不齐的药让他每8小时服用一次，爱多士却只是在高兴的时候吞几片。“他基本上无视对任何事情的任何约束。”盖勒特说道。他告诉盖勒特说自己总是走楼梯而不乘电梯，来让盖勒特放心。在盖勒特家用餐时，爱多士会从椅子上跳起来，在楼梯上跑一个来回，以证明他没有什么不适。“我是要向医生表明，我的状况还不错。”爱多士会说。但是当夜晚降临，大家坐在一起聊天时，爱多士会在椅子上频繁地打盹。有时他会从沙发或椅子上滑下来。一次，他向盖勒特的夫人要了一杯咖啡，然后就打起盹来。这时一个客人说：“不要打扰他，他睡着了。”爱多士突然坐直了喊道：“我没睡觉。”

爱多士对自己的健康很担心，但又不愿放弃任何投入数学的时间，即使是遇到严重的健康问题时也如此。爱多士是孟菲斯大学的常客，在那里他与数学家谢尔普（Richard Schelp）和其他数学家合作，同时治疗他的严重眼疾。谢尔普记得，有一次他与爱多士正在病房里工作，这时进来一位护士。“你们在讨论什么？”她问。爱多士花费了几分钟向这位护士解释素数的基本知识。当她稍后又回到病房来时，爱多士出题考她有关刚刚谈论的东西。她离开后，爱多士对谢尔普说：“要么她不太聪明，要么我不是个好老师。”

爱多士需要角膜移植来保住他一只眼睛的视力。当他即将离开孟菲斯时，他得到了一笔捐款。起初，爱多士不想为了手术而耽误他的行程，但是经过长时间争论之后，他的朋友说服了他，使他相信他的视力是非常重要的。不过，爱多士坚持要带一个小本到手术室，以便能继续计算。外科医生看到这个小本时说："你用不着这个。我要在你的眼睛上工作。"爱多士回答："我可以用另一只眼睛做数学。"

爱多士向盖勒特抱怨，他老是感到很抑郁，他向每一个人都这么抱怨。对他来说，更大的麻烦是，他没有以前那样敏锐了。同事们已经开始注意到这一点。波默朗斯曾向爱多士提过一个问题，"爱多士说：'噢，那是一个非常好的问题。'一个月以后，在电话上他向我提出了同一个问题。这在他壮年的时候是不可能发生的。"爱多士与一位以色列同事合写了一篇数论论文，其中改进了他以前与博洛巴什共同发现的一个结果。不幸的是，爱多士已经彻底忘记了以前的这项工作，而把他与博洛巴什以前的发现作为新结果写进了论文。博洛巴什指出了这一点，爱多士极其沮丧。"谁在乎呢？"博洛巴什说。"当然，我在乎，"爱多士坚持说，"我很在乎。"与许多数学家相比，爱多士的反应仍然非常快，但是一切都不像他壮年时候了。爱多士最后的合作者之一数学家卡尔金（Neil Calkin）说："我最大的遗憾是，在他比许多人快百万倍的时候，我还不认识他。当我认识他的时候，他已经只比别人快几百倍了。"

爱多士仍然以别人看来像旋风一样的速度旅行，但是邀请已经开始减少了。他访问朋友的旅行变得冗长和越来越麻烦。爱多士像以往一样不顾时差，在澳大利亚的午夜时分，给塞凯赖什夫妇打电话，要求进行一次较长的访问。埃丝特·塞凯赖什身体不是太好，他们的房子又很小，加上爱多士不分昼夜地播放他自己喜欢的“噪声”（奇怪的是，那不是巴赫，而是拉威尔的“波列罗”舞曲），与爱多士相伴很令塞凯赖什为难。但是与埃丝特商量以后，塞凯赖什还是向爱多士发出了长期访问的邀请。

尽管减慢了速度，在1995年的最后几个月和1996年初，爱多士仍然访问了亚特兰大、孟菲斯、得克萨斯州的三个城市、贝尔实验室、新泽西的拉特格斯大学、纽黑文、巴吞鲁日、科罗拉多、法国和德国。1996年2月，爱多士在卡拉马祖参加一个国际图论会议。在一个主要报告快要结束时，西密歇根大学的施文克注意到坐在第二排的爱多士看起来不太好。其他人也注意到了，便前去搀扶，这时爱多士的头突然垂到了胸前，他失去了知觉。一辆救护车被召来，把爱多士送进了急救室。

在急诊室里，爱多士恢复了神志，一点也不着急。他不耐烦地回答了医生的问题，然后就把注意力转移到了陪伴他的数学家施文克、福德里（Ralph Faudree）、格雷厄姆和塞尔弗里奇身上。“拉尔夫，”他说，“我在想我们讨论的问题。你试过这种方法吗？”

阿拉维和盖勒特医生先后赶到，盖勒特给爱多士做了检查。这时爱多士正在房间里踱步。当盖勒特问爱多士是否介意当着这么多探望者谈论他的身体状况时，爱多士摆着他的手说：“当然没问题，这些都是我的朋友。”

按盖勒特医生诊断，爱多士患了“病态窦房综合征”——一种可以引起心律严重下降的危险病症。盖勒特告诉爱多士，需要立即给他植入一个起搏器。这只需要一个小型外科手术，而且在医院待一两天就可以。“他盯着我，就好像我疯了似的。”盖勒特回忆。他看了看表，然后说：“我得参加会议。况且晚上还有宴会！不可能，绝对不可能！”爱多士解释说，他已经计划下周去费城，接着去以色列。“也许当我回到匈牙利的时候，就可以把手术做了。”

“你这是冒险。”盖勒特警告说。“你不仅会昏迷，而且可能永远不再苏醒。”爱多士终于同意植入起搏器，但前提是立刻做手术，以便能出席宴会。“通常情况下，你不能吃东西，你得服用镇静剂，往心脏内引入一条新引线，因此我们一般要让病人在医院里待够24小时。”盖勒特解释说。很明显，爱多士唯一同意的就是立即动手术。在盖勒特看来，不植入起搏器比仓促手术危险更大。他同意了爱多士的条件，但坚持他本人也一起出席宴会，并再请一名心脏病专家相陪，盖勒特召来了一名同事并制定了手术时间表。

当爱多士被推进导管植入实验室接受手术时，他却拒绝服用镇静剂。“真像是在控制一头野兽。他不想让自己的活动或任何事情受到任何限制。”盖勒特说。最后，起搏器终于被成功地植入，盖勒特把爱多士放到床上，并在阿拉维的帮助下说服他留在医院休息了几小时。

在宴会上，爱多士站起来说：“我总是开玩笑说，‘你主持的下一次会议可能是我的追悼会’。这一次你们几乎做到啦。”接着他立即开始讨论一个很有道理的论点，而这个论点是发言者在他昏迷的几分钟内提出来的。尽管盖勒特警告他把手臂放在吊带里不要动，但是爱多士还是为了强调而挥舞着手臂。第二天，他与阿拉维一起在百鸟公园里散步了一个多小时。

爱多士信守他的诺言，急速赶赴费城、以色列和匈牙利访问。亨里克森回忆，爱多士出席了他9月初在匈牙利科学院的一次演讲，并以他惯有的尖锐评论打断演讲。当亨里克森跟他说再见时，爱多士正与一位年轻数学家一起在纸上计算呢。爱多士经常给别人复读他模仿一首家喻户晓的匈牙利两行诗而写成的对句：

人有一死，我心实哀
日渐严重，老年痴呆

他显然是逃过了老年痴呆的悲剧。亨里克森在布达佩斯与之告别的爱多士，很像多年前他在普渡大学遇见的那个人。在那个时候，爱多士向他遇见的所有人哀叹："死亡从40岁开始。"但是40年以后，爱多士的大脑仍然是敞开的。

爱多士从布达佩斯飞到华沙参加了一个组合论会议，在那里他做了两个报告。9月20日，星期五清晨，爱多士独自待在房间里犯了心脏病。他被送到医院，下午又出现了第二次致命的心脏病发作。爱多士"离开"时享年83岁。

多年来，爱多士如此经常地开玩笑谈论死神的突然降临，因此当他逝世的消息通过互联网和电话传遍世界各地时，人们在最初的一瞬都不相信这消息会是真的。

爱多士几乎实现了他经常表示的"猝然离世"的愿望。他喜欢谈论另一位多产数学家之死："欧拉，他死的时候忽然倒下，嘴里只说：'我结束了！'［有一次］当我讲述这个故事时，有人冷冷地说了一句：'又一个欧拉猜想被证明了。'"

爱多士对他自己的死也有一个猜想：他正在做一次讲演，宣布一个令人震惊的新结果。观众中发出一个声音高喊："是的，但在一般情形下呢？”

爱多士想象，他将回答说：“把这问题留给下一代吧！”接着就离开了这个世界。爱多士的死差不多证明了他的这一猜想，他如果知道这一点，大概会心满意足了。

许多数学家的去世，正像他们活着的时候一样，在他们狭窄的社交圈子之外，根本不会引起注意。但是，当爱多士去世时，《纽约时报》的头版发表了消息：“保罗·爱多士，83岁，一位数学先驱者，不幸逝世。”世界各地的报纸都刊出了长篇讣告来介绍爱多士的才华及其工作的重要性，着重说明他的古怪、与众不同。政治专栏作家克劳特哈默（Charles Krauthammer）像爱多士的许多朋友一样，读着所有这些讣告，看到爱多士善良与慷慨的本质埋没不彰，深感不安。他尤为《华盛顿邮报》的讣告中无礼而武断的结论所激怒，《华盛顿邮报》的结论痛苦地指出，爱多士“未能留下任何直接的继承者”。克劳特哈默以与爱多士有关的一则故事来反驳，这个故事是他从格雷厄姆那里听来的，格雷厄姆在布达佩斯爱多士悼念活动的演讲中又重述了这个故事。关于爱多士，人们可以讲出100个类似的故事。

格雷厄姆知道有一个极具数学才华的年轻学生惠特尼（Glen Whitney）已经被哈佛大学录取却无钱去报到。惠特尼拿出他所有的积蓄还是不够，一天，格雷厄姆向来访的爱多士提到了惠特尼的处境。爱多士安排与惠特尼见面并借给了他1 000美元，这些钱对一个兜里从未揣过多于30美元的人来说可算是一笔巨款了，用节省的方法远不能积累这么多钱。爱多士告诉惠特尼，他可以在有能力的时候再偿还。

几年以后，惠特尼从哈佛大学毕业并开始在密歇根执教。

他与格雷厄姆取得联系并说明现在他已有能力还爱多士的钱。格雷厄姆告知了爱多士，爱多士只说："叫他用那1 000美元去做我做过的事。"

"没有继承者，是啊。"克劳特哈默总结说。

爱多士去世一个月后的10月18日，在这个寒秋的早晨，几百名爱多士的继承者在布达佩斯的开瑞培斯公墓聚会来表达他们最后的致意。有来自世界各地的各种年龄的数学家，但白肤色居多。多年来，爱多士的许多朋友彼此从未谋面，仅仅通过他不知疲倦的数学漫游来保持联系。数学家们悲痛地相互致意，突然间他们意识到，随着爱多士的故去，一个时代结束了。"哎，我不能说你看起来很好，安德烈（André），"一个老数学家向另一位年老腰弯的朋友致意说，"但是你仍然活着，那就足够了。"另一个人哀叹道，"我们的加权爱多士数［与跟爱多士合写的论文数成反比］再也不会减小了。"一个相对年轻的数学家抽泣着说："我曾害怕，最高法西斯早晚有一天要把他带走，但是我总是希望这一天不会来得这么快。"

在一个现代小教堂里，数学家们围绕在爱多士的骨灰坛周围，一个一个地做告别演讲。格雷厄姆引用了刻在希尔伯特墓碑上的名言："我们必须知道，我们必将知道。"他觉得这句名言也表达了鼓舞爱多士的动力。随着潮湿的叶子从开瑞培斯公墓的大树上飘落下来，爱多士的第一个合作者，50年里仅回过布达佩斯一次的塞凯赖什表达了所有人的心声。"对我来说，"塞凯赖什说，"与爱多士的告别，就意味着与我们整个年轻时代的告别；就意味着与城市花园无名纪念碑下的数学讨论告别；就意味着与周末的远足告别……在数学世界里，千百人会以他们各自的方式来哀悼爱多士，他的去世给我们所有的人造成了虚空。”

从今往后，敲门声和午夜铃声都不会再响起；从今往后，再不会有那既是挑战又是承诺的勇敢声明：“我的大脑敞开了！”

关于资料来源的说明

我从未有幸会见过保罗·爱多士，因此我必须依靠许多见过他的人的回忆。幸好，爱多士有成百名合作者和朋友，他们全都保持着生动的记忆。为了写这本书，我主要依靠对许多最了解爱多士的人的访问。

我关于爱多士各方面情况的最重要的信息是通过他最亲密的美国朋友格雷厄姆获得的。在爱多士去世以后，当我开始考虑写这本书时，格雷厄姆建议我去参加在布达佩斯举行的爱多士悼念仪式。爱多士最亲密的匈牙利朋友与合作者薇拉·绍什善意邀请我出席了悼念仪式并帮助我访问了布达佩斯。

爱多士的老朋友之一A·瓦佐尼出色的叙述故事能力，将一个活生生的爱多士展现在我面前。我花了好几天时间采访瓦佐尼，并大量引用了他关于他朋友的回忆录。我还访问了在澳大利亚悉尼的乔治·塞凯赖什和埃丝特·塞凯赖什夫妇，他们慷慨地与我分享了他们关于与爱多士终身友谊的回忆。

为了了解爱多士的观点、轶闻、往事和他一生的历程，我还大量引用了鲍鲍伊的杰出传记文章《八十岁的爱多士》。为了撰写这篇文章，鲍鲍伊对爱多士进行过多次采访，爱多士亲自审阅了鲍鲍伊的文章。博洛巴什、亨里克森、保奇、施文克和斯潘塞也都写过关于爱多士的回忆，我广泛地利用了这些生动的回忆（还有许多出现在因特网上的短篇回忆）并对其作者进行了一系列的采访。由蒂尔尼（John Tierney）与霍夫曼撰写的专栏文章也是有价值的信息来源。

希塞里的优美纪录片《N是一个数》使我看到了栩栩如生的爱多士。希塞里还发行过几盘爱多士演讲的录像带，通过这些录像带我终于明白了为什么爱多士有时被称为“数学界的鲍伯·霍普”。在爱多士去世后的一年里，人们举行了许多纪念会议，那些最了解爱多士的人在会上发表了他们对其生平与工作的回忆。我参加了其中最大的会议之一，那是在佐治亚州亚特兰大举行的美国数学学会会议期间召开的。通过这次会议的大会报告、分组讨论以及会间聊天，我对爱多士精神对数学界的影响有了感性的认识。直到最近，爱多士与塞尔伯格关于素数定理初等证明之争的细节还鲜为人知。戈德菲尔德慷慨地将他关于这一事件的一篇文章的预印本寄给了我，该文以他独家掌握的50年来从未发表过的一些信函与文件为基础。内桑森也提供了他对这一事件的看法，他还告诉了我许多其他有用的和感人的资料。

普林斯顿高等研究所和圣母大学的档案对于弄清爱多士频繁的来往情况大有裨益。为了完成我对爱多士的画像，我还进行了其他一系列采访，我访问过的主要人物的名字已列在书前的“致谢”中。

译者的话

数学家有不同的风格。20世纪很多数学家都着力于通过建立一个包罗广泛的数学理论或发展一个能解决众多数学问题的普遍方法而知名，并产生其影响。

爱多士则不同，他不停地证明一些定理并提出一些猜想，通过这样做来逐步看出事物的本质。由这一独特风格而成名者似乎很少，爱多士则是一个佼佼者。这是由于对很多问题，他都能提出挑战，并得到相当深刻与意料不到的结果。别人很难做到这一步。

爱多士有抓住问题实质的天才与解决问题的高超技术，正因为如此，只要一个问题提法很确切，他常会有办法处理。爱多士的第一爱好是研究“数学的皇后”——数论，这是不奇怪的，因为数论里充满了美丽而引人入胜的猜想，要解决它们却又非常困难。这很合爱多士的胃口，但他又不限于此。爱多士对概率论、近代组合学、图论、几何与插值法等方面都做出过卓越的贡献。有些领域则是他开创的。

爱多士喜欢简单而直接的证明，即所谓漂亮的证明。虽然数学总是在不停地删繁就简中前进的，但爱多士尤其强调这一点。他常戏称，有一本“天书”（The Book），里面充满了最好的数学。人们偷看了一点儿，这就是人间最好的数学。在爱多士还是一个大学生的时候，他就对切比雪夫关于贝特朗假设的极复杂证明给出了一个极为简单的证明。有诗赞曰：

切比雪夫说过的，我再说一遍，
在n与2n之间恒有一个素数！

这一证明无疑可以列入“天书”之中。

爱多士不去从事现成的大方法的改进工作，甚至不涉及这些方法。布朗（V. Brun）筛法似乎是唯一的例外是。他并不去改进布朗方法，而是用布朗方法来处理一些问题，得到意想不到的结果。但他又不追求进一步的精确性，而将这些相对容易一些的工作留给他人来完成。例如将筛法用于模素数最小原根的估计及S 阶的两两正交拉丁方个数的估计等。

爱多士从事数学研究的方法也是独特的。他常说“我的大脑敞开了”。他是一个多产作家，共发表了近1 500篇论文与专著。其中只有约1/3是他独自完成，其余都是合作完成的。他的合作者约有500人之多。这些年来，越来越多的数学论文都是以合作的形式写成，这恐怕跟爱多士风格的影响有关，以至于有人定义了所谓的“爱多士数”。凡跟他合作过文章的人称为有爱多士数1。凡跟爱多士数1的人合写过文章的人则称为有爱多士数2，如此等等。用这个定义来编制，将得到一个非常庞大的表格，足见爱多士影响之广。但爱多士也在合作中遇到过麻烦，本书详细介绍了他在从事素数定理证明时与塞尔伯格的不愉快。爱多士对青年数学家是非常爱护的。在一些人还是学生时，他就去接触与鼓励他们，与他们平等地讨论问题。他还多次对一些贫困的学生慷慨解囊。

爱多士对数学就像对宗教那样虔诚。在他晚年得了严重的心脏病后，仍一如既往地钻研数学，这种精神是十分感人的。实际上，爱多士是靠服用苯丙胺来工作的。当他患心脏病后，医生要他停止服用，亦未能奏效。

爱多士是一个与众不同的传奇式人物。他终身未婚。虽然他的朋友遍天下，但他却没有一个稳定的职业，很少在一个地方停留一年以上。他几乎不停地旅行与访问，靠一点儿访问资助与演讲费来维持生活。他没有什么积蓄，仅有的一笔较大的沃尔夫奖，他也几乎全部用于捐助成立一个奖学金及资助贫困亲友了。

爱多士是一个自由主义者，所以他对美国与苏联的政治体制都很反感，谑称它们为山姆与乔。

早在20世纪30年代，爱多士就与我国老一辈数学家华罗庚和柯召相识，并一直保持着联系与朋友关系。华罗庚在50年代回国后，与爱多士还有通信联系。虽然爱多士的信只是“亲爱的华，令p为一个奇素数，……”。这种通信导致爱多士受到美国某些部门的怀疑与迫害。但爱多士并未因此终止与华罗庚的来往，他们彼此始终很友好。爱多士在30年代与柯召及拉多合作的关于有限集合的工作，即现在所谓的爱多士–柯–拉多定理，文献上称为里程碑式的定理，至今仍在有关文献中广泛征引。爱多士对中国数学家在哥德巴赫猜想方面的工作始终给予关注与好评，在他20世纪50年代撰写的综合性文章中专门介绍了这些结果。本书在谈到匈牙利著名数学家雷尼关于哥德巴赫猜想的原创性工作“1+c”时，也特别提到了陈景润的重要结果“1+2”。爱多士对我国青年数学家的影响是很广泛的，不少人继续与发展了爱多士的工作。特别是，王建方与爱多士还合写过文章，所以他有爱多士数1。

本书作者在采访了爱多士的众多朋友获得一些具体例子后，撰写了这本书，通过这些人的回忆来刻画爱多士的数学风格、个人品格与思想作风等。书中也讲到了不少其他数学家的有趣故事，可读性是颇高的。不足之处似乎是本书对爱多士的贡献未能做出更深刻的解释，从而使读者能更全面地了解这位大数学家的贡献及他在20世纪数学发展中的地位。这需要通过别的途径来弥补。但对于广大读者尤其是非数学专业的学者与青少年来说，是很有启发与益处的，他们可以从书中了解到一个数学天才的成长与工作过程，他高尚的品格与处世原则。这也是我们乐于将本书译成中文并奉献给读者的原因。

由于我们是专业数学工作者，英文水平很普通，翻译中的不确切甚至错误之处是难免的，还望读者不吝指正。

在本书出版之际，我们愿向程小红、林立军同志表示衷心的感谢，他们提供了部分章节的初译稿（分别为第五、六章和第四、十章），并帮助打印了几乎全部手稿。包芳勋同志也帮助打印了第三章译稿，在此一并致谢。最后，我们要感谢上海译文出版社编辑同志对本书出版的热情支持与付出的辛劳。

王　元　李文林

于中国科学院数学研究所

2001年5月

图字：09－2000－295号

图书在版编目（CIP）数据

我的大脑敞开了：爱多士的数学之旅/（美）布鲁斯·谢克特（Bruce Schechter）著；王元，李文林译. —上海：上海译文出版社，2021.5
（译文纪实）
书名原文：My Brain is Open: The Mathematical Journeys of Paul Erdös
ISBN 978－7－5327－8724－1

Ⅰ.①我… Ⅱ.①布…②王…③李… Ⅲ.①纪实文学—美国—现代 Ⅳ.①I712.55

中国版本图书馆CIP数据核字（2021）第188891号

我的大脑敞开了：爱多士的数学之旅
［美］布鲁斯·谢克特／著　王　元　李文林／译
责任编辑／张吉人　薛　倩　装帧设计／邵　旻　观止堂_未氓

上海译文出版社有限公司出版、发行
网址：www.yiwen.com.cn
200001　上海福建中路193号
上海新华印刷有限公司印刷

开本890×1240　1/32　印张7　插页3　字数140,000
2021年10月第1版　2021年10月第1次印刷
印数：0,001－8,000册

ISBN 978－7－5327－8724－1/K·290
定价：45.00元